»LA GAJA SCIENZA«

VOLUME 1383

QUALCUNO UCCIDERÀ

Romanzo di
JAMES PATTERSON

Traduzione di
ANNAMARIA BIAVASCO
e VALENTINA GUANI

LONGANESI

Gruppo editoriale Mauri Spagnol

www.longanesi.it

ISBN 978-88-304-5470-5

Titolo originale
Cross the Line

QUALCUNO UCCIDERÀ

PROLOGO

ASSASSINIO SUL ROCK CREEK

1

Come molti guerrieri, prima della battaglia cambiava identità. In serate come quella, si chiamava Mercury.

Vestito di nero dal casco integrale agli scarponi con la punta rinforzata in acciaio, Mercury si fermò vicino a un grande rododendro su Rock Creek Parkway, a sud di Calvert Street, e arretrò con la moto fino a nasconderla fra i rami. Rimase in sella con il motore acceso e prese in mano un ladar per misurare la velocità dei veicoli che passavano.

Settantadue chilometri all'ora. Settanta. Ottantatré. Numeri bassi, ordinari, noiosi.

Mercury sperava di vedere sullo schermo cifre un po' più interessanti. Confidava di veder apparire sul display un numero come si deve prima dell'alba. Si era posizionato nel punto migliore.

Rock Creek Parkway era stata costruita negli anni Venti allo scopo di preservare il patrimonio paesaggistico della zona. A quattro corsie, partiva dal Lincoln Memorial e si snodava fra parchi, boschi e giardini per oltre quattro chilometri per poi dividersi nel Northwest di Washington. Il tratto sulla destra si chiamava Beach Drive e si addentrava ulteriormente nel parco, mentre Rock Creek Parkway, sulla sinistra, proseguiva fino all'incrocio con Calvert Street.

Sessantanove chilometri orari, secondo il ladar. Settantacinque. Settantadue.

Non erano valori sorprendenti, visto che il limite di velocità era settanta km/h. La strada attraversava infatti un parco iscritto nel registro nazionale dei beni storici e a occuparsi della sua manutenzione era il National Park Service.

Il percorso che seguiva era quanto di più simile a un circuito di Formula 1 esistesse nel District of Columbia: lunghe curve a esse, chicane, alcuni dislivelli e rettilinei paralleli al corso del torrente. Ed era lungo il doppio rispetto all'autodromo di Watkins Glen, nello Stato di New York, che aveva ospitato diverse edizioni del Gran Premio degli Stati Uniti d'America.

Questo lo rende un bersaglio interessante, pensò Mercury. Prima o poi qualcuno ci proverà. Se non oggi, un'altra sera.

Aveva letto sul *Washington Post* che un giorno su tre un parassita della società, figlio di papà o vecchio rimbambito che fosse, usava Rock Creek Parkway per mettere alla prova la Porsche nuova o la BMW truccata. Fra coloro che facevano i furbi su quella strada non mancavano i ragazzi dei sobborghi che fregavano la Audi al padre e le madri di famiglia di mezz'età.

La voglia di correre attirava gente di tutti i tipi a Rock Creek Parkway. Un giorno su tre, ricordò Mercury. Quella sera, però, le probabilità erano ancora più alte.

Qualche giorno prima, infatti, un'impasse sul budget aveva portato allo shutdown del governo federale e i fondi per la manutenzione del parco erano stati bloccati. Ai dipendenti era stato sospeso lo stipendio ed era stato ordinato di non recarsi al lavoro per motivi di sicurezza. A controllare che nessuno superasse i limiti di velocità, pertanto, c'era soltanto Mercury.

Passarono le ore. Le auto che transitavano erano sempre meno, ma Mercury continuava imperterrito a misurare la velocità con il suo ladar, in attesa. Alle tre meno un quarto gli venne sonno e prese in considerazione di chiuderla lì, ma sentì il rombo di un motore di grande potenza arrivare da Beach Drive.

Fu sufficiente a fargli scattare la mano destra per dare un'accelerata, preparandosi a partire. Puntò il ladar con la sinistra mentre il rombo si faceva più forte e più vicino.

Non appena vide le luci del veicolo, attivò l'apparecchio.

Centoquindici chilometri all'ora.

Lanciò il ladar fra i cespugli. Sarebbe passato a recuperarlo in un secondo tempo.

La Maserati sfrecciò oltre.

Mercury diede gas e mollò la frizione, uscendo a razzo dal suo nascondiglio e superando al volo il ciglio della strada per atterrare in una nuvola di fumo a un centinaio di metri dalla macchina sportiva.

2

La Maserati era nuova di zecca, aerodinamica, nera. Una Quattroporte, pensò Mercury, e probabilmente SQ5. Ma aveva avuto soltanto una frazione di secondo per ammirarla, data la velocità a cui procedeva.

Mercury era esperto di macchine sportive. La Maserati Quattroporte SQ5 aveva un motore a sei cilindri turbo, capace di raggiungere i duecentottantacinque chilometri orari, con trasmissioni, sospensioni e sterzo straordinari.

Insomma, era un'avversaria degna, su Rock Creek Parkway. Nessuno avrebbe mai immaginato che una moto la potesse sorpassare, su una strada così impegnativa.

Errore.

La moto di Mercury era un bestione che raggiungeva i trecento chilometri orari restando agile in curva e nelle chicane, con qualsiasi condizione di strada. E Mercury la sapeva portare benissimo. Guidava moto di grossa cilindrata da una vita e si sentiva tutt'uno con il mezzo.

Centoventi, centoquaranta. Vide accendersi gli stop della Maserati davanti a lui all'uscita di una curva: il pilota era arrivato lungo e non era pronto ad affrontare la curva successiva.

Mercury approfittò della sua esitazione: si abbassò, diede gas e tagliò la seconda curva a velocità prodigiosa. All'uscita, era vicinissimo al paraurti posteriore della Maserati, e marciava a centoventi.

A quel punto c'era un rettilineo di circa un chilometro e mezzo e la Maserati accelerò cercando di aumentare le distanze, ma contro il mezzo truccato di Mercury non aveva chance.

Mercury le rimase incollato, mollò la manopola sinistra e prese la Remington 1911 che aveva attaccato al serbatoio con il velcro.

Centoquaranta. Centoquarantacinque.

Si avvicinava una curva a sinistra, lunga e difficile, dove la Maserati sarebbe stata costretta a ridurre la velocità. Mercury decelerò e aspettò il momento giusto.

Appena vide accendersi gli stop della macchina sportiva, accelerò e in un attimo la affiancò dal lato del passeggero. Il sedile era vuoto.

Mercury vide appena la silhouette del conducente e fece fuoco due volte. Il finestrino andò in frantumi. I proiettili colpirono nel segno.

La Maserati sbandò a sinistra, urtò contro il guardrail e fece un testacoda. Mercury sfrecciò via. Poi scalò e frenò per prepararsi alla curva a sinistra.

Nello specchietto retrovisore vide che la Maserati superava la barriera, andava a sbattere contro un albero ed esplodeva in una palla di fuoco.

Non provava la minima compassione per il conducente.

Quel deficiente avrebbe dovuto sapere che la velocità uccide.

PARTE PRIMA

POLIZIOTTO ASSASSINATO

1

Tom McGrath uscì dalla corsia degli alimenti senza glutine al Whole Foods pensando che la donna snella che aveva davanti, in tuta da ginnastica verde, aveva il portamento di una ballerina di danza classica.

Poco più di trent'anni, bel viso, occhi a mandorla e capelli corvini raccolti in una coda di cavallo, aveva un fascino un po' esotico. Si accorse che lui la guardava e si voltò.

Con lieve accento slavo, disse: «Cammini come vecchia scorreggia, Tom».

«Mi sento una vecchia scorreggia, Edita» rispose McGrath, che aveva meno di cinquant'anni e un fisico da giocatore di football leggermente imbolsito. «Non sono più quello di una volta. Ho male dappertutto.»

«Troppi anni di pesi senza stirare muscoli» sentenziò Edita, mettendo due bottiglie di kombucha nel carrello che McGrath stava spingendo.

«Ho sempre fatto stretching» rispose McGrath. «Non come te, d'accordo. E di certo non alle cinque del mattino. In certe posizioni yoga sento la testa che mi si gonfia manco fossi una zecca.»

Edita si fermò davanti alle verdure biologiche e cominciò a scegliere quelle necessarie per un'insalata mista. «Cos'è zecca?»

«Hai presente quell'insetto che se ti punge ti fa venire la malattia di Lyme?»

Edita sbuffò. «Non ti è piaciuta proprio per niente prima lezione di yoga?»

«Sì: ho apprezzato stare in fondo alla stanza nella posizione del cobra mentre voi belle signore facevate il delfino davanti a me» rispose McGrath.

Edita gli diede una pacca affettuosa sul braccio. «Non hai fatto questo, vero?»

«Non riuscivo a starvi dietro. E ne ho approfittato.»

Edita scosse la testa. «Cosa avete voi uomini? Ancora non capisco.»

McGrath si fece serio. «A proposito, sei riuscita a scoprire quello che ti ho chiesto l'altro ieri?»

Edita si irrigidì. «Non è facile, Tom. Io ho detto.»

«Scoprilo e mandali a quel paese.»

Edita non lo guardò. «E studio? Macchina? Appartamento?»

«Ti ho detto che ti aiuto io.»

Edita era indecisa. «A loro non importa niente, Tom. Loro...»

«Non ti preoccupare. Il tuo guerriero, McGrath, ti difenderà.»

«Non cambi mai» gli disse Edita con dolcezza, accarezzandogli una guancia.

«Per te questo ed altro» rispose lui.

Edita ebbe un attimo di esitazione, poi gli mandò un bacio e si avviò verso la cassa. McGrath la aiutò a svuotare il carrello.

«Perché fai faccia di cane bastonato?» chiese Edita, mentre la cassiera cominciava a passare i prodotti allo scanner.

«Sono abituato ad avere qualche bottiglia un po' viziosa nel carrello della spesa. Di birra, perlomeno.»

La donna indicò una bottiglia sul nastro della cassa. «Questa più salutare.»

McGrath la prese, anticipando la cassiera.

«Clifton Dry?»

«È come champagne, ma fatto di mele invece che uva. Mele biologiche.»

«Se lo dici tu» fece McGrath scettico.

Mise la spesa nelle borse di stoffa e Edita tirò fuori i contanti dal marsupio che teneva in vita per pagare il conto. McGrath si chiese che cosa avrebbero pensato i suoi amici se l'avessero visto comprare Clifton Dry anziché Bud con una donna. Lo avrebbero preso in giro fino allo sfinimento. Ma, visto che a Edita piaceva lo champagne di mele, lui era disposto a bere quello.

Si rendeva conto che la loro era una relazione sui generis, ma in quell'ultimo periodo aveva deciso che Edita era la donna per lui. Gli faceva un gran bene: lo faceva sentire giovane, lo costringeva a pensare da giovane, lo rendeva felice.

Presero le borse della spesa e uscirono nella pioggerellina sottile che faceva brillare l'asfalto. Il traffico in direzione sud lungo Wisconsin Avenue era già intenso a quell'ora del mattino, mentre nel senso inverso passavano poche macchine.

Si incamminarono verso sud, Edita un passo o due avanti a lui.

McGrath vide con la coda dell'occhio un lampo rossastro e udì una serie di spari in rapida successione. Si sentì colpire al petto e crollò a terra.

Edita lanciò un grido, ma venne raggiunta da due proiettili e si accasciò vicino a lui, rovesciando il contenuto delle borse sul pavimento insanguinato.

McGrath vedeva ogni cosa come se fosse lontanissima, ogni movimento rallentato. Faceva fatica a respirare. Si sentiva come se lo avessero preso a mazzate nelle costole. Inserì il pilota automatico e cercò il cellulare nella tasca dei pantaloni della tuta.

Chiamò il 911, lo sguardo fisso sulla bottiglia di Clifton Dry che, intatta, rotolava sul marciapiede.

La centralinista chiese: « Pronto intervento. Cosa posso fare per lei? »

« Hanno sparato a un poliziotto » disse McGrath con un filo di voce. « Wisconsin Avenue, isolato tremiladuecento. Ripeto... »

Vide tutto nero e si sentì svenire. Mollò il telefono e si sforzò di spostare lo sguardo verso Edita. Era immobile, il volto bianco ed esanime.

Le ultime parole di McGrath furono: « Scusa, Ed. Per tutto ».

2

Aveva cominciato a piovigginare, quando John Sampson e io scendemmo dall'auto civetta in Rock Creek Parkway, a sud di Massachusetts Avenue. Erano solo le sei e mezzo del mattino, ma l'umidità era già tale che sembrava di essere in un bagno turco.

La corsia di sinistra era stata chiusa al traffico ed era occupata dal furgone dell'Istituto di medicina legale e da due volanti della Metropolitan Police. Prevedevo code e ingorghi da lì a poco.

Il più giovane dei due agenti che ci vennero incontro fece la faccia sorpresa, nel vederci arrivare. «Cosa ci fate voi della Omicidi? Il tipo è finito contro un albero perché andava a velocità folle.»

«Ci risulta siano stati uditi degli spari appena prima dell'incidente» spiegai.

Sampson chiese: «La vittima è stata identificata?»

«L'auto è intestata a un certo Aaron Peters di Bethesda.»

«Grazie» dissi. E mi avviai verso la Maserati.

Era ribaltata e la fiancata destra sembrava abbracciare la base del tronco di un grande acero giapponese. I finestrini erano esplosi e la carrozzeria era quasi completamente carbonizzata.

Il medico legale, una rossa cicciottella e molto competente di nome Nancy Ann Barton, era in ginocchio davanti alla portiera del guidatore e guardava nell'abitacolo servendosi di una Maglite.

« Che opinione ti sei fatta, Nancy? » chiesi.

La dottoressa alzò la testa, mi vide e si tirò su in piedi. « Buongiorno a te, Alex. »

« Ciao » risposi. « Trovato qualcosa? »

« Un 'buongiorno, Nancy, come stai?' no, eh? »

Sorrisi. « Buongiorno, Nancy. Come stai? »

« Ecco, così va meglio » rispose Nancy. E rise. « Scusa, Alex, ma sono della vecchia scuola e vorrei riportare un po' di buona educazione nel mondo. Nel mio mondo, almeno. »

« E ci riesci? » chiese Sampson.

« Abbastanza, sì » rispose la dottoressa.

« È stato un incidente? » le domandai.

« Possibile » rispose Nancy, riaccucciandosi per guardare dentro la macchina.

Mi inginocchiai accanto a lei. Nancy puntò il fascio di luce sul conducente perché vedessi anch'io. Era a testa ingiù, appeso alla cintura, con un casco Bell annerito dalle fiamme e la visiera parzialmente fusa, tuta da pilota in Nomex e salvacollo come quelli dei piloti di Formula 1, guanti e stivaletti.

« La tuta ha funzionato perché ha resistito alle fiamme e l'air bag ha attenuato notevolmente l'impatto » incominciò Nancy. « Anche la rollbar. »

« Aaron Peters » disse Sampson leggendo sullo smartphone. « Ex consulente del Senato, lobbista, rappresentava gli interessi delle aziende petrolifere... Ecco perché girava in Maserati. »

Mi alzai per prendere la mia torcia. « Nemici? »

« Uno così è pieno di nemici per definizione. »

« Hai ragione » risposi, accucciandomi di nuovo e puntando la luce all'interno della macchina. Vidi che sul cruscotto era montata una scatoletta di metallo nera.

« Cos'è? » chiese Nancy.

« Potrebbe essere una GoPro. Speriamo che l'avesse accesa per filmare la corsa. »

« Non si sarà danneggiata nel rogo? » chiese Sampson.

« Incrociamo le dita » replicai. Poi illuminai il casco del conducente e notai alcuni avvallamenti nella parte superiore che mi insospettirono.

« Hai finito di fotografare il casco? » chiesi.

Nancy annuì. Allungai le mani e lo slacciai. Poi, con delicatezza ma anche con decisione, lo sfilai dalla testa di Aaron Peters. Il sottocasco in Nomex non era stato intaccato dalle fiamme, ma era intriso di sangue a causa di due ferite trapassanti.

« Non è stato un incidente » dichiarai.

« No » concordò Nancy Barton.

Mi squillò il telefono. Stavo già per non rispondere, quando vidi che era il capo della polizia, Bryan Michaels.

« Capo? »

« Dove siete? »

« Rock Creek Parkway » risposi. « Un lobbista è stato ucciso a bordo della sua Maserati. »

« Mollate tutto e correte a Georgetown. È morto un collega. Probabilmente gli hanno sparato da una macchina. A lui e a un'altra persona. Voglio che se ne occupino i migliori. »

Mi alzai e feci cenno a Sampson di seguirmi verso la macchina. Mentre correvo, chiesi: « Chi è morto, capo? »

Quando Michaels me lo disse, mi si rivoltò lo stomaco.

3

Sampson accese lampeggianti e sirena e partimmo alla volta di Georgetown. Notai che aveva smesso di piovere e chiamai l'ispettrice Bree Stone, mia moglie, che quel giorno aveva un'udienza in tribunale. Speravo che...

Bree rispose e chiese subito: « È stato un incidente, a Rock Creek? »

« Omicidio » replicai. « Ma ti chiamavo per dirti che Michaels ci ha appena mandato a Georgetown. Hanno sparato a due persone. Purtroppo una è Tommy McGrath. Mi spiace. »

Dopo un lungo silenzio, sentii che singhiozzava. « Oddio, Alex. Mi viene da vomitare. »

« Ho avuto la stessa identica reazione. Cosa mi sai dire? »

« A proposito di Tommy? Non saprei. Che si è separato dalla moglie qualche tempo fa. »

« Motivazione? »

« Non ci scambiavamo grandi confidenze, ma mi sono accorta che era provato. Da quello e dal nuovo lavoro, dal fatto che non si occupava più di indagini. Gli mancava molto. »

« Grazie delle informazioni. Ti scrivo un sms appena arrivo sul posto. »

« Grazie » rispose. « Adesso mi faccio un bel pianto. »

Fui colto di nuovo dalla nausea perché sapevo quanto Bree fosse legata a McGrath, capo della squadra Investigativa e nostro diretto superiore. Quando Bree era entrata nell'Investigativa, McGrath lavorava ancora sul campo e l'aveva presa sotto la propria ala. Per un periodo erano stati addirittura in squadra assieme. McGrath le aveva fatto da mentore e aveva caldeggiato la sua promozione alla divisione Reati Gravi.

Era un professionista competente ed equanime, ma sapeva essere inflessibile. Un bravo politico, inoltre. Insomma, il tipo di poliziotto che ha molti nemici. Un collega l'aveva addirittura accusato di averlo messo nei guai piazzando prove fasulle per farlo cacciare dalla polizia.

Come detective McGrath aveva un fiuto infallibile. Era curioso e sapeva ascoltare. Mentre attraversavo la città per andare sul luogo del delitto, mi resi conto che avrei sentito la sua mancanza.

C'erano diverse volanti con i lampeggianti accesi e Wisconsin Avenue era transennata all'altezza dell'isolato 3200. Parcheggiammo poco lontano. Presi fiato per farmi coraggio: mi aspettava un compito difficile.

Avevo lavorato per anni all'FBI e al dipartimento di polizia di Washington ed ero stato su centinaia di scene del crimine. Ero abituato a erigere le barriere psicologiche necessarie per mantenere la giusta distanza emotiva, ma quella volta si trattava di Tommy McGrath, uno di noi, un tutore della legge. Ciò rendeva più difficile mantenere l'obiettività. Ma per risolvere un omicidio occorre essere obiettivi. Mi imposi di essere razionale, attento e analitico come sempre.

Scesi dall'auto priva di contrassegni e mi sforzai di avere uno sguardo distaccato. Quando però giunsi sul luogo della sparatoria e vidi McGrath in tuta da ginnastica vicino a una splendida donna vestita da yoga, crivellati entrambi dai proiettili, persi il sangue freddo e venni travolto dalle emozioni.

«McGrath era una brava persona: mi piaceva» disse

Sampson con la faccia seria e impassibile di una maschera di ebano.

Arrivò un agente e ci spiegò i fatti, così come li avevano ricostruiti fino a quel momento sulla base delle dichiarazioni dei testimoni. Un'auto si era avvicinata a McGrath e la donna ed erano stati esplosi prima tre colpi e poi altri due. Su questo i presenti erano tutti d'accordo.

Il primo a essere colpito era stato McGrath, poi la sconosciuta. Era scoppiato il finimondo, come sempre a seguito di una sparatoria, e la gente era corsa di qua e di là per mettersi al riparo. Era assolutamente comprensibile, dato che ciascuno di noi ha il sacrosanto diritto di salvare la pellaccia, ma il panico rende ancor più difficile il nostro lavoro, perché influenza le valutazioni e i ricordi dei testimoni.

Ce n'erano alcuni che ci aspettavano all'interno del supermercato, ma prima di raggiungerli feci un giro intorno alle due vittime osservando la spesa che si era sparpagliata tutto intorno: verdure, candele e due bottiglie rotte di kombucha.

A circa tre metri dai cadaveri, nel canale di scolo lungo il marciapiede, c'era una bottiglia di Clifton Dry, una specie di spumante prodotto con le mele. Mi parve strano.

«Hai notato qualcosa, Alex?» domandò Sampson.

Mi strinsi nelle spalle. «Credevo che Tommy McGrath bevesse solo ed esclusivamente Bud.»

«Vuol dire che l'aveva comprata lei. Erano insieme?»

«Bree dice che si era separato dalla moglie.»

«La gelosia è un movente che non va mai escluso, in un'indagine per omicidio» sentenziò Sampson. «Anche se questo mi sembra opera della criminalità organizzata.»

«Tu dici? A me invece non sembra il classico 'sparo a raffica e prima o poi qualcuno becco'» ribattei. «È stato un omicidio di precisione: cinque colpi tutti andati a segno.»

Guardammo la donna, che era su un fianco, braccia e gambe scomposte.

Notai che aveva un marsupio e mi infilai i guanti per poi chinarmi e guardare che cosa conteneva.

4

Oltre a trecento dollari in banconote da cinquanta, nel marsupio della donna assassinata trovai un tesserino studentesco della American University, facoltà di giurisprudenza, e una patente di guida rilasciata nel District of Columbia. Erano entrambi intestati a Edita Kravic, che avrebbe compiuto trentadue anni tre giorni dopo e abitava nei pressi del Whole Foods.

Nel marsupio c'erano anche due biglietti da visita con la scritta « The Phoenix Club, The New Normal » – va' a sapere cosa voleva dire – dai quali risultava che Edita Kravic lavorava lì come « Istruttore Certificato di II Livello » – va' a sapere cosa voleva dire. Sotto il nome del club erano indicati un numero di telefono con il prefisso della Virginia e un indirizzo nelle vicinanze del Wolf Trap National Park for the Performing Arts di Vienna, Virginia.

Mi alzai pensando: Chi eri, Edita Kravic? E cos'eri per il capo dell'Investigativa Tommy McGrath?

Sampson e io entrammo nel Whole Foods per parlare con i testimoni, ancora sotto shock. Tre dichiararono di aver assistito a tutta la scena.

Melanie Winters, cassiera, disse che le vittime erano state uccise appena uscite dal supermercato. Le aveva viste ridere e scherzare fra di loro e aveva avuto l'impressione che fossero affiatati e che ci fosse del tenero, benché McGrath alla cassa avesse brontolato che lei non gli lasciava comprare birra.

Mi voltai verso Sampson. « Cosa ti avevo detto? »

La cassiera era andata a spostare delle scatole vuote vicino alla vetrina, dopo aver servito la coppia, e stava guardando fuori quando aveva visto avvicinarsi una berlina blu con i finestrini abbassati e aveva sentito sparare. Si era buttata per terra ed era rimasta lì finché gli spari non erano terminati e l'auto era ripartita sgommando.

«Quante persone c'erano a bordo?» chiese Sampson.

«Non lo so» rispose Melanie Winters. «Ho solo visto dei lampi e ho sentito gli spari.»

«Dove ha visto i lampi?» domandai. «In corrispondenza del finestrino anteriore, di quello posteriore, o tutt'e due?»

La cassiera fece una smorfia. «Non ve lo so dire.»

Lucas Phelps, laureando della Georgetown University, era a mezzo isolato dal Whole Foods, e camminava per strada ascoltando un podcast con le cuffie, quando erano risuonati gli spari. Aveva pensato facessero parte del programma, finché non aveva visto McGrath e Kravic stramazzare a terra.

«Che tipo di auto era?» chiese Sampson.

«Non me ne intendo granché» rispose Phelps. «Mi pare avesse quattro porte e fosse scura.»

«Quante persone c'erano a bordo?» domandai.

«Due, credo» rispose Phelps. «Ma da quell'angolazione non vedevo bene.»

«Ha visto i lampi degli spari?»

«Ora che mi ci fa pensare... Sì, li ho visti.»

«Da dove venivano? Finestrino anteriore, posteriore, o tutt'e due?»

«Anteriore, credo» rispose Phelps. «Ma non sono sicuro. È successo tutto molto in fretta.»

Il terzo testimone, Craig Brooks, fu l'ennesima dimostrazione del fatto che alla verità spesso si arriva triangolando. Ex dipendente del Tesoro, settantadue anni, in pensione, quando era successo il fatto stava sopraggiungendo da nord per comprare al Whole Foods le «porcherie senza glutine» di cui sua moglie non poteva fare a meno.

«Sull'automobile c'erano tre persone e a sparare era quella seduta davanti. Aveva una Remington 1911 S calibro quarantacinque.»

«Come fa a saperlo?» chiese Sampson.

«L'ho vista. E quel bossolo lì per terra è un quarantacinque.»

Guardai dove indicava e annuii. «L'ha toccato?»

«Non sono mica stupido.»

«Per carità. Sa dirci la marca del veicolo, il modello, la targa?»

«Una GM, direi. Quattro porte, di colore scuro. Ma la carrozzeria era opaca. Come se avesse solo il fondo, senza la finitura lucida. Avevano rimosso tutti gli elementi identificativi e coperto la targa.»

«Maschi o femmine?»

«Avevano il volto coperto e un berretto da baseball in testa» rispose Brooks. «Ho visto bene quello dello sparatore. Era rosso, con il logo dei Redskins.»

Annotammo i numeri di telefono dei tre testimoni e uscimmo dal supermercato. Nel frattempo era arrivata una squadra della Scientifica, che aveva iniziato il sopralluogo.

Mi fermai a osservare nuovamente i due cadaveri e, sulla scorta delle informazioni che ci avevano fornito i testimoni, cercai di immaginare la scena.

«Chi ha sparato non ha soltanto buona mira. È un professionista addestrato» dissi.

«Spiegati meglio.»

«Se non sei un professionista, non riesci a colpire due bersagli in movimento cinque volte su cinque, da un veicolo che procede a venti, trenta chilometri all'ora.»

«Tutto dipende dall'angolazione, no?» disse Sampson.

« Dalla posizione in cui era quando ha aperto il fuoco. Ma sì, capisco quello che vuoi dire. È un buon tiratore. »

« E McGrath era l'obiettivo primario. Ha sparato tre colpi a lui, prima di mirare a lei. »

Un operatore della Scientifica stava scattando foto delle due vittime illuminate da una lampada. Era la sesta volta che guardavo il cadavere di McGrath e mi stava riuscendo sempre meno difficile. Ogni volta, la distanza fra noi aumentava.

5

Se a morire è un poliziotto, la notizia si sparge più velocemente. Winsconsin Avenue era affollata di giornalisti quando io e Sampson ci infilammo in un vicolo dietro al Whole Foods. Non volevamo parlare con la stampa prima di avere qualcosa di concreto da dire.

Salimmo in auto e, mentre Sampson metteva in moto, chiamai Michaels per aggiornarlo.

«Quanti uomini vi servono?» chiese, non appena ebbi finito il mio resoconto.

Ci pensai un attimo e risposi: «Quattro, compresa l'ispettrice Bree Stone. Era amica di McGrath e sono sicuro vorrà fare parte della squadra che segue le indagini».

«D'accordo. Provvederò ASAP.»

«Torneremo in ufficio fra un'ora» lo informai. «Passiamo prima a casa di McGrath.»

«Mi raccomando, Alex: massimo impegno» disse Michaels.

«Certamente» replicai.

«Dovrete andare a parlare con Terry Howard.»

«Ho sentito che non sta bene.»

«Non importa. Verrà sicuramente fuori il suo nome e dobbiamo poter dire di aver controllato.»

«Me ne occuperò personalmente.»

Michaels chiuse la chiamata. Sapevo che era già sotto pressione e che dovevamo trovare l'assassino in tempi brevi. Quando muore un collega, bisogna dimostrare la massima solidarietà e fare giustizia il prima possibile, risolvendo il caso e mandando in galera i colpevoli.

D'altra parte, non si può essere frettolosi e saltare alle conclusioni senza aver raccolto tutte le prove. Con sei ispettori a disposizione e senza risparmiarci, avremmo svolto indagini accurate con la massima celerità.

Chiusi gli occhi e presi alcuni bei respiri, preparandomi alle giornate di duro lavoro che ci aspettavano, nelle quali per forza di cose sarei stato lontano dalla famiglia.

La prospettiva di lavorare indefessamente non mi preoccupava, ma trascurare la famiglia mi dispiaceva moltissimo. Se passo del tempo a casa, sto meglio sia fisicamente sia mentalmente. E quindi lavoro meglio.

L'auto rallentò e Sampson disse: « Siamo arrivati, Alex ».

McGrath abitava al pianterreno di una casa a schiera vicino a Dupont Circle. Usammo la chiave che gli avevamo trovato addosso e la porta si aprì su cardini bene oliati.

Ci ritrovammo in una stanza con pochi mobili, due poltrone, un televisore a schermo curvo appeso alla parete e una pila di scatoloni in un angolo. Evidentemente McGrath non aveva ancora finito di traslocare.

Stavo per dirlo a Sampson, quando ci fu un rumore improvviso all'interno dell'appartamento e sentimmo qualcuno correre via.

Estrassi la pistola e sussurrai a Sampson: « Vai sul retro ».

Sampson fece dietro front e partì di corsa, uscendo per fare il giro della casa da fuori. Io nel frattempo controllai nelle altre stanze, tenendo la pistola in pugno e muovendomi in fretta. Notai che il capo della Investigativa possedeva poco o nulla.

La finestra della cucina era aperta. Guardai fuori e vidi Sampson che correva all'inseguimento di un giovane bianco in jeans, maglietta nera degli AC/DC e berretto da golf nero calcato su una gran testa di capelli biondi spettinati.

Correva veloce ed era certamente un atleta. Aveva uno zainetto nero, ma non sembrava minimamente appesantito e stava facendo mordere la polvere al mio compagno. Tornai di corsa alla porta principale, mi precipitai fuori, salii in macchina, accesi lampeggiante e sirena e mi lanciai all'inseguimento anch'io.

Svoltai all'incrocio fra Twenty-Fifth Street e I Street e lo intravidi superare un passante prima di scomparire in fondo all'isolato. Ero sorpreso della velocità a cui correva. Sampson spuntò dal vicolo in quel momento, indietro di un centinaio di metri.

Avrei voluto schiacciare l'acceleratore e continuare l'inseguimento, ma sapevo che ormai non c'era più niente da fare: poco più avanti I Street diventava Twenty-Sixth Street e finiva nel Rock Creek Park, dove uno che correva così forte si sarebbe potuto nascondere ovunque. Era curioso che in linea d'aria fossimo assai vicini al luogo in cui la Maserati si era schiantata contro un albero la sera prima.

Spensi la sirena, mi fermai vicino a Sampson e scesi.

«Tutto bene?»

John era piegato in due, mani sulle ginocchia, senza fiato e zuppo di sudore.

«Hai visto come correva?» mi chiese con un filo di voce. «Sembrava Flash!»

«Impressionante» concordai. «Il problema è: che cosa ci faceva Flash a casa di Tommy McGrath?»

6

Due ore dopo, l'ispettrice Bree Stone arrivò nell'elegante quartiere di West Langley a McLean, Virginia.

«Secondo te, che cosa aveva Tommy sul suo laptop?» chiese l'ispettore Kurt Muller, seduto in macchina a fianco a lei. Era più anziano di Bree e si tormentava i baffi grigi.

«Qualcosa di importante, visto che glielo hanno rubato. Non è escluso che lo abbiano ammazzato proprio per quello» rispose Bree, ripensando alla riunione che si era appena conclusa, nella quale Alex e Sampson avevano riferito cos'era successo.

Il ladro emulo di Flash aveva portato via il computer di McGrath e forse anche l'hard disk su cui teneva il backup. Un ispettore stava visionando le riprese di tutte le telecamere di sorveglianza nel raggio di sei isolati dal Whole Foods, mentre i periti informatici del dipartimento di polizia stavano controllando i file di lavoro di McGrath e un altro ispettore esaminava i vecchi casi di cui si era occupato McGrath alla ricerca di un possibile movente.

Alex aveva chiesto a Bree e Muller di andare dalla ex moglie di McGrath a McLean, mentre lui e Sampson si concentravano su Edita Kravic e su Terry Howard.

«Ho sentito che Howard non sta bene» disse Muller.

«Spero proprio che non sia coinvolto» disse Bree, guidando.

«Anch'io» replicò Muller. «Eravamo amici.»

Bree rallentò, vide una cassetta della posta con il numero

che stavano cercando e imboccò il vialetto. Il giardino pareva curatissimo e la villa era molto grande, grigia, stile Cape Cod.

«Deve valere una fortuna» commentò Bree.

«Un milione e settecentocinquantamila dollari» rispose Muller. «Ho controllato prima di venire.»

«Come faceva a permettersela, con lo stipendio da capo divisione?»

«La moglie è ricca» spiegò Muller. «Ha un fondo fiduciario.»

Bree si morse un labbro. Parcheggiando chiese: «Com'è che io non ne sapevo niente?»

«Presumo non ti abbia mai invitato a cena o ai suoi barbecue.»

«Mai stata qui, infatti.»

«Io sì» replicò Muller, scendendo dalla macchina.

Bree lo seguì lungo il viale. Prima che arrivassero, la porta si aprì e uscì un uomo alto e distinto, in completo sartoriale, con una ventiquattrore. Nel vederli, si fermò.

Dietro di lui spuntò una donna sui quarant'anni, bionda e atletica, con gli occhi rossi per il pianto e l'espressione angosciata.

«Kurt» disse a Muller con voce tremula. «Mi dispiace rivederti in questa tragica circostanza.»

Muller annuì e rispose: «Anche a me, Vivian».

L'uomo con la ventiquattrore si voltò verso la vedova, che lo indicò con gesto distratto.

«Kurt, ti presento il mio avvocato, Lance Gordon. L'ispettore Muller lavorava con Tommy.»

«Anch'io» disse Bree.

«Vi porgo le mie condoglianze» disse Gordon. «Se hai bisogno, Vivian, chiamami.»

«Grazie, Lance» rispose la donna.

L'avvocato strinse le labbra e annuì, prima di congedarsi. Bree notò che lasciava una scia di odore dolciastro. Cercò di fare mente locale, ma non lo riconobbe.

Bree e Muller si avvicinarono alla vedova di McGrath. « Dev'essere un brutto colpo, Viv, nonostante foste separati » disse Muller.

Bree dimenticò Gordon e si concentrò su Vivian, che cercava di non piangere ma non riusciva a trattenere le lacrime.

« Sì » rispose con un filo di voce. « Lo avevo già perso, però... Questa cosa... »

Muller le posò una mano sulla spalla e disse: « Viv, lei è l'ispettrice Bree Stone. Facciamo parte della task force che si occupa del caso. Il responsabile è Alex Cross. »

Vivian accennò un sorriso. « Il meglio, per Tommy. »

Posò la mano curatissima sul braccio di Bree e disse: « Parlava molto bene di lei, ispettrice. Prego, accomodatevi. Posso offrirvi un caffè? »

« Grazie » disse Bree, e Muller annuì.

Vivian McGrath li condusse attraverso stanze che parevano prese da *Architectural Digest* e li fece accomodare in una splendida cucina con travi a vista, mobili color panna e piano cottura bordeaux.

In un angolo erano appese alcune pentole in rame. Era tutto in perfetto ordine, tanto che a Bree parve un ambiente fin troppo asettico e impersonale. Non c'erano foglietti attaccati alla porta del frigo con i magneti, buste ammucchiate sul bancone o tazzine nel lavello.

« Prego, accomodatevi » disse Vivian indicando gli sgabelli al bancone della colazione. « In che cosa posso esservi utile? »

« Lei e Tommy stavate divorziando, giusto? » chiese Bree.

« Siamo separati, sì. » Vivian tirò su con il naso. « Vi preparo un espresso o preferite un cappuccino? »

Bree rispose: « Per me espresso ».

« E per me cappuccino » disse Muller, aggiustandosi i baffi.

La macchina per espresso dell'ex moglie di McGrath doveva costare una fucilata, pensò Bree. Vivian premette un bottone, la macchina emise un fischio e uno sbuffo di vapore e produsse un caffè dal profumo paradisiaco.

Quando Vivian le posò davanti la tazzina, Bree riprese il discorso. « La separazione » disse.

La vedova di McGrath si irrigidì e, a braccia conserte, chiese: « Cosa vuole sapere? »

« Chi è stato a volerla » spiegò Muller. « Tu o Tommy? »

« Non ve l'ha detto? »

« Faccia finta che noi non sappiamo nulla » suggerì Bree.

« Sono stata io a chiederla, ma per colpa di Tom » rispose Vivian affranta. « Io ero sempre stata convinta che potesse funzionare. Tom era molto diverso dalle persone della mia cerchia, ma per diciassette anni siamo andati d'amore e d'accordo. Poi, di colpo, non so perché, abbiamo cominciato ad allontanarci. »

E scoppiò in singhiozzi.

7

Bree trasse un respiro profondo, più per frustrazione che per compassione.

Quando Vivian si fu ricomposta, le chiese: «Può essere più specifica, per cortesia?»

La donna si asciugò gli occhi con un fazzolettino di carta, lanciò un'occhiata a Muller e rispose: «Non mi toccava più, se proprio volete saperlo. Avevo la sensazione che mi tenesse dei segreti. Gli ho scoperto un secondo cellulare. Spendeva più soldi di quelli che aveva. Ho dato per scontato che avesse un'amante».

Bree non commentò.

«L'aveva veramente?» chiese Muller.

«Non lo so, ma penso di sì» rispose Vivian. «Ditemelo voi. Non mi sono rivolta a un investigatore privato, se è questo che volete sapere. Ma era evidente che Tommy non stava più bene con me e quando tre mesi fa gli ho chiesto se mi amava ancora, non mi ha nemmeno risposto. Gli ho chiesto se voleva che ci separassimo: mi ha detto che per lui era lo stesso, di scegliere io.»

«Perché gli ha proposto la separazione, se voleva stare ancora con lui?» domandò Bree.

Vivian si asciugò gli occhi, drizzò la schiena e la guardò negli occhi. «Speravo che di fronte alla prospettiva di divorziare vedesse la luce e tornasse da me.»

«Cosa che non è successa» concluse Muller.

Vivian assunse un'espressione mortificata. «No.»

«Avevate iniziato le pratiche per il divorzio?» chiese Bree.

«No.»

«Come mai?»

«Perché io lo amavo ancora e speravo...»

«Non dev'essere stato facile» osservò Bree.

«No. Tutt'altro. È stato umiliante e molto triste» rispose Vivian con aria afflitta.

«Immagino che lei si sia anche arrabbiata» disse Bree.

Vivian la guardò negli occhi. «Certo.»

«Abbastanza da decidere di ucciderlo?» chiese Muller.

«No. Quando guardavamo *48 hours* e *Dateline* e si parlava di mariti che ammazzavano le mogli o viceversa, dicevamo sempre che era assurdo, che se non si va d'accordo ci si deve separare, non ammazzare. Si può restare in buoni rapporti oppure no, ma bisogna andare avanti e rifarsi una vita.»

«E dal punto di vista economico?» chiese Bree.

«Avevamo firmato un contratto prematrimoniale, se è a questo che si riferisce» rispose Vivian. «Quando mi ha sposato, diciassette anni fa, Tommy sapeva che in caso di divorzio non avrebbe avuto nulla.»

«Ed era d'accordo?» chiese Muller.

«D'accordissimo» rispose subito Vivian. «Era motivo d'orgoglio, per lui. Diceva che era la dimostrazione del fatto che il nostro era un matrimonio d'amore...»

Le venne di nuovo da piangere. Prese fiato. «Gli piaceva che fossimo indipendenti dal punto di vista economico.»

«Come coniugavate il fatto che conducevate vite così diverse?» domandò Bree. «Lei abitava qui e frequentava i country club, Tom viveva in città e svolgeva un lavoro pericoloso.»

Sul viso di Vivian si alternarono emozioni diverse: contrarietà, riflessione e infine accettazione. Si ingobbì.

«Più ci penso, ispettrice, più mi rendo conto che Tom e

io effettivamente vivevamo in mondi diversi fin dall'inizio. Qui conducevamo una vita tranquilla, da favola, ma lui a Washington... Be', a Tom piaceva combattere i mostri. Il lavoro in polizia lo faceva sentire vivo, mentre io, quando andavo in città con lui, provavo soltanto paura.»

Muller disse: «Con lui è stata uccisa una donna».

«L'ho saputo» rispose Vivian. «Chi era?»

«Edita Kravic, una trentaduenne che studiava all'American University, molto graziosa.»

Per Vivian fu un pugno nello stomaco.

«Erano amanti?» chiese con un filo di voce.

«Lo ignoriamo» rispose Bree. «Tommy gliel'aveva mai nominata?»

«No, mai.»

«Devo rivolgerle questa domanda, signora McGrath» disse Bree. «Dov'era stamattina alle sette e venti?»

Vivian la guardò incredula. «Pensate che lo abbia ucciso io?»

«Dobbiamo chiedertelo, Viv» intervenne Muller. «È la prassi, lo sai.»

«Con ogni probabilità ero sotto la doccia.»

«Ti ha visto qualcuno?»

«Spero proprio di no. Vivo sola.»

«Chi è la prima persona che ti ha visto, oggi?»

«Catalina Monroe, la mia massaggiatrice. Avevamo appuntamento alle otto.»

«Possiamo avere i suoi contatti?»

La vedova di McGrath ci dettò il numero di telefono, poi disse: «Sapete chi dovreste interrogare?»

«Ci dica» la spronò Bree.

«Terry Howard» rispose Vivian con una punta di disprezzo. «Ha minacciato Tom più di una volta.»

«Se ne sta occupando Cross» spiegò Muller.

«Bene. Non vorrei mai che... Insomma, mi avete capito.»

«Quando saranno i funerali?» domandò Bree.

Vivian fece una faccia confusa, poi abbassò gli occhi e chiese sottovoce: «Me ne devo occupare io, secondo voi? Non so se Tommy avrebbe voluto così».

Muller rispose: «Prima di prendere una decisione, pensa al vostro matrimonio e a quello che ha significato per te. Pensa ai bei momenti che avete passato assieme. Se ti sembra che il vostro amore abbia contato abbastanza, organizza il funerale. Altrimenti lascia che ci pensi qualcun altro».

«Se decide di non occuparsene lei, lo farò io» promise Bree.

La vedova si guardò intorno confusa, poi con un tremito nella voce disse: «No, Kurt ha ragione: dopo ciò che c'è stato fra noi, seppellire Tommy è il minimo».

Si aprirono le cateratte e pianse a dirotto. «È l'unica cosa che posso fare per lui, ormai.»

8

L'appartamento di Edita Kravic a Columbia Heights sembrava tratto dal catalogo di Sundance, con i suoi mobili di pregio e le raffinate stampe alle pareti. Data l'ubicazione, l'affitto doveva aggirarsi sui due o tremila dollari al mese.

Era strano, visto che di solito gli studenti universitari erano squattrinati. Evidentemente gli istruttori certificati di II livello invece guadagnavano assai bene.

La cucina era superaccessoriata, nel frigo c'erano ottimi vini e formaggi costosi e i bicchieri nella credenza erano di cristallo, ma nella sala da pranzo non c'era nulla di personale, neppure una fotografia a farci capire qualcosa di più sul conto di Edita Kravic.

Le camere erano tre e la più piccola era adibita a studio, con diverse linee telefoniche e un portatile aperto sulla scrivania.

«Io do un'occhiata qui» dissi.

«Io controllo le camere da letto» rispose Sampson.

Neanche nello studio c'era nulla di personale: una semplice scrivania, uno sgabello, due cassettiere e stop. I cassetti della prima erano tutti chiusi a chiave. Nella seconda, il cassetto più in alto conteneva normali articoli di cancelleria e quello sotto una serie di cartelline.

Le sfogliai e scoprii che Edita Kravic possedeva una Audi A5 ultimo modello ed era andata in vacanza alle Cayman tre volte in un anno, ma non trovai nulla che mi spiegasse come potesse permettersi quei lussi.

Per condurre quel tipo di vita doveva guadagnare oltre centomila dollari l'anno. Possibile che gli istruttori certificati di II livello arrivassero a certe cifre? Se mai, dovevo proprio aver sbagliato mestiere.

Meditai se forzare le serrature dell'altra cassettiera, ma decisi di controllare prima il computer. Con mia sorpresa, appena toccai il pad lo schermo si accese e mi apparve il desktop. Erano aperte diverse applicazioni.

Una era la posta elettronica universitaria di Edita. Mi sedetti a leggere le e-mail senza notarne nessuna di Tom McGrath. Erano quasi tutte di professori e compagni di corso. Uno di questi, JohnnyBoy5, le aveva inviato sei messaggi nelle diciotto ore precedenti l'assassinio.

Incredibile! diceva quella spedita alle ventidue e trenta della sera prima. *Mi hai di nuovo dato buca. Eppure stavolta sei stata tu a cercarmi, ti ricordi?*

Lanciai una ricerca nella posta in arrivo per trovare le altre e-mail di JohnnyBoy5. Ce n'erano più di cento in diciotto mesi. Le misi in ordine cronologico e lessi una storia di crescente ossessione.

JonnyBoy5 era follemente innamorato di Edita Kravic e non aveva remore a dichiararlo. A volte lei sembrava dargli corda, ma in generale non lo incoraggiava.

Per un anno era riuscita a tenerlo a bada, ma negli ultimi tempi il tono dell'uomo era spesso rabbioso e a volte depresso.

Non so cosa mi è preso, le aveva scritto in marzo. *Ho il terrore di perderti, Edita. So che la mia è una paura irrazionale, ma non riesco a togliermi dalla testa questo orribile presentimento, so che ti succederà qualcosa e non ti vedrò mai più e tu non avrai mai modo di conoscermi veramente né di capire quanto bene ti voglio.*

Edita rispondeva: *Basta, Johnny. Se non mi lasci in pace, ti denuncio. Una di terzo anno mi ha spiegato che posso rivolger-*

mi alla polizia e chiedere un'ingiunzione restrittiva nei tuoi confronti.

Nelle tre settimane successive non c'erano stati scambi, poi JohnnyBoy5 si era rifatto vivo.

So che cosa fai quando non vieni all'università, Edita.

Nessuna risposta da parte di lei. Niente di niente per mesi. Tre settimane prima dell'omicidio, però, JohnnyBoy5 le aveva scritto di nuovo.

Chi è quel pazzo furioso che ha minacciato di spaccarmi la faccia? Stiamo scherzando? Ti sembra il modo? Guarda che lo scrivo su Facebook, che vita fai e chi sei veramente. Vuoi che lo faccia?

Due settimane di silenzio, poi:

Scusa per quello che ho detto, scriveva JohnnyBoy5. *Mi sono riletto e non mi riconosco. Il medico mi aveva prescritto un farmaco contro l'asma che si chiama Montelukast e che mi ha provocato un effetto collaterale raro ma molto brutto e ho dato il peggio di me. Adesso sono tornato normale, però! Ricominciano i lavori di gruppo e, ovviamente, mi farebbe piacere riprendere. Non ti preoccupare. Abbiamo tutti i nostri scheletri nell'armadio, no?*

Edita non aveva risposto e da quel giorno fino all'omicidio JohnnyBoy5 le aveva scritto dapprima in tono di rimprovero, poi preoccupato, disperato e alla fine rabbioso.

Incontrarti è stata la mia rovina, scriveva due giorni prima che Edita venisse uccisa. *Tutto quello che avevo costruito è andato distrutto il giorno che ti ho conosciuto. Distruzione chiama distruzione, Edita.*

Da sempre l'ossessione è un ingrediente principe nelle storie di violenza. Certe volte è la base, altre la fiamma che aumenta la temperatura fino a livelli intollerabili.

Molti diventano ossessivi a causa di abusi e crudeltà, oppure sono spinti dall'odio. I serial killer, per esempio, riversano la loro rabbia su individui che identificano con la persona che ha scatenato in loro l'odio, seguendo un rituale.

Ma alla radice dell'ossessione può esserci anche l'amore, specie se non corrisposto. Molte volte l'amore sfocia nella follia, e il rifiuto porta sconforto, calo dell'autostima, ira e violenza. *Se non posso averti io, non ti avrà nessuno.*

Era il caso di JohnnyBoy5? Era questa la spirale che aveva portato alla morte Edita e Tommy McGrath? Era stato McGrath a minacciare di spaccare la faccia a JohnnyBoy5, o qualcun altro?

Entrò Sampson. «Voglio farti vedere una cosa.»

«Anch'io» risposi, alzandomi. «Edita aveva uno stalker.»

«Ci sta» fece lui. Si voltò e mi portò nella camera da letto principale.

Letto a baldacchino, lenzuola coordinate, comò nuovo, specchio elegante. Cabina armadio piena di scarpe e vestiti di lusso.

In fondo c'erano alcuni cassetti.

Sampson ne aveva aperti due. Nel primo c'era biancheria intima raffinatissima, nel secondo un armamentario di sex toys e lubrificanti.

«Le piaceva il sesso 'strano'» dissi. «E quindi?»

Sampson chiuse i cassetti e ne aprì altri due. Guardai che cosa contenevano ed esclamai: «Ah be', questo cambia tutto».

«Altroché» replicò Sampson guardando il cassetto di destra, con attrezzi sadomaso hard-core.

A me però interessava maggiormente quello di sinistra, più profondo, che conteneva un'enorme quantità di mazzette di banconote da cinquanta dollari.

9

Sampson e io uscimmo dall'appartamento di Edita Kravic poco dopo le sette di sera. Avevamo scoperto attrezzi sadomaso e circa quarantamila dollari in contanti, ma non come faceva una studentessa del secondo anno di giurisprudenza ad avere tanti soldi nascosti nell'armadio.

La combinazione delle due scoperte ci faceva propendere per prostituzione, droga, contrabbando o malavita organizzata, ma non avevamo trovato niente di illegale neppure nella cassettiera chiusa a chiave dello studio, che avevamo aperto dopo aver localizzato la chiave.

Conteneva documenti personali, dai quali avevamo appreso che Edita Kravic era slovacca, aveva la green card e un conto presso la Bank of America sul quale risultavano essere depositati millecinquecento dollari. Il debito sulla Visa e l'American Express era ancora più basso. Avevamo trovato anche il contratto di affitto. Avevo ipotizzato una cifra intorno ai due o tremila dollari al mese, invece l'appartamento ne costava ben quattromila. Edita Kravic non usava assegni o altri metodi di pagamento tracciabili.

«Solo contanti» dissi. Ormai eravamo arrivati alla macchina.

«Per comprare generi di lusso» disse Sampson. «Classico modo per riciclare il nero ed evadere il fisco.»

«Ma da dove venivano tutte quelle banconote?» chiesi. «Non c'erano buste paga o altri documenti relativi al Phoenix Club.»

«Forse neanche il Phoenix Club paga le tasse» osservò Sampson mettendo in moto. «Dove andiamo adesso?»

«Facciamo un salto da Terry Howard e poi torniamo in ufficio.»

«Per far contento il capo?»

«Esatto.»

Arrivammo a una palazzina di quattro piani piuttosto malandata nel Northeast, in New York Avenue.

«Abita qui?» domandai.

«Google Maps non mente» rispose Sampson.

Il quartiere degradato mi fece riflettere sull'abisso che si era creato fra Terry Howard e Tommy McGrath dai tempi in cui lavoravano assieme ai Reati Gravi. Terry Howard era famoso per la sua «grinta»: era capace di ricorrere a metodi intimidatori per far parlare gli indagati e aveva ricevuto diverse denunce per i suoi metodi poco ortodossi. Anche Tommy a un certo punto aveva preso le distanze. Era questo il motivo per cui eravamo lì.

L'uomo che ci venne ad aprire, però, sembrava tutt'altro che grintoso. Aveva cinquantacinque anni, ma ne dimostrava settanta. Indossava un berretto sbiadito dei Washington Redskins, maglietta nera e jeans troppo larghi per lui. Era stato un uomo grande e grosso, ma era molto dimagrito e aveva i muscoli flaccidi. Aveva gli occhi cisposi e puzzava di vodka.

«Mi aspettavo una vostra visita, prima o poi» disse.

«Possiamo entrare un momento, Terry? Avremmo qualche domanda da farti.»

«Stasera no, mi spiace. Ho da fare.»

«Sai che ti dobbiamo parlare e sai anche il motivo. Se vuoi, possiamo continuare qui, così i tuoi vicini sentono tutto, oppure ci fai accomodare. Se preferisci, invece, ti portiamo in centrale. Come vuoi tu: per noi è lo stesso.»

Negli occhi cisposi di Howard si accese una luce dura e fredda. « Entrate. »

Si fece da parte e noi entrammo nel suo squallido bilocale, che puzzava di fumo di sigaretta. La TV era accesa, senz'audio, su un canale via cavo che trasmetteva vecchie partite di baseball. Su un tavolino basso c'erano lattine di birra e tre bottiglie di vodka Smirnoff vuote. Il parrocchetto nella gabbia fra la poltrona e il divano sembrava un pollo spennato in miniatura. Aveva solo un ciuffetto di piume azzurre e arancioni sulla testa.

« Si chiama Sylvia Plath » disse Howard. « Ha qualche problemuccio. »

Scoppiò in una risata fragorosa, che piano piano si trasformò in un accesso di tosse. Howard prese un fazzolettino di carta, ci scatarrò dentro e poi chiese: « Volete domandarmi dov'ero quando hanno sparato a Tommy? »

« Pensavamo di arrivarci gradualmente » rispose Sampson.

Howard si fece serio. « Non c'è bisogno. Ero qui. »

« Ti ha visto qualcuno? »

« Sei gentili signore che lavorano all'Hooters qui vicino sarebbero dovute venire a fare colazione qui e guardare con me la partita di ieri sera, ma purtroppo mi hanno dato buca » rispose Howard. « Peccato, perché era una bella partita. I Senators hanno sbaragliato i Red Sox e Harper ne ha beccate tre su quattro. »

« Dunque non hai un alibi » conclusi.

« No » rispose Howard. Andò in cucina a versarsi succo d'arancia e vodka in un bicchiere sporco. « Ma io so che non riuscirete mai a dimostrare che ero in Wisconsin Avenue perché non c'ero. Se riesco a fare due isolati a piedi è tanto. »

« Ti sarà venuta voglia di ammazzare Tommy, qualche volta » disse Sampson.

« Quando uno ti rovina la vita, un pensierino lo fai » rispose Howard, sedendosi su una poltrona dallo schienale reclinabile. « Ma non l'ho ammazzato io. »

« Possiedi una Remington 1911? » gli chiesi.

« No. Sono sempre stato un patito della Smith & Wesson. »

« Ti spiace se diamo un'occhiata in giro? »

« Sì, mi spiace » rispose l'ex collega caduto in disgrazia. « Se avete un mandato, potete accomodarvi. Altrimenti, con il dovuto rispetto, quella è la porta. Io e Sylvia P. abbiamo un'altra partita da guardare. »

10

Sampson e io non volevamo litigare con Howard. L'ex collega non sembrava nelle condizioni di assassinare McGrath, né dal punto di vista fisico, né da quello psichico. Si era arreso e aveva accettato la realtà, seppure con amarezza.

Perciò lo salutammo e tornammo in ufficio, dove Bree e Muller ci aspettavano insieme con Rico Lincoln e Martin O'Donnell, gli altri ispettori che Michaels aveva assegnato alla squadra che indagava sull'assassinio di Tommy McGrath. Bree e Muller ci riferirono il colloquio con Vivian McGrath e noi parlammo dei nostri sopralluoghi a casa di McGrath, Edita Kravic e Terry Howards.

Finito di parlare, guardai l'ispettore Lincoln, un uomo alto e magrissimo che correva la maratona, che avevo visto sorridere impaziente di poter dire la sua.

«Vuoi aggiungere qualcosa, Rico?»

«Sì» rispose Lincoln. «Io e O'Donnell abbiamo delle informazioni.»

«Vai tu» disse O'Donnell.

Lincoln prese il portatile e lo collegò a un grande schermo a parete, visualizzando le immagini di Wisconsin Avenue riprese da una webcam per il controllo del traffico, in cui si vedevano con grande nitidezza le auto sulle due corsie in direzione nord e addirittura chi c'era a bordo, anche se non molto chiaramente perché pioveva e, specie nella corsia di destra, era difficile vedere attraverso i parabrezza.

Lincoln mandò avanti veloce il filmato e, quando nell'angolo in basso apparve la scritta 7.20 a.m., mise in pausa.

«Tommy McGrath e Edita Kravic sono stati uccisi alle sette e venti del mattino» disse. Premette il tasto Play. «Vedete che nella corsia di destra arriva una berlina quattro porte con la carrozzeria opaca, come se avesse soltanto un primer scuro e dovesse ancora essere riverniciata.»

«Quel pensionato ci ha visto giusto» commentò Sampson.

«Guardate» disse Lincoln.

L'auto passava, ma dietro il parabrezza rigato dalla pioggia non si vedeva nulla. Lincoln fermò l'immagine quando il muso dell'auto stava per uscire dall'inquadratura e indicò l'angolo a sinistra: posato sul cruscotto c'era un berretto da baseball dei Redskins.

«Come quello che indossava Howard meno di un'ora fa» osservò Sampson.

Era vero: era lo stesso berretto.

Lincoln continuò: «Ancora una cosa».

Fece avanzare le immagini finché non scomparvero parabrezza e finestrino del conducente e si fermò sull'inquadratura del finestrino dietro, abbassato.

Sul sedile posteriore era seduta una persona con una gran testa di capelli.

«Okay?» dissi.

Lincoln mandò avanti il filmato di un paio di inquadrature. La luce era diversa e si vedevano tre quarti della faccia.

Fissai l'immagine per un secondo: «Raggedy Ann?»

«È la prima cosa che è venuta in mente anche a noi» disse l'ispettore O'Donnell. «Lì per lì abbiamo pensato che non fosse la macchina giusta e che il berretto fosse solo una coincidenza.»

Lincoln proseguì: «Poi, però, ci abbiamo riflettuto e abbiamo pensato che sul sedile posteriore non c'era una persona, ma un fantoccio, una sorta di spaventapasseri. Vedete queste ombre? Sono le spalle di un cappotto scuro. Vedete il bavero? »

« Sì, credo di aver capito » intervenni. « Cosa ci fa Raggedy Ann con il cappotto? »

« Precisamente » disse Lincoln.

Mi grattai il mento. « Sono d'accordo sul fatto che quella sia l'auto da cui hanno sparato » dissi. « Diffondete a tutti i reparti le inquadrature migliori. »

« Subito » disse Lincoln, e cominciò a digitare sulla tastiera.

Bree soffocò uno sbadiglio. Veniva da sbadigliare anche a me. Feci un cenno a O'Donnell, che disse: « Ho cominciato lo spoglio dei documenti di McGrath e ho subito trovato un'e-mail minatoria ».

Digitò qualcosa e sullo schermo, al posto della bambola di stoffa sul sedile posteriore dell'auto dell'assassino, apparve un messaggio di posta elettronica inviato a McGrath il 3 luglio da un certo TL.

Se tirate troppo la corda, cominciamo a tirarla anche noi. E stavolta sarà letale, comandante McG.

« TL? » si stupì Sampson. « Thao Le? »

« Penso proprio di sì » rispose Bree, drizzando la schiena.

Intervenne Muller. « Credevo fosse stato condannato nella contea di Prince George's l'anno scorso. »

« È uscito dopo la sentenza d'appello quattro mesi fa » spiegò O'Donnell, mostrandoci un incartamento che aveva trovato nella scrivania di McGrath. « Tommy aveva cominciato a svolgere un'indagine tutta sua sulle attività di Thao Le, dopo la sua scarcerazione. »

« Trovando cose interessanti? » chiese Bree.

« Constatando, per esempio, che Thao Le era tornato alle sue attività criminose, a frequentare noti delinquenti e membri della vecchia gang. Stupefacenti, donne, usura, estorsione... »

« E perché Tommy non l'ha detto a nessuno? » chiese Sampson.

« Mandare in galera Thao Le era diventato il suo chiodo fisso » spiegò O'Donnell. « Lo ha messo addirittura per iscritto. Era convinto che fosse stato lui a piazzare le prove fasulle che avevano causato la rovina di Terry Howard e, benché Terry ormai lo odiasse irrimediabilmente, voleva dimostrarglielo. »

« Quindi forse aveva scoperto troppe cose e Thao Le ha messo in atto la sua minaccia » concluse Bree.

« Dov'è ora Thao Le? » domandai.

« Non lo abbiamo ancora localizzato » rispose O'Donnell. « Ma le ultime due volte che è stato beccato, aveva con sé una Remington 1911 calibro quarantacinque. »

11

Mi alzai prima dell'alba, risvegliato da un sogno in cui una bambola di pezza armata di pistola guidava una moto lungo Rock Creek Parkway in un fiume di banconote da cinquanta dollari che ricoprivano parzialmente i corpi esanimi di Edita Kravic e Tommy McGrath.

Cercai di non fare rumore per lasciar dormire Bree. Eravamo rientrati dopo mezzanotte, avevamo divorato gli avanzi nel frigo e ci eravamo messi a letto.

Feci una doccia e scesi in cucina, dove mia nonna, novantun anni, stava preparando la colazione.

«Sei già in piedi?» le dissi, dandole un bacio su una guancia.

«Vi aspetta una giornata pesante e volevo che la cominciaste al meglio» rispose.

La ringraziai e mi versai il caffè. Poi andai a ritirare i giornali fuori della porta.

L'omicidio di Tommy McGrath e Edita Kravic era in prima pagina sia sul *Washington Post* sia sul *Washington Times.*

Veniva citata una dichiarazione in cui il capo della polizia, Michaels, si rammaricava che il dipartimento avesse perso uno dei suoi uomini migliori e prometteva il massimo impegno per la sollecita risoluzione del caso. Spiegava che a tale scopo era stata istituita una task force da me capitanata.

«Papà?»

Alzai gli occhi dal quotidiano e vidi il mio figlio maggiore, Damon. Era in piedi davanti a me e sembrava emozionato.

Gli sorrisi. «Sei pronto?»

«Abbastanza.»

«Siediti a tavola e goditi l'ultima colazione a casa.»

Damon era alto quasi due metri e torreggiava sulla bisnonna. La sollevò da terra per darle un bacio e lei lanciò un gridolino e rise.

«Cosa ti prende?» gli chiese non appena Damon la rimise con i piedi per terra.

«Niente. Perché?» replicò Damon. «Posso avere tre uova, per favore?»

Nana sbuffò. «Vediamo che cosa posso fare.»

«Io due!» esclamò Jannie, la seconda, quindici anni. Era ancora in pigiama e si sfregava gli occhi. «Il frullato me lo preparo da sola.»

Ali, otto anni ancora da compiere, era il più piccolo dei tre fratelli. Arrivò di corsa in cucina e disse: «Per me French toast!»

«Troppi zuccheri fanno male» replicò Nana. «Meglio le uova, che sono ricche di proteine e fanno funzionare il cervello.»

«Nel French toast il pane è inzuppato nell'uovo, no?»

Lo guardai e dissi: «È una battaglia persa, Ali».

Mio figlio fece una faccia delusa e chiese due uova al tegamino con pane tostato.

«Così va meglio» rispose mia nonna.

Bree ci raggiunse poco dopo. Era bello fare colazione tutti insieme la mattina di un giorno feriale. Troppo presto, però, ci ritrovammo davanti a casa ad aiutare Damon a caricare le sue cose in macchina.

«Tutto qui?» gli chiesi scuotendo la testa. «Non è granché.»

«Ti sorprende?» chiese Damon.

«Un po'» risposi. «Quando partivo io per la scuola, avevo

il doppio della tua roba. O forse la mia roba era più ingombrante. Lo stereo, per esempio. Adesso è tutto molto più piccolo.»

«L'hai scoperto ora?» intervenne Nana spazientita. Batté il bastone sul marciapiede. «Damon, vieni qui, salutami per bene. Senza prendermi in braccio, per cortesia. Hai rischiato di spezzarmi la schiena, poco fa.»

Damon fece un sorrisetto e si chinò a darle un bacio.

«Sono fiera di te» gli disse Nana con gli occhi lucidi. «Sei un gentiluomo, oltre che uno studente modello.»

Detto da lei, ex insegnante di inglese nonché vicepreside in pensione, era davvero un complimento.

Damon sorrise soddisfatto. «Sei tu che mi hai insegnato a studiare.»

«Ma tu hai fatto tesoro dei miei insegnamenti» ribatté lei. «Il merito è tuo.»

Damon le diede un altro bacino, poi si voltò verso Jannie. «Continua a vincere, okay?»

«Ci provo» rispose Jannie. Lo abbracciò. «Vieni a vedermi correre?»

Damon rispose: «Non voglio mica perdermi la donna più veloce del mondo!»

«Non esageriamo» rispose Jannie con un gran sorriso.

«Forse ancora no, ma un domani... Bisogna crederci» disse Damon. Poi prese in braccio Ali, che aveva il muso lungo. «Perché fai quella faccia?»

Ali si strinse nelle spalle. «Perché vai di nuovo via.»

«Sarò a un'ora di distanza, non più sei come quando ero alla Kraft» replicò Damon. «Tornerò a casa molto più spesso.»

Ali si illuminò. «Promesso?»

«Sai che non posso stare più di tanto senza vedere il mio

fratellino» rispose Damon. E gli fece il solletico fino a farlo scompisciare dalle risate.

Per ultima Damon abbracciò Bree e le raccomandò di prendersi cura di me.

«Siamo pronti?» gli chiesi.

«La mia nuova vita mi attende» rispose Damon e mi accorsi che, nonostante l'apparente nonchalance, era commosso.

12

Prendemmo la 295 verso Baltimora e passammo buona parte del viaggio in silenzio. Da una parte avrei voluto fare a mio figlio mille raccomandazioni, dirgli di fare questa o quest'altra cosa e avvertirlo preventivamente delle difficoltà che avrebbe potuto incontrare.

Ma Damon era andato via di casa a sedici anni per inseguire il suo sogno ed era ormai autonomo e in grado di gestire la sua vita. Questo mi faceva piacere e mi rattristava al tempo stesso. Il mio ruolo di genitore era ormai limitato a qualche consiglio ogni tanto, mentre un tempo Damon dipendeva esclusivamente da me.

Passando per Hyattsville, Maryland, ripensai al giorno in cui era nato. La mia prima moglie, Maria, aveva pianto di gioia quando l'infermiera glielo aveva dato in braccio. Avevo voluto bene fin da subito a quel fagottino urlante.

Cercai di non pensare alla sera in cui Maria era stata uccisa in una sparatoria e mi concentrai invece sugli anni dopo la sua morte, che erano stati terribili per me. La mia unica consolazione erano Damon e Jannie, che all'epoca era piccolissima. Non ce l'avrei fatta, senza l'aiuto di Nana, che era intervenuta ancora una volta, come quando ero bambino, e aveva fatto da madre a Damon con la stessa dolcezza con cui si era presa cura di me.

Nei pressi di Laurel, Maryland, Damon e io cominciammo a parlare di baseball. Eravamo d'accordo sul fatto che Bryce Harper sarebbe assurto alla Hall of Fame, salvo problemi di salute. Qualche anno prima eravamo andati a New York a vederlo giocare nella All-Star Game e vincere l'Home Run Derby. Era un giocatore straordinariamente veloce e forte.

«Anche Jannie è così, non trovi?» disse Damon. «Un'atleta eccezionale, nata per vincere. Lo vedi da come si muovono.»

«Neanche tu sei male, come atleta» dissi.

«Okay, ma posso aspirare a essere settimo o ottavo in Prima divisione.»

«Non ti sottovalutare.»

«È la verità» replicò. «Invece Jannie... Jannie è a livelli stellari.»

Era proprio così. Vederla in gara era come vedere una gazzella inseguita da un leone e...

«Attento, papà!»

Davanti a noi, un caravan Jayco di otto metri, trainato da un pickup Ford F-150, aveva cominciato a sbandare paurosamente. Premetti il freno un istante prima che facesse testacoda, si rovesciasse e finisse sulla corsia di sinistra, arrivando a pochi centimetri dal nostro paraurti anteriore.

Accelerai e lo evitai, ma il caravan investì un'auto che stava sopraggiungendo e il pickup andò a sbattere contro qualcos'altro e il risultante ammasso di lamiere attraversò la corsia di destra e finì giù dalla scarpata.

«Porca vacca!» esclamò Damon. «Abbiamo rischiato di rimanerci secchi.»

Avevo il cuore a mille e mi tremavano le mani. Accostai. Avevamo davvero rischiato di lasciarci la pelle. La morte ci aveva sfiorato, ma per stavolta ci aveva risparmiato.

«Forza» dissi, prendendo il cellulare per chiamare il 911. «Dobbiamo dare una mano.»

Damon scese dalla macchina e corse verso la scarpata, mentre io spiegavo all'operatore che cosa era successo.

Quando raggiunsi il pickup, vidi che Damon scuoteva la testa. L'autista era morto, mezzo fuori dal lunotto posteriore. Sentimmo il pianto di un bambino nella vettura investita dal caravan, che si era capottata.

«Aiuto!» gridò una donna. «Qualcuno ci aiuti!»

Damon si inginocchiò vicino alla macchina e io lo imitai. La giovane mamma perdeva sangue dalla testa. Il bambino era a testa ingiù, ma sembrava illeso. Probabilmente piangeva solo perché non gli piaceva stare in quella posizione.

«Sta arrivando un'ambulanza» spiegai. «Come si chiama, signora?»

«Sally Jo» rispose la donna. «Sally Jo Hepner. Sanguino come un maiale al macello. Morirò dissanguata?»

«No, non credo proprio. Si è fatta un bel taglio e avrà bisogno di punti, ma non è in pericolo di vita. Come si chiama suo figlio?»

Sentivo già le sirene in lontananza.

«Bobby» rispose la donna. «Come mio padre.»

Damon si era infilato dal finestrino e aveva sganciato il seggiolino. Piano piano, lo tirò fuori. Bobby Hepner era ancora scosso, ma la vista della mamma lo calmò.

Vigili del fuoco e paramedici arrivarono nel giro di cinque minuti. Rimanemmo a guardare mentre estraevano la donna dall'auto e la sistemavano su una barella spinale con un collare. Poi caricarono sull'ambulanza anche il bambino.

«Direi che ora possiamo andare» mormorai. «La scuola ti attende.»

Damon sorrise, ma quando risalì in macchina era pensieroso. «La vita è strana. Ci sei e un momento dopo non ci sei più.»

«Meglio non pensarci troppo.»

«Lo so. Ma quando vedi una scena del genere ti chiedi che cosa ci stiamo a fare a questo mondo... Non sappiamo per quanto.»

«La morale è che dobbiamo vivere come se ogni istante fosse l'ultimo ed essere grati del tempo che ci è concesso. Da questo punto di vista, aver sfiorato la morte è un messaggio importante. Non era ancora la nostra ora, ma ci ha ricordato che la vita è fragile e preziosa. Non eravamo qui per trovare la morte, ma per andare al college. E questo faremo.»

Damon chinò la testa, ma poi sorrise. «Okay» disse.

La Johns Hopkins era cambiata dai miei tempi, ma il campus di Homewood era ancora un'oasi di verde e di costruzioni di mattoni rossi nella città di Baltimora e provai lo stesso brivido di eccitazione di quando ci ero andato a studiare. Un gruppo di studenti volontari ci consegnò il materiale illustrativo e ci condusse a sbrigare le formalità necessarie.

Trovammo il dormitorio di Damon e incontrammo il suo compagno di stanza, che era del Massachusetts, si chiamava William Clancy e giocava a lacrosse. Era con i suoi genitori. I due ragazzi si piacquero subito. Li aiutammo a sistemarsi e poi ci fu un momento di imbarazzo, quando ci accorgemmo che non vedevano l'ora che noi genitori ci congedassimo.

«Accompagnami alla macchina» chiesi a Damon. «Voglio darti una cosa.»

«Okay» disse Damon. Poi si rivolse al suo compagno di stanza. «Mi aspetti? Così andiamo insieme al picnic di benvenuto?»

«D'accordo» rispose William.

Arrivati alla macchina, guardai mio figlio con orgoglio e affetto.

«Che cosa mi volevi dare?» chiese Damon.

Lo abbracciai in lacrime.

«Tua madre sarebbe orgogliosa di te» gli dissi commosso.

Damon era a disagio, quando mi distaccai. Aveva anche lui le lacrime agli occhi. Disse: «Grazie, papà. Di tutto».

Non riuscii a trattenermi e lo abbracciai di nuovo. Poi gli dissi che era meglio salutarci, prima che io crollassi definitivamente, e lui rise. Battemmo il pugno e lo guardai andare verso il luogo che mi aveva trasformato in un uomo adulto.

Il viaggio di ritorno fu dolce e amaro al tempo stesso: ero felice per Damon e triste per la perdita del bambino che avevo cresciuto e che era di colpo diventato grande.

PARTE SECONDA
VIGILANTES ASSASSINI

13

Appena fuori del campus della Johns Hopkins, mi ero fermato e avevo posato la testa sul volante. Sapevo da tempo che Damon sarebbe stato via per mesi, ma ero comunque tristissimo.

Mi suonò il cellulare. John Sampson. Risposi usando il Bluetooth.

«Ti piace il *pho*?» mi chiese.

«Quando è fatto bene, sì» risposi, ingranando la marcia. «Perché?»

«Perché una delle fonti di O'Donnell dice che Thao Le all'una di oggi andrà a mangiare al Pho Phred's di Falls Church. Torni in tempo?»

Guardai l'ora. «Se accendo sirena e lampeggiante, forse.»

«Prima di arrivare, però, spegnili» replicò Sampson, e chiuse la chiamata.

Tornai sulla 295, accesi il lampeggiante e accelerai fino a superare i centotrenta chilometri orari, usando la sirena perché i veicoli mi lasciassero passare. E intanto pensavo a Thao Le.

Era nella malavita organizzata da sempre. Figlio di un boss che operava in California, si era trasferito sulla East Coast a diciott'anni per gestire un giro di eroina, cocaina e marijuana, che si era poi esteso a comprendere anche il traffico di esseri umani.

Era stato processato due volte per associazione a delinquere a scopo di estorsione e in tutti e due i casi era stato assolto per insufficienza di prove o, a seconda dei punti di vista, per le mazzette che aveva distribuito alle persone giuste. A un certo punto, però, Thao Le era finito nel radar dell'ispettore McGrath e di quello che all'epoca era il suo compagno di squadra, Terry Howard.

McGrath e Howard stavano indagando su Thao Le da un annetto, quando Howard era stato beccato con parte dei contanti e della cocaina sequestrati nel corso di un'operazione di polizia. Howard si era sempre dichiarato innocente e aveva dato la colpa a McGrath, ma alla fine era stato licenziato e non si era mai più ripreso dal tracollo.

McGrath era convinto che a incastrare Howard fosse stato Thao Le, ma a sei anni di distanza dai fatti non era riuscito a mettere insieme abbastanza prove per scagionare l'ex compagno di squadra perché, come aveva scritto in un documento trovato da O'Donnell, il vietnamita era *viscido e molto prudente*. Thao Le aveva scontato soltanto tre anni e mezzo di carcere per aggressione a pubblico ufficiale. Al momento dell'arresto, aveva infatti opposto resistenza ai due agenti che lo avevano fermato, mandandoli entrambi all'ospedale.

Motivo per cui intendevo andare al Pho Phred's accompagnato da una congrua scorta, nel caso avessimo deciso di parlare con Thao Le. Incominciai a fare un po' di telefonate.

All'una meno dieci entrai nel piazzale di un deposito di legname appena dietro l'Eden Center, un centro commerciale coreano-vietnamita di Falls Church. Bree, Sampson e Muller mi stavano aspettando insieme con quattro uomini delle forze speciali SWAT, due volanti e un sergente dell'Investigativa che si chiamava Earl Rand, con il quale avevo già lavorato bene in precedenza. C'erano anche diversi agenti del dipartimento dello sceriffo della contea di Fairfax.

«Com'è andata?» mi domandò Bree, in tenuta antisommossa nonostante il caldo torrido.

«Straziante, per certi versi. Ma ero molto orgoglioso di lui.»

«Bene. È giusto che tu sia orgoglioso. Damon è un ragazzo meraviglioso.»

«Lo so» risposi bardandomi. L'ispettore Rand posò sul tetto di un'autopattuglia una piantina dell'Eden Center. Era vagamente a forma di ferro di cavallo, con il posteggio al centro.

Il ristorante Pho Phred's era vicino a un altro ristorante, il Viet-Royale, all'estremità nordorientale del ferro di cavallo, in una zona che si chiamava Sidewalk Stores e voleva ricordare un mercato all'aperto nel centro storico di Saigon. Rand ci indicò le modalità di accesso, dal posteggio principale e da un parcheggio più piccolo che confinava con l'Oakwood Cemetery.

Rand disse che avremmo coperto entrambi gli ingressi e che un manipolo di agenti di Fairfax che conoscevano bene il centro sarebbero entrati dalle due estremità del ferro di cavallo.

«Così lo blocchiamo nelle quattro direzioni» concluse. «Lo accerchiamo.»

«Andiamo» dissi e salii in macchina con Sampson.

«Sarebbe bello, se Thao Le fosse l'assassino sia di McGrath e della Kravic sia di Peters» disse.

«Già» risposi. «Avrei il tempo di andare a vedere le gare di mia figlia.»

«Ci andrai comunque» disse Sampson, mettendo in moto per dirigersi verso l'Eden Center.

Da quel momento in poi, successe tutto molto in fretta.

14

Eravamo in contatto radio, tutti sulla stessa frequenza. Due agenti della contea di Fairfax entrarono nell'Eden Center attraverso il Planet Fitness, all'estremità ovest dei Sidewalk Stores, altri due da est.

Bree e Muller presero l'ingresso nord e Sampson, Rand e io quello sud. Quella parte dell'Eden Center era azzurro chiaro e l'ispettore Rand mi spiegò che era il colore della prosperità.

Di sicuro gli affari andavano bene, visto che all'una di venerdì c'erano un sacco di americani di origine vietnamita in giro. La pescheria, un negozio di abbigliamento che vendeva vestiti di seta ricamati e uno di dolciumi avevano parecchi clienti. Aleggiavano profumi assai appetitosi.

Sampson e io spiccavamo fra la folla, ma essere molto più alti di chi ti sta intorno ha i suoi vantaggi. In seguito capimmo che il nostro arrivo non era passato inosservato perché nel giro di un minuto e mezzo Thao Le uscì di corsa dal Pho Phred's, si guardò intorno con aria preoccupata e ci vide. Era a meno di cinquanta metri di distanza.

Agile e scattante, fece dietro front e scappò verso nord.

«Sta venendo verso di voi, Bree» dissi. E mi lanciai all'inseguimento.

«Lo vedo.»

L'ispettore Rand disse: «Bloccalo, se...»

Ma Thao Le doveva aver visto Bree e Muller, perché si infilò in un ristorante pieno di gente. Bree si staccò da Muller e gli corse dietro mostrando il distintivo. Si alzarono delle urla.

« L'uscita di servizio! » gridai, entrando in una pescheria a una quarantina di metri dal ristorante.

Mostrando il distintivo, urlai al pescivendolo atterrito e ai suoi altrettanto terrorizzati clienti: « Dov'è il retrobottega? »

Con gli occhi sgranati, l'uomo mi indicò una pesante tenda di gomma dietro il banco.

Sentii che Rand chiamava rinforzi e superai la tenda, ritrovandomi in un magazzino a temperatura controllata. La saracinesca sul retro era aperta e un camion si stava avvicinando in retromarcia alla zona di carico.

Saltai giù dalla rampa un attimo prima che il camion si accostasse bloccandola completamente e atterrai in una pozzanghera puzzolente, rischiando di perdere l'equilibrio. Per fortuna Sampson era dietro di me e mi aiutò a rimanere in piedi. Sentimmo il rombo di un motore e un attimo dopo da dietro il cassonetto a cinquanta metri da noi spuntò una moto di grossa cilindrata che partì sgommando.

Thao Le, senza casco, la portava con grande abilità e si allontanò verso nord in una nuvola di fumo. Bree aveva l'arma in pugno ma saggiamente non sparò e Thao Le accelerò fino all'angolo dell'edificio, scalò, frenò, girò a destra e scomparve.

« Gli ho mandato dietro le volanti » disse Rand, venendoci incontro affannato.

Stavamo correndo tutti. Bree svoltò l'angolo senza rallentare e noi la raggiungemmo in tempo per vedere Thao Le che, trovandosi di fronte una volante, faceva inversione e tornava verso di noi con i colleghi alle calcagna.

Nel vedere che dall'altra parte stava arrivando la seconda volante pronta a intercettarlo, pensai che Thao Le non avesse scampo.

Si fermò più o meno a metà del parcheggio, vicino a un cassonetto e una pila disordinata di pallet a ridosso della recinzione. La prima volante stava per raggiungerlo, quando Thao Le guardò verso di noi e sorrise.

Diede gas per prendere la rincorsa e salire sulla pila di pallet, per poi fare un volo di circa tre metri e atterrare sul cassonetto quasi sul fianco.

A quel punto accelerò al massimo, slittò sul coperchio del cassonetto in diagonale e fece un altro salto, superando la recinzione che separava il parcheggio dalla strada di servizio del cimitero.

Stava quasi per ribaltarsi, ma posò un piede a terra, raddrizzò la moto e ripartì a tutta velocità, lasciandoci a bocca aperta, pieni di rabbia e di stupore.

Uno degli agenti ancora nel centro commerciale comunicò via radio: «Qui al Pho Phred's ho la ragazza di Thao Le. Le volete parlare?»

15

L'agente era fuori del ristorante con Michelle Bui, che aveva le manette ai polsi e l'aria a dir poco contrariata.

«State calpestando i miei diritti» dichiarò. «Sono nata e cresciuta negli Stati Uniti e non ho mai messo piede né a Hanoi né a Ho Chi Minh. Non sono tenuta a dirvi niente, perché non ho fatto niente ed ero qui solo per pranzare. Il vostro è puro e semplice abuso di potere.»

Michelle Bui era piuttosto alta, per essere vietnamita, quasi uno e settanta, e snella come un giunco. Aveva i capelli rasati su un lato della testa e lunghi dall'altro e sciami di farfalline tatuate sulle braccia, gialle a sinistra e rosse a destra. A completare il look, portava due anellini per narice.

Gridava nella sua lingua e molte persone si affacciarono dai negozi a guardare.

«Vogliamo semplicemente parlare» disse Bree con calma.

«E per parlare c'è bisogno di pistole spianate e manette ai polsi?» chiese Michelle Bui.

«Se l'interlocutore è Thao Le, sì» risposi.

«Perché non lo lasciate in pace?» protestò. «Ogni volta che lo arrestate, l'ha sempre vinta lui. Quando vi metterete in testa che per voi è una partita persa?»

Osservò le nostre facce e sorrise con l'aria di chi ha capito tutto. «Non l'avete beccato, eh? Non ci siete riusciti!»

Scoppiò a ridere, poi urlò qualcosa in vietnamita e scatenò altre risate.

Mi guardò. «Sei tu il capo?»

Indicai l'ispettore Rand.

Michelle Bui alzò gli occhi al cielo e disse: «Mi togli 'ste manette, che mi fanno male? Non vorrei dovermi rivolgere a un avvocato».

Intervenne Bree. «Se gliele togliamo, risponderà alle nostre domande?»

«Per quale motivo dovrei rispondere alle vostre domande?» ribatté Michelle Bui. «Non ho commesso nessun reato.»

«Favoreggiamento. Lei ha aiutato l'assassino di un poliziotto» la smentì Sampson.

Presa alla sprovvista, Michelle Bui cambiò faccia.

«Thao non ha ucciso nessun poliziotto» dichiarò.

«Noi riteniamo di sì» rispose Bree. «Per l'esattezza, Tommy McGrath, che era deciso a chiudere Thao in una cella e buttare via la chiave.»

Michelle Bui tacque, posando lo sguardo ora qua ora là.

«Sa chi è McGrath?» le chiesi.

Dal modo in cui scosse la testa capii che l'aveva già sentito nominare.

Anche Bree lo intuì e disse: «Uccidere un poliziotto è una cosa seria e la rete si sta stringendo intorno a Thao Le. Bisogna vedere chi ci finisce dentro insieme a lui».

«In che senso?»

«Nel senso che il suo uomo non è granché leale» risposi. «Mantiene tre donne in tre case diverse e va un po' da una e un po' dall'altra.»

Michelle Bui si irrigidì, ma continuò a tacere.

«Come si sente a dividere il suo uomo con altre due donne, ad averlo soltanto una sera su tre?»

La ragazza sbatté le palpebre, guardò per terra e replicò: «Se va bene».

«Appunto. Supponiamo che le altre due preferiscano parlare con noi piuttosto che finire nella rete con Thao. In che situazione si troverebbe lei?»

A Michelle Bui vennero le lacrime agli occhi. «Di merda» rispose. «Toglietemi le manette e vi dico quello che so.»

16

Bree si relazionava bene con la ventiquattrenne e così decidemmo di lasciare che lei e Muller continuassero a interrogarla e tornammo a Washington.

Entrai nell'ufficio che divido con Sampson e vidi una GoPro dentro un sacchetto trasparente con un biglietto di Nancy Barton dell'Istituto di medicina legale.

C'era scritto: *Era sulla Maserati. Molto interessante.*

Nancy ci aveva lasciato anche il cavetto. Collegai la macchina fotografica al computer e la accesi. Dovetti trafficare un po' per riuscire a trovare i comandi giusti, ma alla fine Sampson e io riuscimmo ad aprire il file più recente.

Lo guardammo due volte di fila, ne parlammo e lo riguardammo una terza volta.

«Conviene che avvertiamo subito Michaels» disse Sampson.

«Concordo» risposi.

Dieci minuti dopo eravamo nell'ufficio del capo. Bryan Michaels era un peso welter con la pancetta. Si portò la tazza alla bocca, bevve un sorso e fece una smorfia.

«Maledizione, non mi abituerò mai!» esclamò. Rabbrividì e posò la tazza sulla scrivania. «Limonata calda. Fa bene all'equilibrio acido-base.»

«Ci aggiunga del miele» suggerii.

«Prima, però, guardi il video che le abbiamo mandato» disse Sampson.

«Vorrei tanto un latte macchiato» sospirò Michaels, inforcando gli occhiali da presbite e voltandosi verso il computer.

Digitò sulla tastiera e aprì il file.

«Cos'è?» chiese.

«Il video degli ultimi minuti di vita di Aaron Peters» risposi. «Aveva una GoPro montata sul cruscotto in una custodia ignifuga. Doveva averla collegata al tachimetro perché... Ma lo vedrà lei stesso.»

Michaels cliccò per passare alla modalità schermo intero.

La GoPro era al centro del cruscotto e l'inquadratura comprendeva il cofano aerodinamico e i fasci di luce proiettati dalla Maserati. Nell'angolo in basso a destra c'era un tachimetro digitale e in quello in basso a sinistra un timer settato sullo zero.

«Partiamo per una corsa epica» diceva la voce fuori campo di Aaron Peters, lasciando Beach Drive per imboccare Rock Creek Parkway.

Il timer partiva e il motore rombava, mentre l'auto passava da cinquanta a centoventi chilometri orari in meno di quattro secondi.

Peters rideva, poi: «Ma che c...»

Scalava marcia e frenava, con un rumore che riempì la stanza.

«Guardi adesso, capo» disse Sampson.

Da una curva a esse spuntava un'unica luce, il cui fascio arrivava sull'asfalto a fianco della Maserati.

«Una moto?» chiese Michaels.

«Cosa caspita... ehi, imbecille!» diceva Aaron Peters.

La luce si spostava sulla destra e al rombo della Maserati si aggiungeva quello della moto. Poi Peters cominciava a zigzagare a destra e a sinistra per impedire alla moto di superarlo, prendeva male una curva e provava ad accelerare.

«Non mi prendi!» gridava, aumentando la velocità.

Ma il fascio di luce non scompariva e il rombo della moto diventava forte quasi quanto quello della macchina. Poi si sentivano due spari e la Maserati sbandava, urtava contro il guardrail, faceva un testacoda che per un attimo rischiava di coinvolgere il motociclista e quindi volava nel bosco, andava a sbattere contro un albero ed esplodeva in una palla di fuoco.

«Gesù!» esclamò Michaels. «Gli hanno sparato mentre andava a centocinquanta?»

«È quello che abbiamo detto anche noi» replicai. «Adesso guardi le foto che le ho mandato.»

Un minuto dopo sullo schermo apparvero due immagini. Una mostrava le ferite sul corpo di Tommy McGrath in fase di autopsia, l'altra i due fori di proiettile nella testa di Peters.

«Okay» mormorò Michaels.

«In entrambi i casi, la mira è perfetta» osservai. «E, in entrambi i casi, i proiettili sono calibro quarantacinque, presumibilmente sparati da una Remington 1911.»

Il capo della polizia ci guardò stupito. «Pensate che l'assassino sia lo stesso?»

«Abbiamo recuperato due proiettili dal casco in kevlar di Peters. Vedremo se sono uguali a quelli di McGrath. In attesa dei risultati, dobbiamo prendere in considerazione l'ipotesi che a sparare sia stata la stessa persona. Abbiamo ritenuto giusto dirglielo.»

Michaels rifletté un momento, poi rispose: «Non rendiamolo pubblico finché la balistica non ci darà la certezza che è così. Okay?»

«Va bene» disse Sampson. Annuii.

«Che collegamento potrebbe esserci fra Peters e McGrath?» chiese Michaels.

«Finora non ne abbiamo trovati» rispose Sampson.

«Tenetemi informato.»

«Faremo rapporto più volte al giorno, capo» promisi.

Ci voltammo per andare via, ma Michaels mi trattenne. «Posso parlarle un attimo, Alex?»

Guardai Sampson. «Certo.»

Sampson uscì e chiuse la porta e Michaels cominciò: «Mi serve un nuovo capo dell'Investigativa».

«Ha già in mente qualcuno?»

«Lei.»

«Io?»

«Chi meglio di lei?»

Venni travolto da una miriade di emozioni contrastanti.

«Be'?» chiese Michaels.

«Sono lusingato» iniziai. «E onorato che abbia pensato a me, ma ho bisogno di rifletterci, e di parlarne con Bree e il resto della famiglia.»

«Avrebbe orari più regolari e potrebbe passare più tempo con loro. Mi sembra positivo.»

«Assolutamente. Ma ho bisogno comunque di un po' di tempo per...»

«Tutto il tempo che vuole. Basta che mi dia una risposta entro domani mattina alle otto.»

17

Nana era in forma smagliante, quella sera. Aveva visto in TV Rachael Ray preparare il pollo alla provenzale e aveva deciso di provarci anche lei, con una serie di varianti rispetto alla ricetta originale. Il risultato era delizioso.

«Buono, eh?» dissi.

«Buonissimo» rispose Ali.

«Posso averne ancora un po'?» chiese Jannie.

«Ci hai messo il cumino?» domandò Bree leccandosi le labbra.

«E una punta di curry» rispose Nana. «La pelle del pollo è rimasta bella croccante, vero? E anche le cipolle. Quanto costerebbe un piatto così in un ristorante?»

«Hai controllato se hai vinto, Nana?» chiese Ali.

Nana giocava al lotto da quando ero piccolo. Era uno dei suoi pochi vizi. Da quando ero andato ad abitare con lei, tantissimi anni prima, non aveva mai saltato una settimana.

«Sì» risposi. «Nessuno ha vinto il Powerball. Alla prossima estrazione supererà i cinquanta milioni di dollari.»

«No, papà» replicò Ali. «Dicevo la lotteria della scuola.»

Mia nonna rispose: «Ali vuole iscriversi alla Washington Latin e io sono d'accordo. Le charter school offrono un'ottima formazione. L'abbiamo visto con Jannie».

«Riuscirò a entrare, secondo te, papà?» chiese Ali. «In matematica ho il novantasei per cento.»

«Sei nel novantaseiesimo percentile in matematica» lo corresse Nana.

« E in lettura, novantun percent... ile » aggiunse Ali.

« Che ti darà un numero in più alla lotteria. »

« Due » corresse Nana. « Ha buone chance. »

Ali fece un sorriso da un orecchio all'altro. Era intelligentissimo e curioso, con talmente tanti interessi che a volte si stentava a credere che avesse soltanto sette anni. « Ci voglio entrare a tutti i costi » dichiarò.

« E ci entrerai » replicò Bree.

Stava sparecchiando. Le diedi una mano e insieme riportammo la cucina nelle condizioni di ordine e pulizia che consentivano a Nana di andare di là a guardare *NCIS*, che ultimamente era il suo programma preferito. Bree sembrava pronta a raggiungerla, ma io le proposi di uscire a fare due passi.

Bree sorrise. « Volentieri. »

Faceva caldo e piovigginava. Era bello camminare sotto la pioggia, sgranchirsi le gambe dopo la mangiata.

« Che cosa ha detto Michelle Bui? »

« Nulla di compromettente riguardo gli omicidi. Però ci ha aperto una serie di piste che vale la pena seguire » rispose Bree. « Thao Le possiede una Remington 1911 calibro quarantacinque. Anzi, più di una. Michelle dice anche che lo ha sentito nominare Tommy McGrath diverse volte, in questi ultimi mesi, sempre in tono rabbioso. Diceva che Tommy lo perseguitava. Evidentemente Tommy era vicino alla verità e Thao era preoccupato. »

« Lo so » dissi. « Senti, Michaels mi ha proposto di prendere il posto di Tommy a capo della squadra Investigativa. »

Bree si fermò di scatto e mi guardò raggiante. « Davvero? Oh, Alex, che bella cosa! »

« Sì, è una bella cosa. »

« Accetta. Te lo meriti. E penso che saresti adatto. Saresti un ottimo capo, un mentore come Tommy. »

Ricominciammo a camminare. «Ci ho pensato. Da quel punto di vista, è allettante.»

«Avresti anche orari più regolari. Da che ti conosco, le tue giornate non finiscono mai» disse Bree. «Jannie è già al secondo anno. Fra un po' andrà via di casa pure lei.»

«Lo so» risposi. «Avrei modo di seguirla di più e di portare Ali ai festival della scienza. La tentazione c'è.»

Bree si fermò di nuovo. Aveva gocce di pioggia sulle guance che sembravano lacrime. Gliele asciugai.

«Ma?»

«C'è sempre un ma» replicai.

«Ovvero?»

«Mah...»

«Non fare lo spiritoso» disse Bree.

«Torniamo?»

«Prima dammi un bacio» disse Bree.

«Scusa?»

«Sei sexy, sotto la pioggia.»

«Davvero?»

«Moltissimo» rispose Bree. Si sollevò sulle punte dei piedi, mi gettò le braccia al collo e mi diede un lungo bacio.

«Accipicchia» esclamai. «Dobbiamo venire più spesso a passeggiare sotto la pioggia.»

Bree sorrise e si incamminò, civettuola. «Fantasticami in una foresta pluviale, capo.»

«Con piacere» risposi e tornammo a casa ridendo.

Salii in camera e chiamai mio padre, che avevo ritrovato di recente dopo aver creduto per anni di essere orfano. Rispose al secondo squillo.

«È un po' che non ti sento, Alex» disse.

«Neanche tu mi chiami. Eppure, adesso che sei in pensione dovresti avere più tempo libero.»

«La procura di Palm Beach mi passa un sacco di lavoro» disse in tono incredulo.

«Ti sorprende?» chiesi. «Anche se ti hanno cacciato dalla Omicidi, resti sempre un professionista con i controfiocchi.»

«Non riesco ancora a capacitarmi di non essere finito in galera.»

«Hai pagato per le tue colpe. Sei diventato una brava persona, Jason Cross, Peter Drummund o come diavolo ti fai chiamare adesso.»

«Pete va bene» replicò. «Okay, non parliamone più. Dimmi di te e della famiglia.»

Gli raccontai della proposta che mi aveva fatto Michaels.

Mi ascoltò, poi chiese: «Cos'è che ti piace fare?»

«Il lavoro sul campo» risposi. «A livello amministrativo, invece, sono molto meno bravo. Non lo so.»

«Puoi delegare» suggerì lui. «Svolgere i compiti che meglio si attagliano a te e lasciar fare il resto ai tuoi collaboratori. Mettilo subito in chiaro con il tuo capo.»

«Ci penserò» risposi. «La notte porta consiglio.»

«Io ho l'impressione che tu abbia già deciso.»

18

Prima della battaglia, cambiava identità. Quella sera, diventò John Brown.

Salì a bordo di un furgoncino marrone chiaro, senza scritte. Il veicolo ideale per un predatore. O più di uno.

Si sedette sul sedile del passeggero e si massaggiò il ginocchio dolorante. « Sette minuti » disse.

In risposta, dal retro del furgone provennero grugniti e il rumore inconfondibile di fucili e mitragliette che venivano caricati.

Uscirono dalla Interstate 695 e attraversarono il ponte sul fiume Anacostia dirigendosi verso una parte di Washington in cui i turisti si avventuravano molto di rado e dove droga, miseria e apatia la facevano da padrone. Era un luogo corrotto e marcescente e andava sanato, disinfettato.

Presero la I-295 in direzione sud e svoltarono a est in Suitland Parkway, per uscire tre o quattro chilometri dopo e proseguire oltre Buena Vista.

« Efficienza e disciplina » ordinò, indossando il passamontagna nero. « Non prendiamo nulla e non lasciamo nulla, okay? »

Altri grugniti di assenso. Brown si sporse e tenne il volante per consentire alla persona alla guida di coprirsi il volto.

Una voce di donna dal retro buio del furgone disse: « Seguiamo il piano concordato ».

« Scegliamo bene e spariamo meglio » le fece eco un uomo.

« Con precisione chirurgica » disse un altro.

Brown attivò il microfonino che aveva al collo. «Cass?»

Nelle cuffie si sentì un fischio e quindi una voce di donna.

«Via libera» rispose Cass. Era nel furgone dietro di loro.

Brown comunicò: «Cinquanta secondi».

Si sentirono caricare altre armi. Qualcuno tossì e si soffiò il naso. Tenuto conto di cosa li aspettava, erano tutti straordinariamente calmi. D'altronde, erano dei professionisti e l'operazione che si apprestavano a condurre non era né nuova né inconsueta per loro.

Imboccarono un raccordo che girava verso ovest e portava al Lincoln Memorial Cemetery e fermarono il furgone nel tratto buio in cui c'erano tre lampioni spenti. Li avevano messi fuori uso due di loro la sera prima, con fucili Crosman a piombini. L'uomo alla guida del furgone di Brown spense i fari e il portellone si aprì. Scesero quattro uomini vestiti di nero dalla testa ai piedi.

Brown scese per ultimo. Prima di chiudere la portiera, disse: «Tre e trenta». L'autista annuì e ripartì. Dal secondo furgone scesero altri individui mascherati: in tutto erano otto uomini e due donne. Si arrampicarono sul muro del cimitero, scesero dall'altra parte e accesero i visori a infrarossi per inoltrarsi fra lapidi e alberi lungo un percorso che avevano provato e riprovato nelle ultime tre settimane. Andavano sul sicuro e quella via di accesso e di uscita era collaudata.

Il piano era perfetto: occorreva solo metterlo in pratica.

Brown aveva male al ginocchio e faceva fatica a stare dietro agli altri, ma ben presto li raggiunse lungo la fila di alberi e scandagliò con loro lo spiazzo ingombro di rottami e la fabbrica abbandonata al di là. Tese le orecchie, sentì il ronzio dei generatori a gasolio. Erano più di uno. Bastava questo a capire che quella fabbrica sembrava abbandonata, ma non lo era.

« Li vedete? » sussurrò Cass. « Sono due, sulla porta, uno di qua e uno di là. Ve l'avevo detto. »

Cass era un donnone di poco più di trent'anni, bionda, capelli corti, con muscoli d'acciaio grazie ad anni di allenamento su macchine CrossFit. Era anche una delle persone più preparate e leali che Brown avesse mai conosciuto. L'aveva mandata in avanscoperta sapendo che avrebbe svolto un ottimo lavoro.

Aumentò l'ingrandimento e vide i due di guardia alla porta, sdraiati su un materasso ciascuno. Un terzo era sull'angolo in fondo a fumarsi una sigaretta e un quarto era accucciato all'altra estremità dell'edificio.

« La solita formazione » mormorò Brown al microfonino. « Cass e Hobbes al centro, Price e Fender ai lati. »

Avanzarono a passo felpato verso l'obiettivo. I due di guardia che dormivano ai lati della porta non ebbero neppure il tempo di aprire gli occhi perché Cass e Hobbes spezzarono loro l'osso del collo e i due dall'altra parte non si accorsero di Price e Fender, quando si avvicinarono da dietro e li strangolarono con un cavetto di acciaio.

19

Nella foschia di quell'alba di agosto, c'erano sei mezzi della polizia con i lampeggianti accesi intorno alla fabbrica abbandonata di Anacostia. Nonostante l'ora, diverse persone sul marciapiede e affacciate sulle porte delle case guardavano il vecchio capannone di mattoni come se fosse maledetto.

Bree, Sampson e io eravamo intervenuti perché, quando era arrivata la segnalazione, eravamo in zona. Parlammo con i due agenti che avevano fatto la macabra scoperta.

Si erano recati sul posto a seguito di una telefonata anonima al 911.

« Ci siamo resi conto subito che ci volevano rinforzi » disse uno di loro, ancora piuttosto scosso.

« Avete fatto bene a chiederli » risposi. « Fateci vedere. »

Ci accompagnarono sul retro dello stabilimento. Si sentiva il rumore di diversi generatori all'interno. Appena girato l'angolo vidi il primo uomo riverso per terra, fra sassi ed erbacce.

Era stato strangolato con una corda di pianoforte, che gli era penetrata nel collo. Doveva avere poco più di vent'anni, era di origini sudamericane, sul metro e ottanta di statura e novanta chili di peso, in canottiera nera, jeans larghi e costose scarpe da basket Nike, coperto di bling-bling.

« Chi lo ha ammazzato dev'essere forte come un toro » osservò Bree.

« Sono d'accordo » disse Sampson.

Gli frugai nelle tasche e trovai contanti e una fiala di polverina rosa.

«Potrebbe essere metanfetamina» dissi, dopo averci infilato dentro un dito protetto da un guanto di lattice.

Notai la strana inclinazione del bacino e spostai il corpo per guardarci sotto. Per terra non c'era niente, ma sollevando la camicia vidi che il morto portava una fondina con una Ruger 9mm.

«Non gli hanno dato neanche il tempo di reagire» commentai.

«Quindi, oltre che forte come un toro, è anche silenzioso come un gatto» disse Bree.

C'erano altri tre morti fuori della fabbrica. I due afroamericani vicino alla porta avevano la colonna spezzata all'altezza delle cervicali, mentre il bianco sull'angolo in fondo era stato strangolato con una corda di pianoforte come il suo compagno. Erano tutti grandi, grossi e armati. Nessuno aveva i documenti.

«Com'è andata, secondo voi?» chiese Sampson. «Quanti erano?»

«Più di uno sicuramente, a meno che non sia stato un ninja» risposi. «Quattro, direi.»

«E hanno agito contemporaneamente?» chiese Bree.

Mi guardai intorno e non vidi lampadine in nessuno dei lampioni.

«Sì. Al buio» risposi. Poi, indicando la porta di acciaio, chiesi: «A cosa facevano la guardia?»

Sampson andò alla porta, girò la maniglia e spinse. La porta si aprì cigolando. Impugnammo torcia e pistola ed entrammo nella fabbrica abbandonata. Ero il primo e il fascio di luce della mia Maglite illuminò un vano con il pavimento di cemento. In fondo c'era una porta a vento. La spalancai.

In quello spazio enorme un tempo c'erano macchinari: lo

si capiva dai segni che avevano lasciato sul pavimento sporco e polveroso e dall'odore. Si sentiva anche una lieve puzza di fumi di scarico.

Dalle finestre rotte in alto entravano e uscivano piccioni. Il sole cominciava a rischiarare il capannone, ma io tenni accesa la torcia e illuminai il soffitto, scoprendo una zona soppalcata, nella quale erano sistemati due grossi generatori a gasolio. Era da lì che veniva la puzza di fumo.

«Nessuno si muova» disse Bree.

Mi voltai e vidi che stava guardando per terra. Scostò un po' di sporcizia con la punta della scarpa e puntò la torcia verso dove eravamo entrati.

«Qui lasciamo delle impronte» disse. «Ma all'ingresso no. Hanno pulito. Forse hanno addirittura lavato.»

Capii che cosa voleva dire e illuminai il pavimento vicino alla porta. Era pulito. Ai lati della porta c'era una specie di passaggio largo cinquanta centimetri che correva rasente il muro del capannone e conduceva, sia da una parte sia dall'altra, a una scala di metallo.

Non c'era bisogno della torcia per vedere che dalle scale si accedeva a due passerelle che conducevano ciascuna a una porta. Seguimmo il percorso sulla sinistra, illuminando con le torce mucchi di rottami, vecchi tubi, condotte, parti di metallo coperti di uno strato di lerciume.

Le due scale, invece, erano pulite. E le passerelle pure.

Una delle due porte era socchiusa. Nella stanza c'era la luce accesa.

«Alex?» disse Sampson. Si era fermato sulla passerella alle mie spalle e puntava la Maglite in basso. Sul pavimento del capannone c'era un quinto morto, a pancia ingiù.

«Gli hanno sparato alla testa» disse Bree, illuminando il foro di uscita nella nuca. «Chiamo la Scientifica perché mandino una seconda squadra.»

« Buona idea » risposi. Tornai a guardare la porta socchiusa. Mi avvicinai e la aprii. Dava su un breve corridoio chiuso da un telo di plastica nera molto spesso con una cerniera verticale e due finestrelle attraverso cui arrivava una luce abbagliante. Mi avvicinai, sbirciai dentro e mi sentii mancare.

« Alex? » disse Bree alle mie spalle. « Cos'è? »

« Un airlock » risposi, scostandomi.

Bree si accorse del mio sgomento. « Cos'hai? »

« Di' alla Scientifica che mandino tre squadre » mormorai con un tremito nella voce. « Anzi, chiama direttamente l'FBI. Chiedi a Ned Mahoney un team con i chimici più bravi di Quantico. E tutto l'equipaggiamento di massima sicurezza. »

20

Quando arrivarono il mio ex collega e vecchio amico Ned Mahoney e due chimici dell'FBI, gli elicotteri di diverse TV via cavo sorvolavano già la zona e davanti alla fabbrica erano fermi veicoli dotati di antenne satellitari.

Ero al telefono con il capo della polizia, Michaels. Gli avevo appena riferito la situazione.

«Gesù» esclamò. «Se ne occuperà l'FBI, vero?»

«Finora no» risposi. «E questo mi riporta alla proposta che mi ha fatto ieri.»

«Mi dica.»

«Sono onorato, ma è giusto che lavori sul campo. Nel caso specifico, in questa vecchia fabbrica.»

«Perdio, Cross, io ho bisogno di un capo dell'Investigativa!»

«Mi hanno appena portato la tuta hazmat. La richiamo appena avremo finito. A quel punto, ne sapremo di più.»

Lo salutai prima che potesse sollevare obiezioni. Mi avvicinai all'unità mobile dell'FBI, dove Mahoney, i chimici e Sampson si stavano bardando.

«Quanti morti avete visto?» chiese Mahoney.

«Almeno altri cinque» risposi.

«Vedrai che casino scoppierà, quando arriveranno le televisioni» disse Sampson.

«È già scoppiato» disse Bree, raggiungendoci. Guardò le tute protettive. «Qualcuno dovrebbe andare a parlare con i giornalisti.»

« Aspettiamo di saperne di più » replicai. « Vieni con noi? »

Bree fece una smorfia e scosse il capo. « Così bardata, mi viene la claustrofobia. E non sappiamo cosa ci sia là dentro. »

« Appunto per questo stiamo andando a vedere » risposi, e le diedi un bacio.

Poi mi abbassai la visiera. Fuori c'erano più di trenta gradi e dentro la tuta si sfioravano i quaranta. Sampson fece passare per primi i chimici dell'FBI. Uno di loro, appena superato l'airlock, emise un verso sbigottito.

« Prestate la massima attenzione » raccomandò. « Non fate movimenti inconsulti. »

« Tranquillo » risposi. Lo raggiunsi in un attrezzatissimo laboratorio.

I periti stavano già esaminando le straordinarie apparecchiature e i processi di sintesi che erano in corso al momento della strage. Sampson e io contammo cinque morti – due uomini e tre donne – riversi sulle loro postazioni di lavoro.

Indossavano camici ospedalieri, occhiali protettivi, copriscarpe, cuffie e mascherine e presentavano ferite di arma da fuoco alla testa o al torace.

Controllai il pavimento e dissi: « Non ho ancora visto un bossolo ».

« Non ce ne sono » confermò Sampson. « Hanno ripulito e portato via tutto. »

« Professionisti » commentai.

Mahoney e i chimici si avvicinarono.

« Che idea vi siete fatti? » domandai.

Pitts, uno dei chimici, rispose: « Non è proprio all'altezza di Walter White, ma come laboratorio clandestino se la cava. Producevano metanfetamina ed ecstasy ».

« Rischio di esplosioni? » chiesi.

« Altroché » rispose Pitts. « Ma ora che sappiamo con cosa abbiamo a che fare, interromperemo le reazioni. Poi procederemo a inventariare e prelevare campioni. Chiameremo una squadra per smantellare il laboratorio e classificare i reperti per la procura.»

Chissà quanto tempo ci sarebbe voluto per completare le indagini e per catturare i responsabili. Sampson e io ci avviammo verso l'altro airlock in fondo al laboratorio.

Lo superammo e per una ventina di minuti perlustrammo il resto del laboratorio clandestino trovando altri dodici morti, cinque donne e sette uomini, di varie etnie ed età. Ventidue morti in tutto.

Tre donne erano nell'area di imballaggio, un locale con lunghi tavoli di acciaio, grossi mortai e pestelli, bilance digitali, centinaia di scatole di sacchetti di plastica sigillabili e quattro macchine per il sottovuoto. Su un tavolo c'erano sei chilogrammi di metanfetamina sciolta e, secondo i calcoli di Sampson, più del doppio era già confezionata, sigillata e pronta per la consegna.

«Se fosse una guerra fra trafficanti, gli assassini si sarebbero portati via la droga» osservò Sampson.

«Forse hanno preso solo i soldi» dissi. «Un giro come questo produce milioni di dollari in contanti.»

Trovammo il denaro nell'ultimo locale in cui entrammo. Era su un pallet, un blocco di mazzette alto un metro, avvolto nel cellophane. Biglietti da cinquanta, come in casa di Edita Kravic. Accanto, c'erano due uomini fra i trenta e i quarant'anni, in giacca e cravatta, un foro di proiettile in mezzo agli occhi.

«Saranno almeno un milione di dollari» disse Sampson. «Come mai non li hanno presi? Non capisco.»

«Neanch'io» replicai.

«Vendetta?»

«Possibile. Nessuna delle vittime sembra aver opposto resistenza. Devono averle colte di sorpresa.»

«Il che significa che usavano il silenziatore.»

«Questo è sicuro.»

Sampson disse: «Un'operazione pianificata ed eseguita con la massima precisione. Mira infallibile, rimozione dei bossoli, cancellazione delle impronte... Assenza di motivo apparente».

«Un motivo ci dev'essere per forza, John» ribattei. «Non si ammazzano più di venti persone senza una ragione.»

21

Un'ora dopo, sotto un sole cocente, Bree si piazzò davanti a una fila di microfoni fuori della fabbrica.

«Capisco la vostra impazienza, ma volevamo fornirvi fatti accertati e c'è voluto un po' di tempo per raccoglierli» disse con voce chiara e autorevole. «È stata compiuta una vera e propria strage: ventidue morti in un grande laboratorio di metanfetamina, un ambiente instabile...»

Molti rimasero senza fiato, poi cominciò il fuoco di fila delle domande. Subito dopo, fra le persone che si erano ammassate dietro i giornalisti si alzarono grida di orrore e raccapriccio.

«Vi prego» disse Bree alzando le mani. «Le vittime non sono ancora state identificate. Se avevate qualcuno che lavorava in questo laboratorio, una moglie, un marito, una madre, un padre, un amico, un figlio, una figlia... Se conoscevate qualcuno che lavorava qui, vi preghiamo di farvi avanti e aiutarci a identificare le vittime e a scoprire chi è stato a ucciderle e per quale motivo.»

I giornalisti sembravano impazziti e tempestarono di domande Bree, che non perse la calma e ripeté essenzialmente sempre le stesse cose.

«Sei stata bravissima» mi complimentai quando si congedò dai media, dopo aver promesso un aggiornamento entro un'ora.

«Basta sapere come dare le informazioni» rispose Bree. «Un pezzetto per volta.»

All'inizio non si fece avanti nessuno, neppure quelli che piangevano i loro cari. Poi gli addetti iniziarono a trasportare fuori i sacchi mortuari e, di fronte alla realtà di quel massacro, il dolore si fece più straziante.

La prima a parlare fu Vicky Sue Granger. Meno di trent'anni, era sicura che suo marito Dale fosse all'interno del capannone ed era disperata.

« Lavorava nel laboratorio? » le domandò Bree.

« Shamrock City » sussurrò. « Lo chiamavano così: la città del quadrifoglio. Se avevi la fortuna di entrarci e lavoravi bene, facevi un sacco di soldi, ma... »

Si interruppe di colpo. Probabilmente si era resa conto che era meglio non sbottonarsi troppo sui redditi non dichiarati del marito.

« Chi era il capo? » chiesi.

La signora Granger alzò le spalle. « Dale ci è entrato tramite T-Shawn, suo cugino. »

Altri familiari si presentarono dopo che le salme furono trasferite all'Istituto di medicina legale. Sfilavano davanti ai corpi allineati nei sacchi mortuari sul pavimento di cemento. Un uomo cercava il figlio diciottenne, due ragazzine erano lì per la sorella maggiore. Una nonna scoppiò in lacrime fra le braccia di Bree.

Dale Granger era uno dei deceduti. Era addetto all'imballaggio e gli avevano sparato al petto. Suo cugino Tim Shawn Watten, che lavorava anche come buttafuori in un locale di strip-tease, era uno di quelli strangolati con la corda di pianoforte.

Pochi congiunti avevano voglia di parlare. Quelli disposti a farlo dissero di non sapere quasi nulla, solo che il familiare che avevano appena perso aveva trovato un lavoro che fruttava parecchio contante.

Poi si presentò Claire Newfeld. Nel vedere il fratello minore, Clyde, uno dei guardiani cui era stato spezzato l'osso del collo, ebbe una crisi isterica. Quando finalmente ritrovò il controllo, ci riferì che suo fratello le aveva confidato di lavorare per degli scienziati.

«Sosteneva che erano dei geni» disse. «Avevano trovato un nuovo metodo per fare la metanfetamina e volevano pigliarsi tutto il mercato della East Coast.»

«Può farci qualche nome?»

«No. Non ho mai voluto sapere niente.»

Verso le otto di sera avevamo ancora sette corpi sul pavimento di cemento e nessuno in sala d'attesa. Due donne e cinque uomini erano ancora da identificare: i due bianchi in giacca e cravatta nella stanza con il denaro e cinque ragazzi fra i venti e i trent'anni trovati nel laboratorio.

Mi inginocchiai accanto a loro e li osservai. Chi erano? Che cosa li aveva portati a fare quella fine?

«Meglio trasferirli in una cella frigorifera» consigliai.

«Dottor Cross?» Uno degli agenti vicino alla porta mi stava chiamando. «C'è una signorina che cerca i suoi amici.»

«Va bene, falla entrare.»

Alexandra Campbell entrò con grande riluttanza, ingobbita, guardando ovunque tranne i morti. Era esile, giovane, con un tatuaggio colorato che le copriva un braccio e i capelli biondi con qualche ciocca tinta di rosa.

«Pensa di conoscere una delle vittime?» le chiesi, dopo essermi presentato.

La ragazza alzò le spalle e, desolata, rispose: «Devo vedere. Non sono sicura».

La accompagnai, ma Alexandra Campbell si fermò a tre metri dai sette sacchi mortuari rimasti e si coprì la bocca con una mano tremante.

«Carlo» disse fra i singhiozzi. «Vedi come mi hai lasciato?»

Si piegò su se stessa e si accucciò, cingendosi le ginocchia con le braccia. Piangeva disperatamente. Le diedi un po' di tempo e poi mi accucciai accanto a lei e le porsi una confezione di fazzolettini.

Bree portò una bottiglietta d'acqua, e Alexandra Campbell ci disse tutto quello che sapeva.

22

Arrivammo a casa a mezzanotte passata, mangiammo gli avanzi di pollo nel frigorifero senza neppure scaldarli e cercammo di dimenticare le cose che avevamo visto e sentito.

« Le credi? » chiese Bree alzandosi per andare a lavare il suo piatto. « Alexandra Campbell, intendo. »

« In linea generale, sì. »

« Che Dio ci assista » replicò lei. « Domani sarà una giornata campale. Uno zoo. »

« Cerchiamo di essere le tartarughe, allora, e di non perdere la calma. »

« Le tartarughe sono lente, Alex. »

« Ma hanno una bella corazza. E poi, chi va piano va sano e va lontano. »

Bree mi guardò con aria assonnata e si avvicinò per farsi abbracciare. « Ci aspetta un periodaccio e l'idea di fare la tartaruga non mi alletta » disse. « Speravo mi dicessi qualcosa di un po' più incoraggiante, ma ti amo. Cerchiamo di non allontanarci troppo, se possibile. »

« D'accordo. » Andammo a letto.

Mi addormentai appena posai la testa sul cuscino e non feci sogni.

Dormivo profondamente, quando la sveglia suonò alle sei e un quarto. Bree si era già alzata, lavata e vestita ed era in cucina a fare colazione con Nana. Jannie, in tuta, beveva uno dei suoi frullati proteici.

Sbadigliai e le dissi: « Ti sei svegliata presto ».

« Ho allenamento. Vogliono che finisca tutti gli esercizi prima che faccia troppo caldo. »

« Devi andare al campo sportivo? »

« In palestra » rispose Jannie. « Comincio il sollevamento pesi. »

« Non ti vorranno trasformare in uno di quei bestioni, eh? » intervenne Nana. « Non corrono veloci, quelli che fanno bodybuilding. »

« No, Nana » rispose Jannie. « È esattamente il contrario. Mi alleno con i pesi per sviluppare la muscolatura proprio in maniera da diventare più veloce. Ma senza diventare un mostro. »

« Meno male » disse Nana. « Non voglio mostri in casa. »

Sorrisi e mi versai il caffè sbadigliando. Bree sciacquò i piatti e si preparò a uscire. La accompagnai alla porta.

« Come mai tanta fretta? » le chiesi.

« Michaels mi ha mandato un sms per chiedermi di essere da lui alle nove. »

« Motivo? »

« Dovrò relazionare al sindaco e al commissario. A proposito, come sto? »

« Sei bellissima. Una tigre. »

Bree sorrise, mi sfiorò le labbra con un bacio e disse: « Grazie. Sei un balsamo per la mia autostima ».

« Prego. Quando vuoi. »

23

Le indagini sull'omicidio di Aaron Peters, Tom McGrath e Edita Kravic vennero messe temporaneamente da parte, dopo la strage nel laboratorio clandestino. Il capo della polizia, Michaels, destinò al caso praticamente tutti quelli della unità Reati Gravi.

L'FBI mise a disposizione altri dieci agenti. Anche la DEA partecipava alle indagini. Nel primo pomeriggio era prevista una riunione della task force in una sala normalmente usata per la chiamata degli agenti di pattuglia.

Era affollatissima, quando arrivò Michaels, seguito da Ned Mahoney, un tipo con la testa rasata che non conoscevo e Bree. Non l'avevo più vista da quella mattina, perché ero andato ad assistere allo smantellamento del laboratorio clandestino da parte dell'FBI.

Mi sorrise, sgranò gli occhi e mi disse senza emettere suono: « Messaggio ».

Aggrottai la fronte, presi lo smartphone dalla tasca e vidi che avevo silenziato le notifiche senza volere. Mi erano arrivati diversi messaggi da Bree. I primi tre dicevano: *Chiamami*.

L'ultimo era: *A questo punto lascia perdere. E preparati a una sorpresa.*

« Una strage così non può rimanere impunita » esordì Michaels. « Non si può farla franca dopo aver ucciso ventidue persone. »

L'atmosfera si fece cupa. Molti annuivano.

« FBI, DEA e polizia collaboreranno strettamente affinché ciò non succeda» continuò Michaels. «Il nuovo capo della squadra Investigativa, Bree Stone, si coordinerà con l'agente speciale Mahoney dell'FBI e il capo della DEA del District of Columbia facente funzione George Potter.»

Sampson mi sussurrò in un orecchio: «Sei rimasto a bocca aperta?»

Chiusi la bocca e sorrisi. Traboccavo di orgoglio. Come avevo fatto a non pensarci?

Bree si avvicinò al microfono, mi guardò e annuì con aria professionale.

Sullo schermo nell'angolo apparvero diverse fotografie.

«Per ora sono state identificate venti delle ventidue vittime confermate» disse Bree. «Gli autori della strage potrebbero essere legati a chiunque di loro e quindi occorre indagare su ciascuna.»

Fece un cenno a un tecnico e il numero delle fotografie sullo schermo si ridusse a cinque.

«Non è stato ancora reso noto, ma ieri sera si è fatta avanti una testimone che ci ha parlato diffusamente di questi cinque individui» disse. «Erano compagni di corso all'università, ex studenti di chimica alla Georgetown University.»

Si alzò un brusio. La Georgetown University? Possibile che a gestire un laboratorio clandestino dove venivano sintetizzate sostanze stupefacenti fossero studenti di quella prestigiosa università?

Bree indicò la foto di un uomo scuro, con i capelli ricci. «Laxman Dalal, ventidue anni, dottorando di ricerca. Nato a Mumbai, si era laureato alla University of Southern California in soli due anni. Si ritiene fosse lui la mente e l'artefice dell'operazione.»

Poi Bree ci raccontò la storia di altri quattro giovani molto intelligenti e motivati che avevano ceduto alle lusinghe del denaro facile e si erano lasciati convincere a partecipare all'operazione illecita da Laxman Dalal, che Alexandra Campbell aveva definito «brillante, carismatico e marcio dentro».

«Dalal evidentemente si riteneva al di sopra della legge» continuò Bree. «Dotato di un quoziente intellettivo superiore alla media e di una personalità spiccata, aveva persuaso i suoi compagni di università a produrre metanfetamina di notte, nei weekend e durante le vacanze. Fra di essi c'era anche Carlo Puente, il fidanzato di Alexandra Campbell.»

Gli affari andavano a gonfie vele. Secondo Alexandra Campbell, avevano iniziato in un piccolo garage nel Southeast e dopo un po' si erano trasferiti nel capannone ad Anacostia.

«Puente le aveva mostrato una grande quantità di contante a marzo» spiegò Bree. «Lei si era arrabbiata e lo aveva lasciato, dicendo che Dalal li avrebbe portati alla rovina. Aveva ragione. E con questo ho finito. Lascio la parola all'agente speciale Potter.»

Bree si allontanò e l'uomo della DEA prese il suo posto dietro il leggio.

Disse: «Prima dell'anno scorso avrei giurato che non esisteva gang con la capacità e la temerarietà necessarie per compiere un massacro come questo, ma negli ultimi sei mesi abbiamo assistito a un crescendo di scontri fra bande di narcotrafficanti nella parte settentrionale del Messico e nel Sudovest degli USA. Sparatorie, uccisioni, attentati a laboratori come questo... Quando lavoravo a El Paso c'era una banda che, nel tentativo di assumere il controllo del traffico di stupefacenti e di formare una sorta di super cartello, sterminava chiunque si mettesse di mezzo».

«E questo super cartello ha un nome?» chiesi. «Sappiamo chi ne fa parte?»

Potter mi guardò. « Purtroppo no, dottor Cross. A El Paso sembrava di dare la caccia ai fantasmi. »

« Eravate a conoscenza dell'esistenza di quel laboratorio clandestino? » domandò Sampson.

Potter guardò i suoi, che scossero la testa.

« Ha sorpreso noi quanto voi » rispose Potter. Poi sospirò. « Soffriamo della carenza di personale e dei tagli ai fondi per la lotta alla droga, purtroppo. »

Ned Mahoney si schiarì la voce e disse: « Non so nulla di super cartelli, ma sull'elemento temerarietà non ci sono dubbi. Un'azione così richiede grande sangue freddo. Sul fatto che si tratti di professionisti non possiamo che concordare».

« Non c'è alcun dubbio » confermò Potter. « Queste persone erano molto ben addestrate. »

« All'altezza delle nostre forze speciali? » chiese Bree.

« Temo che abbiamo a che fare con soggetti ancora più preparati » rispose Mahoney. « Un piccolo commando. »

« Mercenari? » chiese Sampson.

« Probabile » rispose Mahoney. « Con il ritiro delle truppe da Iraq e Afghanistan, diversi contractor sono rimasti a spasso. Disponendo del denaro necessario, non sarebbe difficile mettere insieme una squadra di élite. »

« Teniamolo a mente » disse Bree annuendo.

Ingrandì le foto di due vittime ancora da identificare, quelli in giacca e cravatta.

« Riteniamo che questi due uomini fossero i cassieri dell'organizzazione » disse. « Potrebbero aver finanziato la costruzione del laboratorio e l'acquisto delle attrezzature e organizzato lo spaccio della... »

In quel momento partirono le suonerie del telefono di Mahoney, di Bree e di Potter. Contemporaneamente.

Bree aveva lo smartphone in mano e fu la prima a guardare il display. Si irrigidì e disse: «Sono stati presi di mira altri due laboratori clandestini, uno a Newark e uno in una zona rurale del Connecticut. La conta dei morti è altissima.»

24

I due laboratori erano stati presi d'assalto a pochi minuti l'uno dall'altro, e con analoga precisione. In entrambi i casi non c'erano superstiti, non erano stati ritrovati bossoli o tracce di alcun tipo e centinaia di migliaia di dollari e chili di metanfetamina erano stati lasciati intonsi dagli assassini.

A quel punto Ned Mahoney e l'FBI assunsero il comando delle indagini. Era giusto così, visto che le stragi erano state commesse in Stati diversi. Il capo della squadra Investigativa Bree Stone restava però responsabile delle indagini sugli omicidi di Anacostia.

Mi faceva un po' impressione avere come capo mia moglie, all'inizio, ma poi riflettei che in casa comandavano comunque lei e Nana e me ne feci una ragione. Bree era bravissima nel suo lavoro, abile a ottenere le risorse necessarie, e aveva preso in mano la situazione con grande efficienza.

Nonostante ciò, per diversi giorni non facemmo il minimo progresso. Poi, a distanza di novantasei ore dalla scoperta del laboratorio clandestino nell'ex fabbrica di Anacostia, identificammo i cassieri grazie a due denunce di scomparsa sporte in Virginia e nel Maryland.

Chandler Keen di Falls Church, Virginia, aveva una piccola società di investimenti su cui la Securities and Exchange Commission stava indagando e Matthew Frank era un costruttore di Bethesda, Maryland, contro il quale erano state intentate una serie di cause legali che lo avevano costretto a sborsare diversi milioni di dollari di risarcimenti per inadempienza contrattuale.

L'FBI perquisì gli uffici e le abitazioni dei due uomini sequestrando una grande quantità di materiale. Ci sarebbe voluto parecchio tempo per vagliarlo, ma era chiaro che Keen e Frank avevano entrambi bisogno di soldi ed era plausibile che per questo si fossero impelagati nel business redditizio della sintesi di sostanze stupefacenti e relativo spaccio. Come ciò fosse avvenuto e perché fossero stati uccisi, insieme con altre venti persone, restava però un mistero.

Le TV erano assatanate e sembravano interessate soprattutto al fatto che i giovani provenivano dalla Georgetown University. I giornalisti si recarono al campus per intervistare gli studenti, molti dei quali non si fecero pregare. Scoprimmo pertanto ulteriori informazioni sul conto dei cinque giovani geni morti nel laboratorio, ma nulla di utile ai fini delle indagini.

Passati sei giorni dalla strage, dissi a Bree che intendevo tornare a occuparmi dell'omicidio di McGrath in attesa che dalla Scientifica arrivassero i risultati delle analisi e qualche altra pista da seguire.

«Vorrei poterlo fare anch'io» rispose. Si sedette dietro la scrivania con un fascio di documenti. «Ma, fra le telefonate dei superiori e le decisioni su turni di lavoro e straordinari, credo che mi toccherà stare qui per un po'.»

«Mi dispiace. Il consiglio di mio padre è stato: delega il più possibile.»

«Finché non ho le idee chiare su cosa devo fare, non posso delegare niente a nessuno.»

«Hai ragione» replicai. «Stai andando alla grande, a proposito.»

«Lo pensi veramente?»

«E non sono il solo. Fidati del tuo istinto.»

Bree rise. «Non posso fare altro. Dove stai andando?»

Le dissi che volevo andare a parlare con uno studente di giurisprudenza dell'American University che si faceva chiamare JohnnyBoy5.

25

Sampson e io ci presentammo negli uffici amministrativi della American University, spiegammo che stavamo indagando sull'omicidio di Edita Kravic e ottenemmo un colloquio di quindici minuti con il preside della facoltà di giurisprudenza. Ci spiegò che Edita Kravic era una studentessa brillante, un modello da prendere a esempio per i giovani stranieri e per le donne che si iscrivevano in età relativamente avanzata.

«Abbiamo bisogno del vostro aiuto» spiegai e gli dissi di JohnnyBoy5. «È il nome usato in Rete da un vostro studente. Sa dirci chi è? Gli dobbiamo parlare con urgenza.»

«Per quale motivo?» chiese il preside.

«Era ossessionato da Edita Kravic» rispose Sampson. «Forse al punto di uccidere sia lei sia McGrath.»

Il preside rabbrividì al pensiero che un suo studente potesse aver fatto fuori una sua compagna di corso e il capo dell'Investigativa. Dopo un attimo di esitazione, disse: «Abbiamo degli obblighi di privacy».

«Più importanti dell'urgenza di assicurare alla giustizia un assassino?» chiesi in tono pragmatico. «Vuole che lasciamo intendere alla stampa che un preside di facoltà si è rifiutato di collaborare con le forze dell'ordine nelle indagini sull'omicidio di un funzionario di polizia?»

Cinque minuti dopo avevamo il nome: John Boynton, studente del secondo anno, originario dell'Indiana, che in quel momento si trovava nell'auditorium a seguire un seminario estivo sugli illeciti civili.

Il preside ci mandò la foto con un sms mentre aspettavamo la fine della lezione nel corridoio al primo piano della facoltà di giurisprudenza. Poco dopo i ragazzi incominciarono a uscire. Individuai abbastanza presto JohnnyBoy5: era ancora all'interno dell'auditorium, a pochi metri dalla porta.

« Riconosci la pettinatura? » chiesi a Sampson.

« Sì » rispose lui. « Inconfondibile. »

Per motivi imperscrutabili, Boynton si mise in allarme. Forse aveva i superpoteri, o forse in passato un energumeno nero aveva minacciato di spaccargli la faccia. Fatto sta che il ragazzo con la cresta bionda ci guardò e diede uno spintone ai compagni che aveva davanti, facendoli cadere come tessere del domino. Poi fece dietro front e corse via.

« È scappato! Bastardo! » esclamò Sampson. Impugnò la pistola d'ordinanza e gli corse dietro, facendosi largo fra gli studenti e gridando: « A terra! Polizia! »

Io schizzai in un'altra direzione e presi il corridoio, seguendo le indicazioni per l'uscita. Aprii la porta con una spallata e scesi le scale a quattro gradini per volta. Premetti il pulsante di apertura di un'altra porta e vidi un gruppo di studenti che fuggivano dall'auditorium passando dall'uscita in fondo.

Una ragazza si voltò e lanciò un urlo. Entrai nello stanzino dei bidelli vicino alle scale e lasciai la porta aperta.

Boynton uscì dall'auditorium sgomitando e si mise a correre lungo il corridoio. Stava venendo dritto verso di me. Aspettai che mi avesse superato e lo colpii alla schiena con il mop di un lavapavimenti industriale.

JohnnyBoy5 andò a sbattere contro la porta delle scale e cadde per terra gemendo.

26

Boynton era seduto per terra con le mani sul naso, che sanguinava copiosamente. «La denuncio, chiunque lei sia» gemette.

«No» risposi. Vidi che stava arrivando Sampson. «Siamo ispettori della Omicidi e indaghiamo sull'omicidio di Edita Kravic. Abbiamo visto le e-mail che le scriveva.»

Boynton cambiò subito atteggiamento. Si pulì il naso e mormorò: «Ho preso per un periodo un generico del Singulair contro l'asma che mi ha provocato dei brutti effetti collaterali. Potete parlare con il mio allergologo. È un farmaco che in rari casi provoca reazioni maniacali. Io sono uno di quei casi».

«Certi suoi messaggi suonano minacciosi e psicotici» dissi. «Edita Kravic intendeva richiedere un'ingiunzione restrittiva nei suoi confronti.»

Boynton si ingobbì. «Ve lo giuro, non ero io, quando ho scritto quelle cose. Ero in uno stato alterato, sopra le righe. Due giorni dopo che ho smesso quel maledetto farmaco, sono tornato me stesso.»

Dal modo in cui lo disse, apertamente dispiaciuto, capii che forse John Boynton aveva davvero scritto certe cose a Edita Kravic in uno stato di alterazione provocato dai farmaci.

«Lasciamo un attimo da parte quelle e-mail» dissi. «Lei ha dimostrato di avere per Edita Kravic una vera e propria ossessione sin dal primo giorno di università. Era innamorato di lei?»

Boynton sembrò sul punto di negare, ma poi capitolò e annuì. «La trovavo una donna perfetta.»

«Ma il suo era un amore non corrisposto.»

«All'inizio le ero simpatico, ma poi ho cominciato a prendere quel farmaco e ho rovinato tutto.»

«Lei ha accusato Edita di aver mandato un suo scagnozzo a minacciarla.»

«Sì. Quel bastardo mi ha detto che se non l'avessi lasciata in pace, mi avrebbe spaccato la faccia a mazzate.»

«Chi era?»

Boynton si strinse nelle spalle. «Lo sbirro che se la portava a letto. Quello con cui l'hanno ammazzata.» Fece un movimento che mi ricordò il ragazzo che avevamo sorpreso in casa di McGrath, quello che era scappato di corsa con uno zaino in spalla.

«Posso andare all'ospedale, adesso?» piagnucolò.

«Prima finiamo di parlare» risposi. «Un po' di sangue dal naso non ha mai ammazzato nessuno. Perché si è introdotto abusivamente in casa di McGrath?»

Il ragazzo era titubante. Poi rispose: «Me l'aveva chiesto lei».

«Stronzate» replicò Sampson.

«No. È andata proprio così» riaffermò Boynton.

Ci raccontò che Edita lo aveva chiamato, gli aveva detto che aveva cercato su Internet e aveva visto che la storia del farmaco era vera e gli aveva chiesto aiuto perché era nei guai. Si erano incontrati e Edita lo aveva pregato di rubare il portatile a McGrath.

«Mi ha spiegato che su quel computer c'erano cose compromettenti per lei, roba che le avrebbe precluso la professione di avvocato» disse.

«Tipo?»

«Non me l'ha detto, ma le ho creduto» disse Boynton. «Per come parlava, per come si comportava... Aveva veramente paura.»

Mi venne in mente l'e-mail che avevo letto sul computer di Edita e chiesi: «Avevate appuntamento la sera prima che le sparassero, vero? Alle dieci.»

Boynton annuì. Spiegò che Edita era arrivata da lui in ritardo, verso le undici, gli aveva consegnato le chiavi di casa di McGrath e poi avevano fatto sesso.

«Edita stava con tutti e due contemporaneamente?» chiese Sampson incredulo.

«Voleva rompere con McGrath subito dopo aver recuperato quel computer» rispose Boynton affranto. «Per stare con me.»

Quella sera, prima di andare via, Edita gli aveva detto che il giorno dopo avrebbe portato McGrath a una lezione di yoga la mattina presto e poi a casa propria, per fare colazione insieme. In quel modo Boynton avrebbe avuto tutto il tempo necessario per entrare in casa di McGrath e rubargli il computer. Ripensai al ragazzo che avevo visto scappare dalla casa di McGrath con uno zaino in spalla e mi resi conto che la sua versione dei fatti, per quanto strampalata, stava in piedi.

Boynton disse di avere ancora a casa il computer di McGrath. Lo aiutammo a tirarsi su, lo ammanettammo e gli comunicammo che, prima di andare in ospedale, avremmo fatto un salto a casa sua.

«Mi arrestate? Rischio l'espulsione dall'università.»

«Per ora è in stato di fermo» replicai.

Per strada, mi voltai verso il sedile posteriore e guardai in faccia Boynton.

«In una delle e-mail scritte nel periodo maniacale, lei ha

minacciato Edita di rendere pubblica una sua presunta vita segreta. A che cosa si riferiva?»

Vidi un lampo di paura nei suoi occhi. «Era solo un bluff. Abbiamo tutti dei segreti e ho pensato che...»

«Non mi prenda in giro, Boynton» lo interruppi, sospirando. «Se non dice la verità, la sua posizione si aggrava e, come diceva poc'anzi, lei rischia l'espulsione. Le conviene collaborare.»

«Io un paio di volte... l'ho seguita.»

«La pedinava?» chiese Sampson.

«No, no. Ero semplicemente curioso di sapere che cosa faceva fuori dell'università. Tutto qui.»

«Be', ci dica» incalzò Sampson. «Che cosa faceva Edita Kravic nel suo tempo libero?»

«Frequentava un posto che si chiama Phoenix Club. A Vienna, Virginia.»

Ci spiegò che Edita andava lì tre o quattro volte la settimana e spesso si tratteneva fino a dopo mezzanotte. Una sera Boynton aveva provato a entrare, ma gli avevano detto che era un club privato. Dopo un po' si era accorto che non era il solo a seguire Edita e aveva deciso di smettere.

«Chi altro la pedinava?» domandò Sampson.

«Uno sbirro» rispose Boynton. «Cioè: uno che parlava come uno sbirro.»

«L'ha beccata a fare stalking a Edita Kravic, signor Boynton?»

«Due volte. La seconda mi ha detto che Edita era una sorvegliata speciale e che, se avessi continuato a seguirla, mi avrebbe fatto arrestare per intralcio alla giustizia.»

«Nome?»

«Non si è presentato.»

«Non le ha neppure mostrato il distintivo?»

Boynton scosse la testa. « Però si comportava da sbirro in tutto e per tutto. »

« Ce lo descriva. »

« Alto, ben messo. Ma con l'aria di non stare benissimo. Sembrava malato, tossiva un casino. E portava un berretto dei Redskins. »

27

Bree riuscì ad arrivare in fondo alla sua pila di scartoffie e tre ore dopo era con me e Kurt Muller davanti alla squallida palazzina in cui abitava Terry Howard nel Northeast di Washington.

Avevamo recuperato il portatile di McGrath e avevamo portato in centrale sia quello sia John Boynton. Il computer adesso era nelle mani di Lincoln e O'Donnell, che avevano istruzione di cercare ogni riferimento a Edita Kravic e al Phoenix Club, e Boynton era con Sampson a rendere una deposizione ufficiale.

Entrammo nell'androne e suonammo tre volte il campanello di Howard senza ottenere risposta. Suonammo alle altre cinque porte, ma a quell'ora di un giorno feriale non trovammo nessuno.

«Telefonagli» dissi.

Bree cercò il numero e lo chiamò. Segreteria telefonica.

Stavamo per fare dietro front e andarcene, quando Muller notò che sull'altro lato della strada era posteggiata una Dodge quattro porte piuttosto malconcia. «Quella è la sua macchina. Non risponde, ma dev'essere in casa.»

«Magari è uscito senza prendere la macchina» osservò Bree. «A piedi, o in metropolitana.»

«Non credo proprio» ribattei. «L'ultima volta che l'ho visto aveva l'affanno e una tosse tremenda.»

«Quali sono le sue finestre?»

«Terzo piano, sul retro.»

Andammo sul retro e localizzammo l'appartamento di Howard e la scaletta antincendio. Presi in braccio Bree perché la afferrasse e la abbassasse e salimmo fino al terzo piano, fermandoci davanti alla finestra della cucina.

Il lavello era pieno di piatti sporchi e tavolo e ripiani erano ingombri di bottiglie di birra e di liquore. La seconda finestra, a ghigliottina, non era completamente abbassata. Dava sul tavolo da pranzo nel salotto in cui io e Sampson ci eravamo seduti a parlare con Howard. Il televisore era acceso, sintonizzato sulla ESPN.

«Prova a rifare il numero» dissi a Bree.

Un istante dopo si sentirono gli squilli di un vecchio telefono all'interno. Dopo un po' si zittirono.

«Segreteria telefonica» annunciò Bree.

«A me sembra che gli estremi per entrare a controllare che stia bene ci siano tutti. Giusto, capo?»

Bree ci pensò su un attimo, poi rispose: «Qualsiasi prova ottenuta in questo modo non sarà ammessa in tribunale».

Annuii, sollevai il vetro e mi introdussi nell'appartamento. «Terry Howard? Sono Alex Cross. Vogliamo soltanto controllare che tu stia bene.»

Non ottenni risposta. Solo il verso stridulo di un uccello.

«Sylvia Plath» dissi, aiutando Bree e Muller a entrare. «La parrocchetta nevrotica.»

«Howard ha sempre avuto uno humour nero» commentò Muller.

Superammo il tavolo da pranzo coperto di vecchi quotidiani e ci avvicinammo al parrocchetto, che zampettava sul trespolo gracchiando e chinando furiosamente la testa per beccarsi la pelle ormai priva di piume, in uno stato di grande agitazione.

Facemmo un passo avanti e scoprimmo perché.

Terry Howard era seduto sulla sua poltrona davanti al televisore e sul soffitto e sulle pareti c'erano schizzi di sangue e materia cerebrale. Doveva essersi sparato in bocca e aveva mezza testa spappolata. Per terra c'era un berretto dei Redskins.

In grembo Howard aveva una bottiglia vuota di Smirnoff e una pistola Remington 1911 calibro quarantacinque come quella che aveva ucciso il suo ex compagno di squadra Tom McGrath.

Sul pavimento c'era anche un foglio scritto a mano.

Marcisci all'inferno, Tommy McG. Tu e quella bugiarda della tua ragazza.

28

«Il caso è chiuso, dunque?» chiese Sampson mentre passavamo davanti al Wolf Trap National Park for the Performing Arts, nel Nord della Virginia.

«Bree pensa di sì» risposi. «E Michaels è d'accordo con lei. È difficile da mandare giù, ma è così.»

«Tu non sei convinto?»

«Vorrei capire meglio il contesto generale, prima di decidere che Howard si è vendicato per poi togliersi la vita. Svolta a destra.»

Sampson girò a destra e poi a sinistra e ci ritrovammo in una zona da ricchi, con grandi ville protette da muri altissimi e cancelli di sicurezza. Stava venendo buio e cominciavano ad accendersi le luci.

«Poco più avanti, sulla destra» dissi.

Sampson rallentò e mise la freccia. Imboccammo una strada lunga una trentina di metri, costeggiata da aiuole. In fondo c'erano una guardiola, una rotatoria e alti muri con un cancello di acciaio.

La targhetta di ottone lucido sulla guardiola diceva «Phoenix Club. Ingresso riservato ai soci».

Appena giungemmo alla rotatoria, si palesò un energumeno in polo azzurra con il logo del club e una Glock alla cintura.

Alzò la mano per farci fermare e si avvicinò al finestrino di Sampson.

« Siete soci? » chiese. Aveva un forte accento dell'Europa dell'Est.

« No » rispose Sampson. Gli mostrò le credenziali. « Siamo qui per Edita Kravic. »

« Mai sentita nominare » rispose l'uomo, per nulla impressionato.

« Lavorava qui. È morta » disse Sampson. « Perciò la prego di entrare e avvertire che non ce ne andremo di qua finché non avremo parlato con qualcuno. »

La guardia fissò Sampson senza rispondere. Sampson resse lo sguardo. Dopo un po' il tipo si morse un labbro e rientrò nella guardiola.

Venti minuti dopo il cancello si aprì e spuntò una golf car guidata da un uomo calvo in completo blu. Si fermò e scese. Aveva una trentina d'anni e orecchie leggermente a cavolfiore, occhi azzurri e mani gigantesche, con le nocche che mostravano i segni di diverse fratture.

« Sergei Bogrov » si presentò, stringendomi la mano. Posò l'altra sulla mia, coprendola completamente. « Sono uno dei manager. In che cosa posso aiutarvi? »

« Edita Kravic » risposi. « Lavorava qui. »

Bogrov cambiò espressione e mi mollò la mano. « Sì, abbiamo saputo. Molto triste. Era molto benvoluta dal personale e dai soci. »

« Che cosa faceva? »

« Lezioni di yoga combinato con il metodo Feldenkrais. »

« Istruttore certificato di II livello? » domandai.

« Esattamente » rispose Bogrov. « Lavorava anche nella spa, come massaggiatrice. Molto brava. »

« È redditizio? » domandò Sampson.

« Se i clienti sono generosi con le mance, sì. »

« Che cos'è il Phoenix Club, quindi? » domandai. « Palestra, spa e... »

« Piscine, campi da tennis, centro benessere, un ristorante d'eccellenza con un'ottima cantina, il bar migliore della Virginia e la compagnia di persone di successo, che hanno fatto molta strada e meritano ancor di più » disse Bogrov.

« Lei è un bravo venditore » osservò Sampson.

Bogrov sorrise: « È il mio mestiere ».

« Ci porta a fare un piccolo tour? » chiesi.

« Purtroppo non è consentito » replicò Bogrov. « I nostri soci scelgono il Phoenix Club per la privacy, oltre che per la qualità dei servizi. »

« Chiederemo un mandato di perquisizione, allora » disse Sampson.

Bogrov smise di fingersi cordiale e replicò: « Ci sono gli estremi, ispettore? »

« Sono stati uccisi il capo della squadra Investigativa e una sua informatrice e confidente. »

Bogrov strinse gli occhi sospettoso. « Glielo ripeto, ispettore: ci sono gli estremi per un mandato di perquisizione? So con chi era Edita quando è stata uccisa, ma qual è il collegamento con il Phoenix Club? »

« Non sono autorizzato a entrare nei dettagli. »

« Oppure non ha nulla in mano » ribatté Bogrov. « E poiché siete del dipartimento di polizia di Washington e non della Virginia, questa non è zona di vostra competenza. Pertanto, vi invito a lasciare la proprietà. »

29

Mi svegliai da un sonno profondo e vidi Jannie in piedi in camera mia, con le scarpe da corsa in mano.

Guardai l'ora insonnolito. Le sei meno dieci. Mi venne in mente che le avevo chiesto di svegliarmi per andare a correre insieme. In quel periodo lavoravo troppo per allenarmi come al solito e avevo già preso due chili.

Annuii e mi tirai giù dal letto, lasciando Bree a ronfare beatamente. Mi vestii nel bagno e scesi in cucina a farmi un caffè istantaneo. Lo bevvi cercando la forza di allacciarmi le stringhe. La prospettiva dello jogging era assai poco allettante: mi sembrava piuttosto una tortura.

« Papà? »

Alzai gli occhi sbadigliando e vidi Ali che si strofinava gli occhi.

« Cosa fai in piedi a quest'ora? » gli chiesi.

« Non riuscivo a dormire » rispose venendo ad abbracciarmi e facendomi venire ancora meno voglia di uscire a fare jogging. Mi sarei riaddormentato volentieri lì, con Ali in braccio.

Chiesi: « Hai fatto sonni agitati o non riuscivi a prendere sonno? »

« Tutt'e due » rispose. « Ho troppi pensieri. »

« Davvero? » chiesi, chiudendo gli occhi. « Quali? »

« Pensavo al tempo » rispose Ali. « Che alla velocità della luce si curva. Lo dice Neil deGrasse Tyson, quindi dev'essere vero. »

Aprii gli occhi pensando che era strano affrontare certi argomenti con un bambino di sette anni. «Secondo me, è una teoria di Einstein.»

«Sì, lo so» rispose Ali. «Perciò è doppiamente vero. Insomma, è un problema e non mi fa dormire di notte.»

«Non capisco.»

«Non riesco a vederla, questa curvatura del tempo.»

«E questo ti tiene sveglio la notte?»

«Sì» rispose mio figlio, stringendosi a me. «Me la spieghi?»

Mi scappava da ridere.

«Non sono in grado» risposi. «La fisica non è la mia materia nemmeno quando sono più sveglio di adesso.»

«Ah» replicò Ali. «Pensavo che potrebbe essere come quando sogni, che il tempo ti sembra infinito ma gli scienziati che studiano il cervello dicono che invece i sogni durano dai tre agli otto minuti. Secondo te?»

A quel punto mi svegliai del tutto, guardai mio figlio e mi chiesi che cosa avrebbe fatto da grande. Predicavo ai miei figli che dovevano coltivare i loro sogni e impegnarsi per raggiungerli, ma in quel momento le ambizioni di Ali mi sembravano smisurate.

«Papà? Secondo te è possibile?»

«Non ho mai sentito spiegare in questo modo la teoria della relatività di Einstein e onestamente non ti so dire se sia così, ma certamente dimostri una grande capacità di immaginazione.»

Ali sorrise e si morse un labbro. «Pensi che Neil deGrasse Tyson lo sappia, se funziona come nei sogni? La curvatura del tempo alla velocità della luce, intendo.»

«Se c'è qualcuno che lo può sapere è lui.»

«Neil deGrasse Tyson non è qui allo Smithsonian» disse Ali.

«No, è a New York, al Natural History Museum, mi pare.»

«Pensi che potrei chiamarlo e chiederglielo?»

Risi. «Vuoi telefonare al dottor Tyson per esporgli la tua teoria?»

«Sì. Posso, papà?»

«Non abbiamo il numero.»

«Oh» disse Ali. «E ce lo possiamo procurare?»

Arrivò Jannie. «Papà? Ti sei almeno messo le scarpe?»

«Sì. Devo solo allacciare le stringhe» risposi. E feci scendere Ali.

Si staccò da me malvolentieri. «Papà?»

«Vedo che cosa riesco a fare, okay?»

Ali si illuminò. «Vado a guardare *Origins* finché non viene Nana a preparare la colazione.»

«Ottima idea» risposi, e mi allacciai le scarpe.

30

« Finalmente! » esclamò Jannie quando mi vide uscire. Stava facendo stretching sulla veranda.

« Tuo fratello mi ha tempestato di domande. »

« Come al solito » rispose Jannie un po' seccata. « Da dove gli vengono certe idee? Sogni, velocità della luce, l'universo... »

« Sono tutti i documentari che guarda » spiegai, cercando penosamente di stirare i muscoli. « E Internet. »

« È l'unico della sua età a porsi certi problemi » commentò lei.

« Non mi sembra un difetto. »

« Può darsi » ammise Jannie. « Ma finirà per diventare un nerd. »

« Attualmente i nerd governano il mondo, hai notato? »

Jannie ci rifletté su un momento e rispose: « Be', non mi dispiacerebbe, se mio fratello un domani governasse il mondo ».

« Chissà mai. »

« Chissà mai. » Sorrise. « Allora, andiamo a correre o no? »

« Io sarei per il no. »

« Ti devo ricordare che hai cinque chili da perdere? »

« Non esagerare! Due, massimo tre. »

Jannie incrociò le braccia e fece una faccia scettica.

« Okay, quattro » capitolai. « Andiamo, prima che decida di fare un salto a comprare le brioche. »

Jannie partì di corsa e subito si trasformò. Era stranissimo, pensai, correndole dietro già affannato. Mia figlia Jannie andava bene a scuola, ma faceva fatica a stare nel banco e, quando correva, diventava una gazzella.

Allungò la falcata fino in fondo all'isolato e poi tornò da me.

« Infierisci? »

« Stai cominciando a sudare » disse. « Bene. »

« Fin dove vorresti arrivare? » domandai.

« Cinque chilometri? »

« Grazie. Com'è buona lei... »

« L'idea è di fare in modo che tu abbia voglia di correre anche domani. »

« Ho capito » risposi senza entusiasmo.

Passammo davanti alla caserma dei Marine e sentii che stavano facendo addestramento. Superammo il negozio di alimentari di Chung Sun Chung, che era il più fornito della zona ed era già pieno di gente. Un cartello in vetrina annunciava che il montepremi del lotto aveva raggiunto i cinquanta milioni di dollari.

« Ricordami di fermarmi a giocare i numeri di Nana, al ritorno » dissi.

« Hai mai vinto qualcosa? »

« No. »

« E Nana? »

« Due volte. Una diecimila dollari e l'altra venticinquemila. »

« Quando? »

« Prima che andassi al college. »

« Quindi un sacco di tempo fa. »

« Sì, nel Paleolitico. »

« Ora capisco perché corri come un mammut. »

Rise e scattò in avanti. In fondo all'isolato si voltò e tornò da me.

« Un mammut? » le chiesi, fingendomi offeso.

« Preferisci che ti paragoni a una tigre con i denti a sciabola fuori allenamento? »

« Assolutamente sì. »

Proseguimmo e, dopo qualche minuto, Jannie chiese: « Perché litigavate ieri sera tu e Bree? »

« Non abbiamo litigato, ma discusso » precisai.

« Alzando la voce, però. »

« Era un argomento che ci sta a cuore » spiegai. « Bree è sotto pressione perché i capi vogliono dimostrare all'opinione pubblica che la Metro Police ha la situazione sotto controllo. »

« In che modo? » chiese Jannie, mentre passavamo davanti all'arsenale di terra.

« Risolvendo i casi. Arrestando l'assassino di Tommy McGrath. »

« Ci siete vicini? »

« No. Il principale indagato ieri si è sparato un colpo. »

Jannie scosse la testa. « Non so come fate a fare questa vita. »

« Ci si fa il callo, come a tutto. »

« Perché si è sparato? Perché sapeva che era sospettato e non voleva finire in prigione? »

« Bree pensa questo » risposi. « E il capo della polizia, Michaels, le dà ragione. »

« Tu però non sei d'accordo. »

Mi chiesi fin dove sbottonarmi. « Potrebbe essersi suicidato per altri motivi. »

« Per esempio? »

« Non te lo posso dire. »

« Oh. »

« Anzi, non chiedermi più niente. Okay? »

« Sì, scusa. Ero curiosa, tutto lì. »

«Apprezzo il tuo interesse. E ti ringrazio di avermi tirato giù dal letto, stamattina.»

Corremmo fino al National Arboretum e ritorno e non fu la tortura che mi aspettavo. Passando davanti al negozio di Chung Sun Chung, vidi che c'erano almeno dieci persone in fila per giocare al lotto e quindi lasciai perdere.

Nana stava preparando uova strapazzate e pancetta e Ali guardava assorto *Origins*. Salii di sopra e trovai Bree sotto la doccia.

«Ciao» mi salutò quando la raggiunsi sotto il getto d'acqua.

«Mi dispiace che abbiamo bisticciato, ieri sera.»

Bree annuì e mi abbracciò. «Continuo a pensare che sia stato Howard: ha ammazzato Tommy e Edita e poi si è suicidato.»

«Oppure si è sparato un colpo in testa perché aveva un cancro ai polmoni al quarto stadio. Magari era vero che non possedeva una Remington 1911.»

«Magari invece no.»

«Non lo possiamo escludere. Ma non possiamo escludere neppure che fosse innocente e ad ammazzare Tommy e la Kravic sia stato qualcuno che ha a che fare con il Phoenix Club. Propongo una tregua in attesa di ulteriori sviluppi.»

Bree mi abbracciò ancora più stretto. «È dura dirigere la squadra Investigativa.»

«Lo stai facendo egregiamente.»

«Michaels non è d'accordo.»

«Non credo proprio. È soltanto che sindaco e autorità lo stressano.»

«Ce la farò?»

«Ce la faremo.»

31

I risultati delle analisi condotte dai colleghi della Balistica sulla Remington 1911 che aveva ucciso Terry Howard arrivarono verso le dieci e un quarto di quella mattina. Era la stessa arma che era stata usata per sparare a Tom McGrath e Edita Kravic.

«Il caso è chiuso, quindi?» domandò Michaels. «Possiamo informare i media?»

«Sì» rispose Bree.

Io tacqui.

Il capo lo notò. «Alex?»

«Gli elementi a suffragio di questa ipotesi ci sono, ma prima di chiudere il caso a parer mio bisognerebbe verificare alcuni aspetti non del tutto chiari della vicenda.»

«Ovvero?»

«L'auto da cui hanno sparato a McGrath non era quella di Howard, per esempio. E vorrei anche qualcosa che attestasse che Howard era effettivamente proprietario di una Remington 1911. Ho controllato e sembra che avesse solo ed esclusivamente Smith & Wesson.»

Michaels si rivolse a Bree: «Lei che cosa ne pensa?»

«Terry Howard odiava Tom» rispose lei. «Howard aveva perso il lavoro ed era malato di cancro. Tom era a capo della Investigativa, stava con una donna più giovane... Howard è passato dal risentimento all'odio vero e proprio e li ha ammazzati. Poi, sapendo che avremmo fatto due più due e saremmo arrivati a lui, si è suicidato.»

«Molto comodo.»

«Molto vero, forse.»

«Scusi, Alex, ma io sono d'accordo con l'ispettrice Stone.»

«Io no, ma pazienza.»

«Okay. Riguardo al laboratorio clandestino ci sono novità?»

«Abbiamo sollecitato tutti i nostri informatori, ma sembra che degli autori della strage nessuno sappia niente. Soltanto delle vittime.»

«Che cosa significa, secondo voi?»

«Che sono estranei all'ambiente» risposi. «Professionisti. Probabilmente ex militari.»

«Verosimilmente assoldati da una banda rivale di narcotrafficanti» aggiunse Bree.

«Potrebbero anche essere dei vigilantes» dissi.

«Alex» Bree sospirò.

«Vigilantes?» chiese Michaels perplesso. «Perché avanza questa ipotesi?»

«Perché in nessuna delle tre irruzioni sono stati toccati contanti e droga. A ben pensarci, è un messaggio forte e chiaro.»

«Cioè?»

«Smettetela di sintetizzare metanfetamina o finirete ammazzati pure voi.»

Michaels rifletté a lungo, poi guardò Bree. «Non parliamo di vigilantes finché non abbiamo qualche elemento in più.»

Bree mi lanciò un'occhiataccia. «Sarà fatto.»

Sampson e io seguimmo la conferenza stampa di Bree dal nostro ufficio. Pur non essendo d'accordo con lei su più punti, trovavo che se la stesse cavando benissimo e le fui grato quando le sentii dire che, sebbene molti elementi indicassero che a uccidere McGrath poteva essere stato Howard, prima di dichiarare chiuso il caso occorreva chiarire ancora qualche particolare.

A proposito della strage nel laboratorio clandestino di Anacostia, non fece cenno alla possibilità che si fosse trattato di un gruppo di vigilantes e lasciò intendere che ipotizzavamo una guerra fra narcotrafficanti con l'utilizzo di mercenari.

«Speriamo che abbia ragione» disse Sampson.

«Speriamo» replicai.

«Non hanno più colpito.»

«Magari hanno compiuto la loro missione e non colpiranno più.»

«Magari» replicò Sampson. «I tuoi superpoteri che cosa ti dicono?»

«Non ho i superpoteri. Se li avessi, vincerei al lotto.»

«Va bene. Che cosa ti dice la tua esperienza pluriennale?»

Ci riflettei un momento. «Che non è finita qui. Ma proprio per niente.»

Bussò alla porta l'ispettore Lincoln. «McGrath usava un sistema di crittografia piuttosto sofisticato sul suo computer. Dobbiamo mandarlo a qualcuno che se ne intende.»

«Mandatelo a Quantico» suggerii. «Cercherò di fargli dare la priorità.»

«Okay, provvedo subito» rispose Lincoln. E se ne andò.

Sampson disse: «Ovunque ci giriamo, sbattiamo la testa contro un muro».

«Abbiamo la testa dura: ce la faremo.»

«La pistola di Howard non è quella di Rock Creek Parkway.»

«Ho visto. Hai parlato con i colleghi lobbisti di Aaron Peters? E con la famiglia?»

Sampson annuì e mi spiegò che il conducente della Maserati era divorziato da cinque anni, senza figli, e non aveva relazioni stabili. Era noto per avere un discreto pelo sullo stomaco, ma non era il tipo da scatenare reazioni violente o ansie di vendetta.

« I soci dicono che era uno che riusciva a farti sorridere mentre ti tagliava la gola » concluse.

« Che bell'immagine! » commentai. « Risultano altri casi analoghi? »

Sampson aggrottò la fronte. « Controllerò. Tu cosa fai? »

« Vado a caccia di mercenari. »

32

Tre giorni dopo Sampson e io percorrevamo l'Eastern Shore del Maryland in direzione sud. Guardai la Chesapeake Bay e notai un puntino bianco nel cielo, in lontananza. Strizzai gli occhi e colsi uno strano riflesso.

«C'è un dirigibile laggiù» dissi. «Anzi, due.»

«Non se ne vedono spesso, di questi tempi. C'è qualche manifestazione sportiva importante?»

«Non ne ho idea» risposi. E li persi di vista.

Quaranta minuti dopo percorrevamo la Nanticoke Road di Salisbury, Maryland. I contadini tagliavano il fieno e mietevano il granoturco sotto un sole cocente.

«Mi sa che stiamo andando a stuzzicare un nido di calabroni» disse Sampson.

«O a scoperchiare un cestino pieno di cobra» replicai. In realtà mi chiedevo se non stessimo correndo un rischio esagerato, partendo per quella spedizione senza una squadra SWAT.

«È un uomo con precedenti pericolosi.»

Annuii. «Ha tutte le caratteristiche per essere uno stragista.»

«Poco più avanti sulla destra» disse Sampson indicando una piazzuola recintata fra due fattorie in mezzo agli alberi.

Al cancello, chiuso, erano appesi alcuni cartelli scritti a mano: «i cani saranno il minore dei tuoi problemi», «state alla larga», «pericolo» e, il mio preferito «attenzione: pazzi scatenati».

«Vogliamo ripensarci?» disse Sampson.

«Dolores dice che fino al tramonto gli si può parlare» risposi, e parcheggiai sul ciglio della strada, subito dopo il cancello.

Scesi dalla macchina e assaporai la brezza che odorava di salmastro e il frinire delle cicale. Rilessi gli ammonimenti sul cancello, ripercorsi le tappe che ci avevano portato fin lì e mi chiesi se non avesse ragione Sampson a volerci ripensare: forse un'improvvisata non era una grande idea.

Tre giorni prima avevo cominciato a indagare sui contractor residenti nel District of Columbia e mi ero stupito che fossero così numerosi. Poi mi avevano spiegato il perché.

Nel 2008 in Iraq a supporto dei 152.000 militari americani c'erano 155.826 contractor e anche in Afghanistan i mercenari erano più dei soldati. Secondo alcune stime, nei due teatri di guerra i privati che si occupavano di sicurezza e di attività militari erano quarantamila, tra uomini e donne.

Molti erano ex incursori che lavoravano per agenzie come la Blackwater, che aveva sede in Virginia. Per quasi dieci anni avevano guadagnato cifre favolose, poi i rubinetti si erano chiusi.

Il presidente Obama aveva ordinato il ritiro delle truppe dall'Iraq e anche i contractor erano tornati in patria. Gente che guadagnava dai centocinquantamila al mezzo milione di dollari l'anno nei teatri di guerra si era ritrovata improvvisamente a spasso.

Un mio amico del Pentagono mi aveva detto che nel District of Columbia e dintorni erano quasi cinquemila, ma non si trovavano certo sull'elenco telefonico.

Gli avevo chiesto di mettermi in contatto con qualcuno che conoscesse quel mondo e potesse darmi una mano a orientarmici e lui il giorno prima mi aveva fornito un numero di telefono.

Mi aveva risposto una donna. «La avverto che provare a tracciare la telefonata sarebbe inutile, ispettore Cross, perché questo cellulare alla fine della nostra chiamata non esisterà più» aveva subito messo in chiaro. «Può chiamarmi Dolores.»

«Volevo soltanto un consiglio, Dolores.»

«Mi dica.»

Le avevo chiesto se era al corrente della strage nel laboratorio clandestino di Anacostia e lei mi aveva risposto di sì. Le avevo spiegato che sospettavamo il coinvolgimento di ex militari per via della straordinaria efficienza con cui era stata condotta l'operazione.

«È possibile» aveva commentato.

«Le viene in mente qualcuno con un buon addestramento militare e il dente avvelenato nei confronti dei narcotrafficanti? Disposto a muoversi fuori della legalità e a coinvolgere un certo numero di persone in una strage?»

Dopo una lunga pausa, Dolores aveva risposto: «Così su due piedi, mi viene in mente soltanto una persona».

Sentii Sampson che si schiariva la voce per riportarmi al presente e mi indicava il cancello: «Dopo di te, Alex».

Con una certa apprensione, mi avvicinai al cancello della proprietà di Nicholas Condon e lo scavalcai.

33

Sampson e io avevamo controllato su Google Earth i quarantacinque ettari di terreno che costituivano l'impero di Nicholas Condon. Dal cancello una strada sterrata si inoltrava nel bosco e conduceva a una fattoria piuttosto modesta circondata da campi.

Era evidente che la strada era poco usata e che la manutenzione lasciava a desiderare, perché rischiava di essere soffocata dai rovi su entrambi i lati.

«Tira fuori il distintivo» dissi. «Appena lo vedi, alza le mani e presentati.»

«Pensi che gli interessi sapere che siamo della polizia?»

«Non lo so» risposi. «Ma se è un professionista, verosimilmente saprà che non gli conviene far fuori un poliziotto.»

«Ti ricordo che si definisce 'pazzo scatenato'.»

C'era poco da ribattere. Condon aveva frequentato l'Accademia navale ed era un tiratore scelto di estrema perizia, avendo fatto parte del SEAL Team Six. Congedato per motivi di salute, nel giro di una settimana aveva firmato un contratto con la Dyson Security ed era partito per l'Afghanistan.

Aveva fama di saper mantenere il sangue freddo anche nelle condizioni più estreme, sia come militare sia come contractor, e alle dipendenze della Dyson aveva diretto un'unità che si occupava della sicurezza di politici e dignitari e della liberazione di civili ostaggio dei talebani.

Fra questi c'era un'americana, Paula Healey, nel mirino dei fondamentalisti perché attivamente impegnata a migliorare le condizioni di vita delle giovani afgane, che era la donna di Nicholas Condon.

Era stata sequestrata insieme con altre tre attiviste appena fuori Kandahar e dopo mesi Condon aveva scoperto che era prigioniera in un paesello sperduto fra piantagioni di papavero e stabilimenti per la produzione di oppio.

Condon vi si era recato con il favore delle tenebre insieme alla sua squadra e, dopo uno scontro con i talebani, aveva trovato la Healey pesantemente drogata e con una ferita d'arma bianca al petto. Era l'unica sopravvissuta delle quattro prigioniere. Era stata violentata ripetutamente ed era morta fra le braccia di Condon.

Di ciò che era accaduto dopo esistevano diverse versioni. Una diceva che i talebani erano partiti al contrattacco e Condon aveva rischiato la vita per respingerli e farne fuori il più possibile, un'altra che Condon, impazzito per il dolore e la rabbia, aveva sterminato tutti i maschi del villaggio sopra i quattordici anni.

C'era stata un'inchiesta e la Dyson Security aveva aderito alla versione di Condon, sebbene le vedove e le madri degli afgani uccisi sostenessero che le vittime non avevano niente da spartire con i talebani ed erano innocenti.

Condon alla fine era stato prosciolto, ma dopo la morte della donna della sua vita non era più tornato lo stesso ed era diventato talmente violento e imprevedibile che la Dyson Security aveva rescisso il contratto quinquennale liquidandogli il compenso pattuito in un'unica soluzione.

Condon aveva usato la somma per acquistare la proprietà in cui ci trovavamo in quel momento.

Stando a Dolores, viveva come un eremita, coltivava la terra e usciva in mare a pescare da solo, non si fidava più di nessuno e accettava rare visite solo di ex commilitoni.

Le avevo domandato come facesse a sapere tante cose su di lui.

Dopo un attimo di esitazione, Dolores mi aveva confidato: « Prima che conoscesse Paula, ero io la donna della sua vita ».

Sullo sterrato c'era un palo piantato per terra con un nastro arancione che sventolava. Lo aggirammo ed entrammo in un campo a una quarantina di metri dall'estremità orientale della proprietà, dove c'era un terrapieno alto tre metri con un fustino di detersivo Tide in cima.

Il campo alla nostra destra non era coltivato. Lungo e stretto, sarà stato trecento metri per cinquanta. In fondo c'erano degli alberi.

« La casa è nel campo subito dopo? » domandò Sampson incamminandosi.

« Mi sembra che... »

Non sentimmo la detonazione, ma solo il sibilo del proiettile che fendeva l'aria e il fustino di detersivo in cima al terrapieno che scoppiava come una mina antiuomo in una nuvola di polvere, spargendo pietre e pezzi di plastica ovunque. Un pennacchio di fumo grigio si alzò verso il cielo.

34

Il nostro istinto ebbe il sopravvento e l'esplosione ci trovò già a terra, con le mani sopra la testa.

Mi sentii investire da una pioggia di detriti, avevo un fischio assordante all'orecchio sinistro e per un attimo rimasi disorientato.

Poi, come un pugile che si riprende dopo un pugno inaspettato, recuperai pian piano la lucidità. Mi toccai la schiena alla ricerca dell'arma d'ordinanza e seguii Sampson che avanzava strisciando fra l'erba alta.

« Da dove arrivava lo sparo? » mi chiese sottovoce.

« Dalla carabina di precisione di Condon? »

« Intendevo da che direzione. »

« Non lo so. Ma da lontano, visto che non abbiamo sentito lo sparo. »

« Raggiungiamo quegli alberi e chiamiamo rinforzi » propose Sampson.

« Chiamiamoli subito » dissi, prendendo lo smartphone. « Porca miseria! Non c'è segnale. »

« Sulla strada c'era. »

« Qui no » ribadii. Poi, nonostante il fischio nell'orecchio, sentii un rumore.

Anche Sampson lo colse e si alzò un momento a guardare. Si riaccucciò subito.

« È un piccolo fuoristrada » disse. « A duecento metri da noi, lungo il filare di alberi. Sta venendo qui. »

Ci guardammo, pensando la stessa cosa: ci mettiamo a

correre rischiando di farci ammazzare da un tiratore scelto o...?

Mi tirai su, mostrai il distintivo e puntai la pistola verso Condon, che era a bordo di un Polaris Ranger verde a un centinaio di metri da noi. Sampson mi imitò.

Condon si fermò, appoggiò sul volante una carabina con cannocchiale e gridò: «Volete farvi ammazzare? Non avete visto la bandiera arancione sulla strada?»

«Non sapevamo che cosa volesse dire» risposi. «Siamo della Metro Police di Washington. Volevamo farle qualche domanda.»

Condon imbracciava la carabina, tenendoci sotto tiro. Eravamo a novanta metri di distanza: spararagli con la pistola d'ordinanza sarebbe stato pressoché inutile, mentre per un tiratore scelto armato di una carabina di precisione non sarebbe stato difficile beccarci.

Ebbi una strana sensazione al petto, come se il mirino di Condon puntasse proprio lì. Condon alzò la testa. «Lei sarebbe Alex Cross? Quello che faceva il profiler all'FBI?»

«Esatto» risposi.

Condon parve soddisfatto, perché ripose la carabina in un fodero di plastica montato sulla fiancata del fuoristrada e ripartì, venendoci incontro.

«Come ha fatto a riconoscerti?» chiese Sampson.

«Avrà letto il nome sul distintivo grazie al cannocchiale» risposi, abbassando la pistola senza però rimetterla nella fondina.

Condon fermò il veicolo a circa dieci metri da noi. Meno di quarant'anni, fisico asciutto, aveva la barba e i capelli rossi striati di grigio, troppo lunghi tutti e due.

«Azore» chiamò. «Denni.»

Due pastori tedeschi saltarono giù dal pianale e si disposero ai lati del padrone, con la lingua di fuori.

« Perché ci ha sparato addosso? » chiese Sampson.

Condon rispose: « Mi stavo esercitando. Siete entrati nel mio poligono di tiro personale senza avvertire, del tutto inaspettatamente. Ecco perché. »

« Non ci ha visto arrivare? » gli chiesi.

Condon mi guardò, batté le palpebre e rispose: « No. Ero nel mio mondo, quello in cui ci siamo solo io, la mia C e il mio B ».

« Cioè? »

« La mia carabina e il mio bersaglio. »

« Cosa c'era dentro quel fustino, a proposito? »

« Tannerite » rispose. « Un esplosivo composito. Lo uso come bersaglio reattivo. »

Sampson osservò: « A momenti ci ammazzava, con quella roba. Sa che in Maryland è vietata? »

Di solito quando John Sampson si arrabbia fa paura anche ai peggiori criminali, ma Condon non perse l'aplomb.

« Ho l'autorizzazione. Rilasciata dall'ATF. Come dicevo, non potevo sapere che eravate qui. Se avessi voluto ammazzarvi, a quest'ora starei seppellendo i vostri cadaveri da qualche parte. Non so se mi spiego. »

Si era spiegato benissimo.

35

Condon incrociò le braccia e disse: «Okay. Sentiamo queste domande che mi volevate fare».

«C'è un posto dove andare a sederci?» chiese Sampson. «All'ombra, magari?»

Condon rifletté un momento, poi chiese: «Due armi ciascuno? Una primaria e una di riserva?»

Annuii.

«Azore» chiamò. «Denni.»

I cani fecero un giro intorno a noi, diffidenti, e cominciarono ad annusarci le caviglie. Dopo un po' scodinzolarono.

Condon fischiò e i due cani tornarono da lui.

«Meglio essere sicuri» sentenziò. Mise in moto il Polaris Ranger. «Uno si siede davanti e l'altro dietro.»

«Io mi siedo dietro» dissi. Riposi la pistola nella fondina e salii sul piccolo pianale del veicolo, fra casse di attrezzi che immaginai contenessero i ferri del mestiere di Condon.

Sampson dovette chinare la testa per infilarsi al posto del passeggero.

Condon ingranò la marcia, lanciò un'occhiata a Sampson e disse: «Così grandi e grossi come siete, se scoppia una merda ce l'avete in quel posto».

«E infatti cerchiamo di non farne scoppiare» ribatté Sampson.

Condon accennò una specie di sorriso.

I cani correvano accanto al veicolo lungo la strada costeggiata dagli alberi. C'era un altro palo con il nastro arancione che sventolava. Condon scese, lo tolse di mezzo e me lo porse.

Qualche minuto dopo si fermò vicino a una Ford F-150 nera, una Harley-Davidson e un trattore John Deere davanti a una casa bianca che avrebbe avuto bisogno di un bel rifacimento della facciata. C'era una barca da pesca Grady-White sul suo carrello vicino a un capannone rosso, anche quello piuttosto malconcio.

Di fronte alla casa si estendeva un grande campo di granoturco ed erbacce e c'era puzza di escrementi di cane.

Condon spense il motore, recuperò la carabina e scese dal Polaris Ranger per andare a scaricare una delle casse di attrezzi. Zoppicava lievemente.

«Bell'arma» osservai.

«Me la sono progettata io» rispose Condon mostrandomi una .338 Lapua con grilletto Timney, calcio personalizzato Lone Wolf e ottica Swarovski 4 x 18.

Non mi stupiva che fosse riuscito a leggere le mie credenziali a novanta metri di distanza.

«A che distanza riesce a sparare con quella?» chiese Sampson.

«In assenza di vento, fino a un miglio» rispose Condon e si avviò verso la porta di casa con la sua andatura zoppicante.

Tirò fuori un pesante mazzo di chiavi, aprì le tre serrature e chiamò i cani: «Denni. Azore».

I due pastori tedeschi entrarono in casa e tornarono fuori due minuti dopo.

«A cuccia» ordinò Condon.

I cani andarono a sdraiarsi su due brandine di legno.

Condon ci fece segno di entrare e accese la luce in un soggiorno comunicante con la cucina, dove aleggiava odore di marijuana. C'erano un divano sfondato davanti a un grande televisore appeso al muro e un tavolino basso ingombro di lattine di birra e una bottiglia di Jack Daniel's vuota. Sul grande schermo piatto c'era un'immagine da *Il trono di spade*.

Le tende erano tirate. Condon andò ad accendere un condizionatore a muro.

«Birretta?» offrì.

«Siamo in servizio» rispose Sampson.

«Come preferite» replicò Condon, andando in cucina.

Vidi che Sampson si era avvicinato a un tavolo nell'angolo e osservava alcune fotografie incorniciate che ritraevano tutte una donna giovane e bellissima in varie ambientazioni, sempre all'aperto. Nella più grande, venti per venticinque, era fra le braccia di un Condon che sorrideva raggiante.

«È per questo che siete venuti a cercarmi? Per via di Paula e tutto il resto?»

Nonostante la zoppia, Condon ci aveva raggiunto senza fare il minimo rumore, cogliendoci di sorpresa.

Mi voltai e vidi che si stava aprendo una lattina di Bud e ci guardava con grande freddezza.

«Abbiamo saputo. Condoglianze.»

Condon si ammorbidì appena. «Grazie.»

«Quanto tempo è passato? Quattro anni?»

«Quattro anni, sei mesi, tre giorni, nove ore e tre minuti. Siete venuti apposta da Washington per parlare di questo?»

In macchina, Sampson e io avevamo concordato una modalità di approccio. Prendere di punta uno come Condon sarebbe stato inutile, se non dannoso: meglio arrivare al dunque per gradi.

«Abbiamo bisogno del suo aiuto» risposi. «Lei segue la cronaca?»

«Per quanto possibile, no.»

«C'è stata una strage in un laboratorio clandestino per la sintesi di metanfetamina nel District of Columbia» dissi.

«In tutto, sono morte ventidue persone. Sembra opera di professionisti bene addestrati. Forse ex militari.»

Come intravedendo il nemico in lontananza, Condon assunse uno sguardo più duro.

«Ho capito dove volete andare a parare» dichiarò. «Risparmiatevi la fatica: io non c'entro niente. Quindi, a meno che non abbiate un regolare mandato, adesso voi due vi togliete dai piedi.»

«Signor Condon...»

«Vi conviene. Prima che mi venga un raptus, visto che soffro di stress postraumatico, e cominci a trattarvi come se foste talebani.»

PARTE TERZA

L'ASCESA DI MERCURY

36

Mercury guidava raramente la moto alla luce del giorno.

Di solito la prendeva soltanto di notte, quando era di pattuglia, ma mentre sfrecciava lungo l'Interstate 97 in direzione sud si sentiva invincibile, come se nel suo mondo e nella sua vita si stesse ristabilendo l'equilibrio. Era un giustiziere, un vendicatore, e quel ruolo lo riempiva di orgoglio.

Si era sentito benissimo, nel fare ciò che aveva fatto nelle ultime settimane, nel prendere in mano un problema che nessun altro sembrava intenzionato a risolvere. La polizia per prima, e a seguire FBI e NCIS: erano una massa di lavativi, perdigiorno e...

Mercury notò una Ford Taurus beige che procedeva non proprio diritta nella corsia dei veicoli lenti poco dopo l'allacciamento con la Maryland Route 32 e le si piazzò dietro, a un veicolo di distanza, nella corsia accanto.

La Taurus sbandò di lato e il conducente del SUV Porsche davanti a Mercury suonò il clacson. La Taurus riprese il controllo.

Il Porsche accelerò e Mercury lo seguì come se volesse sorpassare anche lui la Taurus, ma si avvicinò quel tanto che bastava per controllare la situazione e poi decelerò.

«Cretina» imprecò fra sé. La sensazione di benessere era svanita e gli stava montando la rabbia. «Non leggi i giornali? Non ascolti le raccomandazioni?»

Rallentò e la lasciò andare, dicendosi che non era né il momento, né il luogo.

Ma poco dopo, nell'imboccare una lunga curva verso est si rese conto che le quattro corsie erano vuote, a parte la Taurus, e non aveva veicoli né davanti, né dietro.

Prese la decisione in una frazione di secondo e abbassò la cerniera del giubbotto. Accelerò con la destra e con la sinistra impugnò la pistola.

Affiancò la Taurus. La cretina alla guida non lo vide. Non guardava la strada.

Messaggiava con l'iPhone andando ai cento all'ora.

Anni di pratica avevano reso Mercury ambidestro: stava per sparare, quando la Messaggiatrice Folle alzò la testa dallo smartphone.

Lo vide. Vide la pistola.

Mollò l'iPhone e si chinò quando Mercury fece fuoco.

La Taurus sbandò paurosamente, rischiando di travolgere la moto, poi fece testacoda, finì sul terrapieno e si rovesciò.

Mercury mise via la pistola e proseguì tenendosi appena al di sotto del limite di velocità.

Non voleva attirare l'attenzione. Il codice della strada finalmente veniva rispettato. L'ordine era stato ristabilito.

37

Quel pomeriggio, dopo la visita a Condon, andammo a fare rapporto nell'ufficio di Bree.

« Dunque Condon vi ha minacciato? » domandò. Era particolarmente stanca e stressata.

« Sì » rispose Sampson.

« Indirettamente » precisai. « È un uomo molto intelligente e, appena abbiamo nominato il laboratorio clandestino, ha capito tutto. »

« Gli avete chiesto dov'era la sera della strage? »

« Non ci avrebbe risposto » chiarì Sampson. « Dice che ha imparato sulla propria pelle che non bisogna parlare con nessun tipo di investigatore, se non in presenza di un avvocato. »

« Be', almeno adesso sa che è sospettato » disse Bree. « Potrebbe essere una buona cosa. »

« Potrebbe » concordai. « Ma da qui non possiamo metterlo sotto sorveglianza e non ci sono gli estremi per emettere un mandato di perquisizione. »

« Trovatemi qualcosa che leghi Condon a quel laboratorio e userò i miei agganci nella polizia di Stato del Maryland per farlo tenere d'occhio. »

« Se troviamo un nesso, penso che Mahoney e l'FBI prenderanno in mano la faccenda, esautorandoci dalle indagini. »

Sampson disse: « Voglio controllare se Condon ha davvero l'autorizzazione a usare la tannerite. Se non ce l'ha, possiamo presentarci con un piccolo esercito e un'accusa di detenzione di sostanze esplosive ».

« Ottimo » disse Bree.

Stavamo per congedarci, ma Bree mi trattenne. « Alex? Possiamo parlare un attimo? »

« Ho capito » disse Sampson. « Non voglio fare il terzo incomodo. »

Uscì e chiuse la porta. Bree si appoggiò allo schienale.

« Tutto bene? » le chiesi.

« No » rispose. « Stamattina il sindaco e Michaels hanno fatto a turno a usarmi come punching ball per questa storia della strage. »

« Senti, pochi giorni fa hai tolto loro le castagne dal fuoco dichiarando che Terry Howard era l'assassino di Tom. Non puoi reggere queste montagne russe emotive, stando dietro a ogni loro fisima. Accetta lo stress che questa carica comporta senza lasciarti annichilire. Svolgi il tuo lavoro meglio che puoi e vedrai che nel giro di tre mesi avrai un atteggiamento completamente diverso. »

Bree sospirò. « Dici? »

« Ne sono sicuro » replicai, e andai a farle un massaggino alla cervicale.

« Ahhh, ne avevo proprio bisogno » disse. « Mi fa male anche all'altezza delle lombari. »

« Stai troppo tempo seduta » le dissi. « Sei abituata a una vita attiva e la tua schiena protesta. »

« Adesso sono una passacarte sedentaria. »

« Chiedi al capo una scrivania più ergonomica. Magari con un tapis roulant al posto della sedia. »

« Non male, come idea » replicò Bree.

« Sono una fucina di buone idee, oggi. » Mi chinai a darle un bacio sulla guancia.

« Mi manchi » sussurrò Bree.

« Anche tu » risposi, baciandola sul collo. « Ma ci amiamo, no? »

« Tantissimo. »

Bussarono alla porta.

Sampson chiese: « Siete ancora vestiti? »

« No, siamo nudi come vermi » rispose Bree. « Entra. »

Sampson aprì la porta cauto, vide che le stavo massaggiando il collo e disse: « Mi duole interrompervi sul più bello, ma ho appena ricevuto gli esiti della ricerca che avevo lanciato sul database per vedere se c'erano stati altri automobilisti uccisi a colpi di pistola nello stile di Mister Maserati in Rock Creek Parkway. »

Mi fermai. « E cos'hai scoperto? »

« Vieni, che ti faccio vedere. »

38

Poche settimane prima che Aaron Peters venisse ucciso da un motociclista in Rock Creek Parkway, la trentanovenne Liza Crawford, brillante agente immobiliare di Gettysburg, Pennsylvania, era stata trovata morta a bordo della sua Corvette nuova fiammante su una strada di campagna.

Secondo gli inquirenti, l'auto era finita contro un muro di pietra mentre procedeva ad alta velocità e si era ribaltata, e Liza Crawford era rimasta schiacciata fra le lamiere.

A causa dei numerosi traumi riportati, i fori di ingresso e di uscita del proiettile calibro quarantacinque erano stati riscontrati solo in un secondo tempo, in fase di autopsia, quando era stato accertato che Liza Crawford era già morta al momento dello schianto. Il proiettile che le aveva trapassato la testa si era conficcato nella portiera del passeggero e in quel momento si trovava ai laboratori forensi di Stato della Pennsylvania.

Due mesi prima Samuel Tate, ventitré anni, era stato estratto privo di vita dalle lamiere della sua Ford Mustang truccata dopo essersi schiantato contro una quercia lungo una strada di campagna a ovest di Fredericksburg, Virginia.

Tate, meccanico, era noto per essere un guidatore provetto che non beveva né faceva uso di sostanze. Non c'erano segni di frenata sull'asfalto, benché avesse perso il controllo della vettura mentre procedeva a una velocità superiore ai centosessanta chilometri orari. Il medico legale aveva scoperto un foro di proiettile calibro quarantacinque sul lato sinistro della testa. Anche quel reperto era in mano ai tecnici di laboratorio.

«Guarda qua» disse Sampson indicando lo schermo del suo computer, sul quale erano visualizzati i referti sui proiettili che avevano ucciso Tate e Aaron Peters. «Sono identici.»

«Scommetto che anche quello di Liza Crawford è uguale» dissi studiando la mappa. «Lei e Tate erano più o meno alla stessa distanza da Washington, lei a nord e lui a sud. Nel raggio di novanta, novantacinque minuti dal centro.»

«Che cosa significa?»

«Che è un serial killer, si sposta in moto e questo è il suo terreno di caccia.»

«E quali sono le sue prede?»

«Maserati, Corvette, Mustang.»

«Auto di grossa cilindrata» chiosò Sampson.

«E quelli che le guidano.»

«A gran velocità.»

Mi toccai un labbro, riflettendo.

«Per quale motivo?» chiese Sampson. «Per gioco?»

«Forse» risposi. «Dalle riprese della GoPro di Peters sembra che giocassero a rincorrersi come il gatto con il topo. E il motociclista era il gatto.»

Sampson scosse la testa. «I media ci sguazzeranno. Vi ricordate il cecchino della Beltway?»

«E come dimenticarlo?»

Ero ancora nell'FBI la mattina del 3 ottobre 2002, quando nel Maryland erano state colpite a morte quattro persone, apparentemente senza motivo. La sera era stata la volta di un falegname di settantadue anni che passeggiava lungo Georgia Avenue.

I giornalisti avevano parlato di un cecchino della Beltway, ma l'FBI aveva scoperto che in realtà le uccisioni erano cominciate otto mesi prima sulla West Coast, a Tacoma, nello

Stato di Washington, e fra morti e feriti c'erano già state dodici vittime in un'area che da Arizona e Texas arrivava fino ad Atlanta e Baton Rouge, Louisiana.

Alla fine erano stati catturati due squilibrati con una carabina Bushmaster AR-15, ma nel frattempo i morti erano saliti a diciassette ed erano state ferite dieci persone.

« Malvo e Muhammad uccidevano per sport » disse Sampson. « Potrebbe essere così anche in questo caso. »

« Potrebbe » ammisi. « Una gara, con il motociclista che insegue la macchina veloce, la raggiunge e spara al conducente. »

« Per poi scappare, indenne. »

Annuii pensando che si sarebbe scatenato il pandemonio. Il Paese aveva vissuto momenti di grande paura nel periodo in cui avevano imperversato i cecchini della Beltway. Erano stati i ventitré giorni peggiori della mia vita.

« Intendi avvertire Bree? Mi sembra abbia già abbastanza grattacapi. »

Non ebbi neppure il tempo di rispondere, perché mia moglie apparve sulla porta dell'ufficio, affannata.

« Hanno sparato a O'Donnell, Lincoln e due agenti di pattuglia » disse. « Cinque minuti fa, nel Northeast. Con armi automatiche. Lincoln e un agente sono rimasti feriti. Secondo O'Donnell, uno degli aggressori era Thao Le. »

39

Attraversammo la città a sirene spiegate. Sampson si infilò il giubbotto antiproiettile mentre io guidavo e Bree, seduta dietro, parlava al telefono per cercare di farsi un quadro più preciso della situazione e coordinarsi con gli altri responsabili in maniera da mandare sul posto il personale necessario.

Lincoln e O'Donnell erano sulle tracce di Thao Le e sapevano che si trovava in una villetta a schiera nel Northeast, da cui era in procinto di trasferire un quantitativo di droga. La sua ragazza, Michelle Bui, aveva infatti scritto a O'Donnell un sms per avvertirlo.

I due ispettori si erano recati sul luogo e avevano chiesto rinforzi. Un'auto della polizia si era appostata nel vicolo dietro la villetta e una era sulla strada, in fondo all'isolato. Lincoln e O'Donnell erano arrivati dalla direzione opposta e avevano visto Thao Le in veranda, insieme con tre scagnozzi.

O'Donnell aveva parcheggiato appena prima della villetta, l'autopattuglia si era avvicinata dall'altro lato e in quattro erano scesi contemporaneamente, ad armi spianate, intimando ai malviventi di sdraiarsi a terra. Per tutta risposta Thao Le aveva aperto il fuoco con un AK-47, colpendo Lincoln e uno dei due agenti.

Lincoln si era beccato un proiettile in una coscia e un altro in una mano e O'Donnell lo aveva tratto in salvo, riparando dietro un veicolo fermo sul lato opposto della strada.

L'agente Josh Parks, ferito all'inguine, era riuscito a trascinarsi sotto la veranda, dove non poteva essere né visto né colpito.

«Come stai, Parks?» chiese Bree via radio.

«Come se mi avessero trapanato il bacino fino alla colonna vertebrale» rispose l'agente. «Ma per il resto bene.»

«O'Donnell?»

«Dobbiamo riuscire a portare in ospedale Lincoln e Parks senza farci sparare.»

«Ricevuto» rispose Bree. «Stanno arrivando rinforzi. Dovrebbero essere lì fra meno di cinque minuti.»

«Ho sentito delle urla dentro la villetta: ho paura che abbia preso degli ostaggi.»

Sentimmo grida e una raffica di mitraglietta, poi cadde la linea.

«Merda!» imprecò Bree.

Prima che provasse a richiamare, partì di nuovo la suoneria.

«O'Donnell?» chiese. E rimase in ascolto. «Dove siete?»

Premette il pulsante del vivavoce e sentii la voce terrorizzata di Michelle Bui.

«Mi sono nascosta in un armadio al primo piano» disse la ragazza di Thao Le sul punto di piangere. «Thao e i suoi amici pippano da giorni, coca e meth, e sono fuori di testa, in paranoia totale. Dice che adesso tocca a loro.»

«Tocca a loro che cosa?»

«Morire» rispose Michelle. «Erano così sconvolti che hanno preso i poliziotti per quei vigilantes della strage.»

«Chi altri c'è in casa?» domandò Bree.

«Non lo so esattamente» rispose Michelle. «Io ero di sopra a dormire e ho sentito arrivare delle persone. Hanno tagliato e imballato roba tutta la notte. Subito dopo gli spari, ho sentito delle urla e...»

« Che cosa c'è? »
« Thao mi chiama » rispose la ragazza. « Devo andare. »
E chiuse la comunicazione.

40

I mezzi della Metro Police erano disposti a V in maniera da bloccare la strada in entrambe le direzioni. Alcuni agenti stavano facendo evacuare le case vicine a quella in cui si era asserragliato Thao Le, passando dai vicoli sul retro.

Erano già arrivate sul posto due ambulanze. Noi ci fermammo a una certa distanza e osservammo la scena con il binocolo.

A metà dell'isolato sul lato est l'agente Joshua Parks, disteso su un fianco, si contorceva per il dolore.

«Siamo qui, Parks. Stanno arrivando rinforzi» gli disse per radio Bree.

«Bene» rispose lui. «A stare in questa posizione sul cemento, se no, mi vengono i crampi.»

Bree non poté fare a meno di sorridere. «Faremo in modo che non ti vengano. O'Donnell?»

L'ispettore O'Donnell era sul lato opposto della strada con Lincoln, dietro una Ford Explorer bianca. Lincoln sembrava in gravi condizioni.

«Parlami, O'Donnell» insistette Bree.

«Lincoln è cosciente, ma sta male. Come procediamo?»

«Stiamo decidendo» rispose Bree.

Mi guardò e disse sottovoce: «Non ho mai gestito una situazione così, Alex. Tu sì, quindi aiutami».

Osservai la scena con attenzione e dissi: «Ci conviene entrare nella villetta dirimpetto a quella di Thao Le e in quella dietro. E ci serve il suo numero di telefono.»

« Riprovo Michelle Bui » disse Bree.

Arrivò il furgone delle squadre speciali e il capitano Matt Fuller, in tenuta antisommossa nera, scese e ci venne incontro a passo di corsa.

« Merda » imprecai sottovoce.

« Cosa? »

« Speravo fosse di turno il capitano Reagan » dissi. « Fuller è bravo, niente da dire. Ma ci mette un po' troppo entusiasmo. Non so se mi spiego. »

Fuller era corpulento e aveva le guance cascanti. « Dottor Cross, comandante Stone. Come sta l'agente ferito? »

« Gli agenti feriti sono due » precisò Bree. « Lincoln, che fa parte della mia squadra, e l'agente Parks. Entrambi hanno bisogno di cure mediche immediate. Parks, specialmente. »

Fuller osservò la scena con il binocolo. Quando lo riabbassò disse: « Conviene che ci piazziamo nella casa immediatamente di fronte e in quella immediatamente dietro ».

« L'avevo appena suggerito » dissi. Poi guardai Bree. « Chiama Michelle e fatti dare quel numero di telefono. »

Il capitano Fuller con quattro dei suoi, Sampson e io raggiungemmo la villetta a schiera vicino alla quale erano riparati O'Donnell e Lincoln, sul lato opposto della strada rispetto a Parks. La vecchina che ci abitava era stata fatta sgomberare e ci aveva consegnato le chiavi. Entrammo da dietro, attraverso la porta di servizio che conduceva in cucina.

Superammo la scala ripida che saliva al primo piano ed entrammo nel soggiorno senza far caso al pianoforte, al mobilio datato, alle foto di tutta una vita.

« Maxwell e Keith: voi al primo piano » ordinò il capitano Fuller alle mie spalle. « Tenetevi lontani dalle finestre e non accendete luci. »

I due SWAT salirono le scale e Bree scostò appena le tende per farci vedere dalla finestra O'Donnell e Lincoln, seduti sul marciapiede con la schiena contro la Ford Explorer, a pochi metri di distanza. O'Donnell aveva stretto la propria cintura intorno alla gamba di Lincoln, a mo' di laccio emostatico, ma Lincoln era bianco come un cencio. Doveva aver perso molto sangue.

«Ha bisogno di cure mediche urgenti» disse Bree.

«Anche Parks» dissi io, vedendo l'agente che inarcava la schiena in preda a spasmi di dolore.

Fuller rimase zitto per qualche minuto, poi rispose: «Uno per volta. Cominciamo dal più facile, ovvero Lincoln».

Guardò gli altri due uomini. «Quanto tempo vi occorre per uscire dalla porta, scendere i gradini, recuperare Lincoln e tornare dentro?»

«Venti secondi» rispose il sergente Daniel Kiniry.

«Non di più» disse l'agente Brent Remer. «A meno che non ci sparino addosso.»

«O'Donnell? Quanto tempo è passato dagli ultimi spari?» chiese Fuller.

«Dieci, dodici minuti» rispose l'ispettore.

Fuller meditò un momento, poi chiamò via radio: «Wilkerson?»

«Comandi, capitano.»

«Prepara un paio di granate.»

41

Bree e io guardammo il capitano Fuller come se fosse impazzito.

« Granate? » chiese Bree. « Non è un po' esagerato? »

« No » rispose Fuller. E ci spiegò come intendeva agire.

Ci pensai su e decisi che Fuller era un uomo competente. « Sì, può funzionare » ammisi.

« Concordo » disse Bree. « Prego, capitano. »

Tre minuti dopo, su comando di Fuller, vennero lanciate due granate stordenti dietro la villetta in cui Thao Le si era asserragliato con i suoi scagnozzi.

Avevo il binocolo puntato sulle finestre e vidi varie persone correre a vedere cos'era successo. Bree sollevò il vetro della finestra a ghigliottina e prendemmo la mira.

« Andate! » disse Fuller, aprendo la porta della casa della vecchina per far uscire Kiniry e Remer.

I due uomini si precipitarono fuori, fecero al volo i gradini davanti alla casa e raggiunsero Lincoln. O'Donnell, che reggeva il compagno ferito, si fece da parte.

I due SWAT presero Lincoln e si apprestarono a portarlo in casa, mentre O'Donnell si tirava su e puntava l'arma d'ordinanza contro la villetta di Thao Le per coprir loro le spalle.

Kiniry e Remer portarono in casa Lincoln. Anche O'Donnell stava per entrare, quando Thao Le o uno dei suoi aprì il fuoco con un'arma automatica. I proiettili spaccarono i finestrini della Explorer e rimbalzarono sui gradini di cemento.

Sampson, Bree e io rispondemmo al fuoco, svuotando i nostri caricatori.

O'Donnell fece uno scatto, entrò in casa e si accucciò. Fuller chiuse la porta di rovere e un attimo dopo il fuoco della mitraglietta si interruppe.

«Merda!» gridò O'Donnell, rotolandosi per terra. «Mi ha colpito a un piede!»

«Assistete quest'uomo!» gridò Bree.

Dalla cucina arrivarono due paramedici.

Mentre si mettevano al lavoro, ricaricai la pistola. Nelle cuffie una voce disse: «Capitano, sono Maxwell».

«Dimmi» replicò Fuller.

«Ho lo sparatore sotto tiro. Posso spararli al petto.»

«Identità?»

«Ancora da accertare. Ma è armato di AK.»

«Spara» disse Fuller senza un attimo di esitazione.

«Che cosa? Un momento!» intervenne Bree.

Sentimmo uno sparo, quindi il grido di un agonizzante.

«Aspetti, capitano» urlai.

«Non gli sta dando chance!» disse Bree.

«Perché dovrei?» Fuller ci guardò come se fossimo imbecilli. «Quell'uomo, che fosse Le o uno dei suoi compari, ha tentato di uccidere quattro dei miei uomini. Ripeto: quattro. Aveva chiaramente intenzione di uccidere e io ho ordinato di aprire il fuoco per fermarlo. Fine della storia.»

Bree stava per ribattere, ma le suonò il telefono. Rabbiosa, guardò lo schermo, rovesciò la testa all'indietro ed esclamò: «Gesù!»

«Che cosa c'è?»

«È Michelle Bui. Dice che abbiamo appena fatto fuori uno degli ostaggi, una donna.»

42

Fuller non la ascoltava nemmeno, intento com'era a dare ordini per radio. I paramedici nel frattempo trasportavano l'ispettore O'Donnell verso la porta di servizio, dopo avergli somministrato la morfina. La sirena dell'ambulanza con Lincoln a bordo era già partita.

«Capitano!» gridai.

Fuller mise via la radio e mi guardò in cagnesco. «Si faccia da parte, dottor Cross.»

«No, capitano: non mi faccio da parte» gli risposi.

«Neanch'io» mi fece eco Bree. «Uno dei suoi uomini al piano di sopra, l'agente Maxwell, ha appena sparato a una donna innocente!»

Fuller sbiancò. «No.»

«Me lo ha appena detto la donna di Thao Le, che è con loro.»

Fuller ritrovò subito la lucidità e accese la radio. «Maxwell?»

«Comandi.»

«Come ha identificato lo sparatore?»

«Maglietta bianca e mitraglietta in pugno.»

«Lo ha visto in faccia?»

«Negativo, capitano.»

«Per quanto tempo lo ha avuto nel mirino?»

«Da prima che aprisse il fuoco su O'Donnell» rispose Maxwell. «Quando ha smesso di sparare, mi è sparito per tre secondi e poi è tornato in posizione, come se avesse ricaricato l'arma.»

«Non era così» ribatté Bree alla radio. «Agente Maxwell, lei ha sparato a un ostaggio.»

Seguì un lungo, terribile, silenzio. Poi Maxwell disse: «Capitano?»

«Maxwell?»

«Chiedo di potermi fare da parte, capitano.»

Fuller lanciò un'occhiataccia a Bree. «Autorizzazione negata. Ho bisogno di lei.»

Intervenne Bree: «Capitano, sono io che chiedo a lei di farsi da parte, adesso. Voglio provare a salvare l'agente Parks senza ulteriori spargimenti di sangue. O devo chiamare il capo della polizia perché la sollevi dall'incarico?»

Fuller sbatté piano le palpebre. «L'operazione è nelle sue mani, comandante.»

«In quelle del dottor Cross» precisò lei, guardandomi. «Ho il telefono di Thao Le. Prova a chiamarlo.»

Mi presi un momento per passare dalla modalità «ispettore di polizia» a quella «psicologo negoziatore». Poi digitai il numero e feci partire la chiamata.

Il telefono squillò tre volte, prima che Thao Le rispondesse con i toni concitati del cocainomane. «Chi cazzo è?»

«La sua unica possibilità di non morire entro stasera, signor Le» risposi. «Mi chiamo Alex Cross.»

43

Thao Le respirava affannosamente.

«Ha capito, Thao?» chiesi. «Le squadre speciali sono pronte a fare irruzione e ucciderla. Le sto dando un'ultima possibilità.»

Dopo un lungo silenzio, Thao Le chiese: «In che senso?»

«La situazione è grave: due esponenti delle forze dell'ordine sono feriti, un ostaggio è morto» risposi. «Non la peggiori ulteriormente.»

«Non l'ho mica ammazzata io» si difese Thao Le. «Siete stati voi.»

Non intendevo discutere e quindi evitai di fargli notare che l'aveva mandata lui in prima linea con una mitraglietta in mano. Volevo cercare di stabilire un dialogo.

«È bravissimo a guidare la moto» dissi. «Ho visto le sue prodezze all'Eden Center qualche tempo fa.»

Thao Le ridacchiò. «Non aveva mai visto una roba così, eh?»

«Mai» risposi. «Complimenti. Sarebbe un peccato che lei morisse sprecando tutto questo talento. Come vogliamo fare?»

Non mi rispose subito e lo sentii sniffare una pista. Replicò: «Non lo so, Alex. Me lo dica lei».

«Perché non mi dimostra che è degno di fiducia lasciandoci soccorrere l'agente ferito?» chiesi.

«Cosa ci guadagno?» domandò Le.

Gli risposi: «Dobbiamo collaborare».

«Ma che cazzo dice?» sbottò lui. «Altro che collaborare. Siamo su due strade diverse.»

«Due strade che si possono incontrare. Sto cercando di evitare che la situazione degeneri e lei ci lasci la pelle. Non vuole continuare a vivere?»

Thao Le non rispose.

Dopo quasi un minuto dissi: «Signor Le?»

«Pensavo che le cose andassero in maniera diversa» mormorò in tono più morbido, pensoso.

«Qual era la sua ambizione? Abbiamo tutti un sogno.»

Thao Le rise. «Partecipare agli X Games.»

«Come motociclista?»

«Esatto» rispose Le. «Era l'unica cosa che avevo in testa. L'unico scopo della mia vita.»

«E come mai non è riuscito a realizzarlo?»

«Ho subito una serie di infortuni e ho dovuto cominciare a prendere qualcosa per il dolore» rispose. «Da cosa nasce cosa.»

Thao Le parlava con proprietà di linguaggio e dimostrava una discreta consapevolezza. Non mi stupiva che fosse riuscito a costruirsi un piccolo impero.

«Possiamo venire a prendere l'agente Parks, allora? Se muore, la sua posizione si aggrava.»

Thao Le ci rifletté un momento. «Va bene. Non spariamo.»

44

« Grazie, signor Le » dissi.

Interruppi la telefonata e dissi a Bree e Fuller: « Chiamate i soccorritori. Li accompagno. Voglio continuare a parlargli finché Parks non sarà in salvo ».

« Non mi piace » decretò Fuller.

« Neanche a me » disse Bree.

« Thao Le mi deve vedere. È fondamentale che mi veda. »

Non aspettai risposta e ripresi il contatto. « È ancora in linea, Thao? »

Sentii che sniffava altra coca o metanfetamina. « Sì. Sta venendo qui? »

« Sì » risposi. « Sono quello alto e disarmato con i soccorritori. »

I paramedici ci raggiunsero con una barella. Sospesi di nuovo la telefonata.

« Thao Le ha promesso di non sparare, ma non siete obbligati a uscire allo scoperto » spiegai. « Posso andare da solo, se non ve la sentite. »

L'uomo, Bill Hawkins, domandò: « È mentalmente stabile? »

« In questo momento, sorprendentemente, sì » risposi. « Ma un'ora fa ha sparato contro Parks e gli altri convinto che fossero una banda di vigilantes. Vuol dire che tanto equilibrato non è. »

« Lei si fida? » chiese la donna, Emma Jean Lord.

« Abbastanza da aprire la fila » risposi.

I due paramedici si scambiarono un'occhiata e fecero un cenno di assenso.

« Fate in fretta » raccomandò Bree. « Lasciate parlare Alex e andate diritti da Parks. Comportatevi normalmente, come se avesse avuto un infarto nel giardino di casa sua. »

« Va bene » disse Hawkins. « Andiamo. »

Bree si rivolse a Fuller. « Voi coprite loro le spalle. »

« Quali sono le regole di ingaggio? » chiese il capitano in tono sarcastico.

« Proteggerli. »

« Va bene » rispose Fuller. « Ci può stare. »

« Okay » dissi, ristabilendo il contatto con Thao Le. « Stiamo arrivando, Thao. Ci muoveremo in fretta verso l'agente Parks. »

« Venite, allora » replicò Thao Le.

Infilai la pistola nella fondina, aprii la porta e corsi fuori dicendo: « Mi vedete? »

« Non siamo mica così fessi da avvicinarci alle finestre e farci sparare » fu la risposta di Thao Le. « Fate quel che dovete fare. »

Avevo la sensazione di essere sotto tiro, quando mi avvicinai con i due paramedici all'agente Parks, che era grigio in faccia e sudato.

Hawkins gli sistemò accanto la barella.

Emma Lord si inginocchiò accanto al ferito. « Riesce a muovere le gambe? »

« Mi fanno un male cane » rispose Parks a denti stretti. « Sento un gran bruciore e un dolore inimmaginabile all'altezza del bacino. Ho paura che sia rotto. Muoio pure di sete. »

« Ha una ferita all'addome » rispose Emma Lord, misurandogli i parametri vitali.

« Morirò? »

« Faremo il possibile per evitarlo » rispose Hawkins con un sorriso.

I due paramedici gli misero velocemente una flebo nel braccio e lo distesero sulla barella, lo legarono e lo sollevarono.

Aspettai che fossero fuori della linea di tiro e dissi a Thao: « Ha fatto una buona azione, signor Le: l'agente Parks se la caverà. Perché non ne fa un'altra ed esce a parlare con me faccia a faccia? »

Ci fu un attimo di silenzio, poi Thao Le rispose: « Mi prende per scemo? Appena metto piede sulla veranda, mi farete saltare in aria ».

« Non è questo il mio obiettivo » replicai. « Perlomeno, liberi qualcuno degli ostaggi. »

« No. »

« Non vuole uscire a parlare con me oppure non vuole liberare gli ostaggi? »

« Gli ostaggi restano qui » dichiarò Thao Le. Lo sentii posare il cellulare.

E farsi l'ennesima pista.

Una voce di donna in sottofondo disse: « Vagli a parlare. Cerca di trovare una soluzione a 'sto casino. Non voglio morire per colpa tua e delle tue paranoie da metanfetamina! »

Dopo qualche istante, il telefono venne risollevato e con voce strascicata Thao disse: « Sì, certo, Cross. Esco e ci facciamo una chiacchierata ».

« Quando? »

« Adesso, cazzo! »

Senza darmi il tempo di rispondere, chiuse la comunicazione. In casa una donna gridò.

45

Bree mi chiese nell'auricolare: «Che cosa sta succedendo?»

«Non ne ho idea» cominciai. La porta della villetta si aprì.

Uscì Michelle Bui, sconvolta. Aveva la faccia rigata di sangue per una ferita alla testa. Thao Le la teneva per il collo, usandola come scudo, e le puntava alla tempia una Remington 1911 calibro quarantacinque.

Era strafatto, gli occhi rossi e un rivolo di sangue che gli usciva dalla narice sinistra. Era così bianco che sarebbe potuto sembrare un morto, se non fosse stato per un tic alla guancia e alle labbra screpolate.

Gli mostrai i palmi per fargli vedere che ero disarmato. «Thao Le?»

Thao mi cercò con lo sguardo. «Cross?»

«Sono qua» dissi. «Cosa sta facendo? Non dovevamo parlare a tu per tu?»

«Pensava che sarei uscito da solo, senza uno scudo? Che mi sarei lasciato uccidere da voialtri? Sono anni che mi date la caccia!»

«Lasci andare Michelle, Thao. Sanguina, ha bisogno di cure mediche.»

Thao Le sbatté le palpebre e inclinò la testa di lato, ma non rispose.

«Avanti, Thao. È la sua ragazza. Non vorrà che...»

«Come fa a sapere come si chiama, Cross?» chiese. «E che è la mia ragazza?»

Rise e le premette la pistola sulla tempia con più forza. Michelle fece una smorfia e tentò di divincolarsi, ma Thao la trattenne.

« Non sono stupido, Cross » disse. « Se la conosce, vuol dire che vi siete parlati. Comunque non è la mia ragazza. È una zoccola, una bambola gonfiabile buona solo per il letto. Non me ne frega niente di lei. »

Michelle Bui cambiò espressione e il suo sguardo si indurì.

« A me sembra che Michelle voglia impedire che lei faccia una brutta fine, Thao » rimarcai. « Questo significa che le vuole bene. La ama. »

Thao guardò la ragazza e rise. « No. Significa che vuole salvare la pelle. Senza di me, sarebbe a un angolo di strada a vendere il culo. »

« Che cosa vuole, Thao? »

« Andare via da qui » rispose.

« Vediamo cosa si può fare. »

« Né in manette, né a bordo di una volante. Voglio andare via di qui per i cazzi miei. »

« Questo è impossibile. Ma, se libera la ragazza, migliora la sua situazione. »

« No » rispose Thao. « So parecchie cosette. Negoziamo: io vi dico quello che so e voi mi lasciate andare. »

« Dev'essere qualcosa di assai importante, perché succeda questo » risposi.

« Cioè? »

« Chi sono i vigilantes, per esempio. Sono mercenari al soldo di bande rivali di narcotrafficanti? »

« E che ne so io? » ribatté Thao Le. « Nel senso: so delle cose, ma questo no. »

Riflettei un momento. « Ha ucciso lei Tom McGrath?

«No» rispose Thao. «L'avrei fatto volentieri, ma non sono stato io e glielo posso dimostrare. Non è vero, Michelle?»

La ragazza mi guardò e annuì. «Eravamo a letto, quando è successo.»

«Visto?» fece Thao, allentando lievemente la stretta. «Le troie non servono solo per scoparci assieme. Cos'altro vuole sapere?»

Volevo continuare a parlare con lui e mi venne in mente una cosa.

«Ha incastrato lei Terry Howard con quella droga e quei contanti?» domandai. «È morto, adesso. Saperlo ci chiarirebbe non poco le cose.»

«No» rispose Thao con una smorfia. «Non ho mai fatto niente di...»

In quel momento Michelle Bui aprì la bocca e gli morse l'avambraccio.

Thao gridò di dolore e liberò il braccio con uno strattone. Dalla ferita usciva molto sangue. Nello stato di alterazione in cui si trovava, Thao Le la guardò incredulo, tremando per l'adrenalina.

Michelle sorrise, sputò e disse: «Le troie mordono, a volte!»

Gli sferrò un calcio nelle palle, ma Thao si scansò. Michelle perse l'equilibrio e cadde per terra, rotolando giù dalle scale della veranda.

Thao le puntò contro la pistola. «Ti caccio via come uno straccio vecchio, adesso! Cosa credevi?»

«No, Thao! Non spari!» urlai.

Troppo tardi.

Dalla finestra del primo piano della casa di fronte partì uno sparo.

Thao Le ebbe un sussulto e fece fuoco, ma il proiettile si piantò in una colonnina della veranda a parecchi centimetri dalla gamba di Michelle. Thao Le barcollò e cadde all'indietro, batté contro lo stipite della porta e crollò lentamente a terra.

Corsi da lui, scavalcando Michelle. Thao Le sussurrò qualcosa in vietnamita.

Mi inginocchiai sulla veranda e gli dissi: « Sta arrivando l'ambulanza ».

Rise. « Non farò in tempo. »

« Ha incastrato lei Terry Howard? »

Mi guardò, sorrise e strizzò appena l'occhio. Poi ebbe un rigurgito di sangue e i suoi occhi si spensero.

46

John Brown amava le sere nuvolose come quella, quando il buio era così fitto che non si vedeva a un palmo dal naso. Privato della vista, trovava che gli altri sensi diventassero molto più acuti. Sentiva odore di letame e di tabacco maturo, udiva il verso di un barbagianni e il sapore del chicco di caffè che masticava per tenersi sveglio era più intenso del solito.

«Cinque chilometri» disse la voce di Cass nell'auricolare.

«Ricevuto» rispose Brown, spostandosi sulla lamiera ondulata. «Hobbes?»

«Siamo pronti.»

«Fender?»

«Affermativo.»

Brown si chinò a frugare nello zaino ai propri piedi. Una fitta al ginocchio lo fece gemere di dolore.

Riuscì a tirare fuori l'iPad e si rialzò. Il ginocchio emise una serie di scricchiolii sinistri. Con i sudori freddi, Brown accese il tablet e si collegò a un sito sicuro.

«Arrivano» disse Cass. «La prima auto è una Mustang blu con targa della Florida. Dietro i camion c'è una Dodge Viper nera con targa della Georgia.»

«Ricevuto» rispose una voce maschile.

Brown cliccò su un link e guardò le immagini riprese dalla videocamera di uno degli uomini di Hobbes. Mostravano uno svincolo della Interstate 95 vicino a Ladysmith, Virginia, circa trecento chilometri a sud di Washington.

Erano in corso dei lavori e gli operai lavoravano sotto forti riflettori. Il traffico in direzione nord era stato deviato e c'era l'uscita obbligatoria a Ladysmith. In cima alla rampa c'era uno degli uomini di Hobbes.

Aveva una tuta da operaio, un giubbotto rifrangente giallo e un casco. Muoveva la torcia per segnalare alle auto che dovevano deviare verso Ladysmith e la Jefferson Davis Highway.

La Mustang blu entrò nell'inquadratura, seguita da tre autoarticolati isotermici con il logo della Littlefield Produce Company, di Freehold Township, New Jersey. La Dodge Viper nera chiudeva il convoglio. Il finto operaio li fece deviare a est, sulla Statale 639.

Fece lo stesso anche con Cass, alla guida di una Ford Taurus bianca. A quel punto Brown aprì il video di un'altra telecamera, stavolta di uno degli uomini di Fender, che dirigeva il traffico a un chilometro e mezzo dall'Interstate e che indirizzò il convoglio sulla Virginia Route 633 in direzione nord.

Quando i fanalini di coda di Cass scomparvero, Brown disse: «Si segue il piano passo per passo. Precisione chirurgica».

Non si premurò di guardare il video del convoglio che veniva deviato dalla Route 633 a una strada sterrata che si inoltrava fra campi coltivati e boschi. Vedeva già i fari della Mustang che la imboccava, seguendo le indicazioni.

«Vieni da papà» disse Fender.

Brown sentì che gli altri caricavano le armi, ma tenne gli occhi fissi sugli autoarticolati che svoltavano nella strada di campagna, seguiti dalla Viper. Sapeva che sarebbe stata una sofferenza, ma strinse i denti e si inginocchiò. I fari, sempre più vicini, illuminavano Brown sul tetto di lamiera ondulata di un vecchio capannone adibito a essiccatoio di tabacco.

Ce n'erano sei, lunghi e bassi, tre di qua e tre di là della strada. La Mustang rallentò in prossimità del segnale lampeggiante che avevano posizionato vicino al capannone più a sud, che diceva: STRETTOIA, LIMITE DI VELOCITÀ VENTI KM/H.

Attraverso il passamontagna nero, Brown osservava l'avanzamento della Mustang. A quel punto vedeva le due persone sedute davanti, entrambe in maglietta. Si guardavano intorno perplesse: *Dove diamine ci porta questa deviazione?*

«Pazienza» disse Brown, guardando la Mustang che passava sotto di lui e il capannone più a nord.

Lanciò un'occhiata anche ai camion, ma subito tornò alla Mustang che seguiva la curva e si fermava in fondo, dove un altro terrapieno segnava la fine della strada.

Il rimorchio del primo camion aveva quasi superato i capannoni, mentre il secondo era bloccato in mezzo e il terzo spuntava per metà.

Brown aspettò di udire le grida degli uomini a bordo della Mustang per dare il via all'operazione.

Seguì la scena dall'alto, fra le ombre e le luci abbaglianti dei fari.

Cass raggiunse la Viper in coda ai camion e freddò il conducente sparandogli alla testa con un fucile AR calibro 223 dotato di silenziatore, senza nemmeno lasciargli il tempo di scendere. A uccidere il passeggero fu uno degli uomini di Hobbes, dal tetto di un capannone.

Altri tiratori posizionati sui tetti eliminarono le sei persone a bordo dei tre camion, che non si accorsero di nulla. I due uomini a bordo della Mustang, invece, capirono e balzarono fuori della vettura impugnando una mitraglietta.

Fender spuntò da dietro il terrapieno e li ammazzò.

«Via libera» dichiarò.

«Idem» disse Hobbes.

Brown disse: «Lasciate tutti i veicoli in moto, raccattate i bossoli e ripulite tutto. Ci vediamo sulla strada».

Cass rispose: « Non dovremmo prima controllare il carico? »

Brown si rialzò in piedi con una smorfia di dolore. Ne avevano già discusso, ma Cass non demordeva.

« Negativo » dichiarò con fermezza. « Nessuno si avvicini al carico. »

47

A metà mattina un elicottero dell'FBI atterrò sul tetto della sede della Metro Police per far salire a bordo me e Sampson. L'agente speciale Ned Mahoney era seduto davanti con l'aria tetra, silenzioso.

Novanta minuti prima un vicesceriffo della contea di Caroline, passando in macchina davanti a uno stabilimento per l'essiccazione del tabacco a nordest di Ladysmith, Virginia, aveva notato che la pesante catena che di solito sbarrava l'accesso era a terra, nel fango, fra le impronte di grossi pneumatici.

L'aveva trovato strano, perché mancavano ancora diverse settimane all'inizio del raccolto, e aveva deciso di entrare a dare un'occhiata. Ciò che aveva visto lo aveva indotto a chiamare la polizia di Stato e l'FBI.

« Chi è stato sulla scena del crimine, oltre al vicesceriffo? » chiesi.

« Nessuno » rispose Mahoney. « Appena l'ho saputo, ho contattato la polizia della Virginia chiedendo che mettessero sotto sequestro l'intera area. Non dovrebbe essere stata contaminata. »

Tre quarti d'ora più tardi scendemmo di quota in una zona di campi e boschi attraversati da alcuni corsi d'acqua. Superammo un ultimo gruppo di querce e ci trovammo di fronte un tratto aperto e pianeggiante. L'elicottero compì alcuni giri tutto intorno per permetterci di osservare la scena.

Una Mustang blu con le portiere spalancate era bloccata

davanti a un terrapieno. Nell'erba c'erano due morti, entrambi di sesso maschile. Fra i lunghi capannoni erano allineati tre camion frigo grigi uno dietro l'altro, come elefanti in una parata. Parabrezza e finestrini erano stati crivellati dai proiettili. In fondo alla fila c'era una Dodge Viper nera con due cadaveri sui sedili davanti.

Il pilota atterrò vicino all'autostrada, dove era stata predisposta una zona operativa. Parlammo brevemente con un tenente della polizia di Stato e lo sceriffo della contea, poi ci avviammo a piedi verso la scena del crimine.

Faceva caldo e l'aria era impestata di insetti. Il rumore dei motori ancora accesi dei camion copriva il ronzio delle mosche intorno alla Viper.

«Anche qui hanno ripulito tutto» disse Mahoney quando fummo a una decina di metri dall'auto.

Guardai il tratto di strada sterrata fra noi e la Viper e notai alcuni solchi nel fango. «Con un rastrello, presumibilmente» replicai.

La portiera della Viper era socchiusa, il finestrino abbassato, il parabrezza pieno di schizzi rossi. L'uomo alla guida aveva la testa maciullata da un proiettile. Gli avevano sparato nella parte sinistra dell'osso occipitale e il sangue copriva quasi completamente il foro di ingresso e di uscita. Il passeggero era rovesciato all'indietro, in un lago di sangue e materia cerebrale, senza più l'orbita sinistra.

«Un unico colpo per ciascuno dei due» osservò Sampson. «A quello al volante hanno sparato da dietro.»

«Con una leggera angolazione» aggiunsi. «Al passeggero, invece, dal tetto di uno dei capannoni. Probabilmente quello a sinistra.»

Proseguimmo lungo gli autoarticolati fermi l'uno dietro l'altro. Stando alle scritte, appartenevano a un'azienda di prodotti ortofrutticoli di Freehold Township, New Jersey.

In ognuno c'erano due persone, entrambe freddate con un solo proiettile.

« Si sono appostati sul tetto dei capannoni, li hanno attirati fin qui e li hanno ammazzati » dissi, chiedendomi se dietro quell'agguato non ci fossero Nicholas Condon e compagnia. Era assai probabile.

« Hanno sparato dall'alto, sì » concordò Mahoney. « I tetti sono spioventi verso la strada, ma non ho visto neanche un bossolo per terra. »

« Se hanno sparato un solo colpo per uno, non hanno ricaricato » spiegai.

Superammo gli autoarticolati e andammo verso la Mustang e i due uomini distesi sull'erba. Gli operatori dell'FBI avevano teso un nastro intorno al perimetro e stavano procedendo al sopralluogo. Per non disturbarli, tornammo indietro per esaminare l'ultimo camion, l'unico il cui rimorchio fosse accessibile.

Il vicesceriffo Max Wolford, che aveva scoperto il massacro, ci aspettava con un tronchese in mano.

Sampson disse: « Scommettiamo che non trasportavano primizie? »

« Secondo me, troveremo contanti e droga » disse Mahoney. Fece un cenno a Wolford, che recise la serratura di sicurezza. Sampson azionò la leva e aprì il portellone. Dal rimorchio refrigerato uscì una nuvola di aria fredda e umida. Alla luce del sole, ci rendemmo conto che le nostre previsioni erano totalmente sbagliate.

« Gesù! » esclamò Sampson. « Questa proprio non me l'aspettavo. »

Cercai di mantenere la calma. Impugnai la pistola, sollevai il distintivo e salii sul camion.

48

In cima a diverse pile di cassette di legno marcate «cetrioli», «pomodori» e «lattuga» e coperte da teli cerati, c'erano quattro cadaveri illividiti, seminudi, tre donne sui vent'anni e un ragazzino che poteva avere al massimo un anno più di Ali.

Di là delle cassette con i morti distesi sopra, vidi le spalle, le teste e gli occhi spaventati di almeno trenta persone di varie etnie e colori, prevalentemente donne e bambini. Indossavano cappotti cenciosi e stavano vicini vicini, battendo i denti per il freddo.

«Dobbiamo spostare i camion per poter aprire anche gli altri» dissi a Mahoney. «E chiamiamo ambulanze e automediche.»

«Sì» rispose lui, prendendo il cellulare. «E occorrono rinforzi.»

Presi una cerata e la diedi a Sampson. «Tieni: copri la Viper. Meglio che non la vedano.»

Cominciai a spostare le cassette.

«Sono della polizia» dissi. «Siamo qui per aiutarvi.»

Per tutta risposta, ricevetti sguardi vacui e impauriti.

«Qualcuno di voi parla inglese?» domandai.

Alcuni distolsero lo sguardo, ma nessuno rispose.

Quando li raggiunsi, molti indietreggiarono piangendo e abbassando gli occhi. Non capivo se la loro fosse paura o vergogna. Sorrisi per rassicurarli e indicai loro Sampson. Per un po' nessuno si mosse.

Poi una bella ragazza con i capelli neri e l'eskimo grigio si staccò dal gruppo per scendere dal camion. Qualcuno la seguì, evitando di guardare i morti.

Sampson li aiutò a scendere e subito si sdraiarono al sole per scaldarsi nel prato dietro la Viper, che nel frattempo era stata coperta con una cerata. Piangevano, si abbracciavano e si consolavano in almeno cinque idiomi diversi.

Gli uomini della polizia di Stato portarono acqua e barrette energetiche, che i poveretti divorarono famelici. Quando i tecnici ebbero finito di scattare fotografie per documentare la scena, ci toccò l'ingrato compito di scaricare i quattro cadaveri e adagiarli sul pavimento di legno degli essiccatoi.

Negli altri due camion trovammo altri cinque morti e sessantasette persone ancora vive.

«Chissà da quanto tempo erano chiusi là dentro» disse Sampson frustrato. «Non sappiamo da dove vengano, non abbiamo idea di chi siano tutti 'sti morti... Nessuno che abbia uno straccio di documento.»

All'arrivo di paramedici e soccorritori ci facemmo da parte. Notai che la ragazza mora che era scesa per prima dal camion si era tolta l'eskimo grigio e i pantaloni pesanti rimanendo in calzoncini corti e maglietta rosa con la scritta «goddess» in paillettes argentate. Ci sentiva parlare e continuava a lanciarci occhiate.

Le sorrisi e le feci cenno di avvicinarsi. Goddess sembrava non capire e perciò andai ad accucciarmi vicino a dov'era seduta.

«Puoi smettere di fare finta di non sapere l'inglese» dissi.

La ragazza si guardava l'ombelico.

«Siamo qui per aiutarvi» dissi. «Anche tu puoi darci una mano.»

Nessuna reazione. Dopo un po' alzò la testa e guardò nel vuoto.

«Come vuoi» dissi. «Ma la US Immigration verrà necessariamente coinvolta e, se vuoi avere una chance di rimanere negli Stati Uniti, ti conviene parlare.»

La vidi sgranare gli occhi e sospirare, ma mi alzai scuotendo la testa come se avessi perso le speranze e mossi un passo verso Sampson.

La ragazza mi chiamò subito indietro. «Dammi pacchetto di Marlboro e parlo» disse con forte accento straniero.

49

«Le credi?» domandò Bree quando, quella sera verso le undici, tornai finalmente a casa dopo una delle giornate più sconvolgenti della mia vita.

«Perché non dovrei?» replicai, mangiando i kebab di agnello in salsa di arachidi che Nana aveva preparato per cena. «Le altre ragazze che parlavano inglese hanno confermato la sua storia. E pure i ragazzini.»

«È disumano» commentò Bree.

«Su questo sono assolutamente d'accordo» risposi, e ripensai a Mina Codrescu, seduta sul suo eskimo, che si era accesa la sigaretta prima di incominciare a parlare.

Aveva diciannove anni e veniva da Bălți, una cittadina nel Nord della Moldavia. La madre era morta, il padre beveva e lei non aveva nulla, a parte un'infarinatura di inglese e il sogno di emigrare. Un giorno aveva incontrato un russo in un bar che le aveva fatto balenare la possibilità di andare negli Stati Uniti e l'aveva portata nella capitale, Chișinău, dove le aveva presentato un suo compare, anche lui russo.

«Lui ha detto che dovevo lavorare cinque anni, poi libera di stare in America» mi aveva spiegato Mina senza guardarmi negli occhi.

«Che tipo di lavoro?» aveva chiesto Sampson.

«Sessuale» aveva risposto Mina in tono di sfida.

«E lei ha accettato?»

«Sono qui, no?» era stata la sua risposta.

Ero stato zitto.

Mina aveva continuato a fumare e, sempre in tono di sfida, aveva spiegato: « Mi conveniva. Farei di nuovo. Sono qui in America, no? Posso realizzare mio sogno. Se dicevo no, non succedeva ».

« Non la stiamo giudicando, Mina » chiarii. « Ci racconti cos'è successo, dopo che lei ha accettato l'offerta. »

Mina aveva spiegato che il secondo russo aveva preteso prestazioni sessuali per tre giorni e poi le aveva dato un biglietto aereo per Miami, dove era stata accolta da una donna di cui sapeva soltanto il nome, Lori.

Lori si era fatta consegnare passaporto e cellulare, dicendo che il passaporto le sarebbe stato restituito dopo cinque anni e il cellulare una volta avesse avuto la destinazione definitiva. Nottetempo, l'aveva portata in un deposito di camion, dove erano state raggiunte da un certo numero di ragazzi, maschi e femmine, arrivati a bordo di furgoni.

Per terra c'era un mucchio di indumenti usati ed era stato ordinato loro di vestirsi pesante. Lori aveva preso un eskimo, un paio di pantaloni e degli scarponi per Mina e l'aveva fatta salire sul camion frigo, promettendole una vita migliore alla fine del viaggio. Una vita di lussi.

« Per me non terribile perché abituata a freddo, ma altri poco vestiti » ci aveva spiegato Mina. « Noi cercavamo di scaldarli, ma erano troppo deboli e malati per viaggio e sono morti. »

« Quanto tempo siete rimasti a bordo di quel camion? »

« Non so. Non avevo orologio o telefono. Due giorni? Forse di più. »

« Era l'unica moldava? »

« No, altre due ragazze » aveva risposto Mina. « E poi ungheresi e slovacche. »

Molte erano state reclutate in maniera analoga alla sua, ci

aveva spiegato, mentre alcune già lavoravano come prostitute in Germania.

«Che tristezza!» esclamò Bree, interrompendo il corso dei miei pensieri. «In certe parti del mondo i giovani hanno così poche speranze che, pur di migliorare le loro condizioni di vita, accettano la schiavitù sessuale.»

«O quantomeno un contratto di servitù debitoria» risposi.

Bree mi lanciò un'occhiata carica di scetticismo. «Secondo te dopo cinque anni i russi li avrebbero liberati? Io non credo proprio. Quei poveracci sono usa e getta. Mina sarebbe finita cadavere in un fosso.»

«Può darsi. Adesso, però, ha una chance» dissi. «Quando è arrivato da Virginia Beach l'agente dell'Immigration and Naturalization Service, ho chiesto a Mahoney di far presente che Mina è un elemento fondamentale per le indagini. Spero che le concedano l'asilo politico.»

«Potrebbe essere la sua salvezza.»

Annuii, cercando di rimanere positivo, nonostante la stanchezza e lo sconforto. Bree si accorse che ero provato e mi chiese: «Come stai, Alex?»

«Così così» risposi. «Durante il viaggio di ritorno, in elicottero, pensavo a Jannie, Ali e tutti noi che abbiamo avuto la fortuna di nascere negli Stati Uniti e non siamo costretti a prostituirci per uscire dalla miseria. Mi sembra un'ingiustizia intollerabile. O sono esagerato?»

«Sei indignato» puntualizzò Bree. «Scandalizzato che succedano certe cose.»

«Faccio male?»

«No. Ti amo anche perché hai un innato senso di giustizia.»

Sorrisi. «Grazie.»

« Prego » rispose lei con un sorriso. Poi sbadigliò e disse: « Devo andare a dormire ».

« Aspetta. Com'è andata la tua giornata, comandante della squadra Investigativa? »

Bree si alzò e fece un gesto come a dire che non valeva la pena parlarne. « Meglio lasciar perdere. Voglio svegliarmi presto e riposata, domani mattina, e vedere le cose sotto una luce migliore. »

« Buona idea. »

« Sono una fucina di buone idee » replicò Bree, e mi diede un bacio sulla guancia.

50

Era il tardo pomeriggio del venerdì prima del ponte del Labor Day, quando cinquanta membri di varie forze dell'ordine si ritrovarono nella sala riunioni della Metropolitan Police di Washington per ascoltare il briefing dell'agente speciale Ned Mahoney.

Mi rallegrai nel riconoscere le facce di alcuni esponenti di ATF, ministero della Giustizia e DEA. Era importante che venissero convocate sempre le stesse persone. Serviva a facilitare la comunicazione e la collaborazione istituzionale.

Se non avessi conosciuto bene Mahoney, forse non mi sarei accorto che teneva le spalle curve e aveva gli occhi stanchi. Era chiaramente spossato e sotto stress, forse ancor più di Bree.

« Non ci sono stati altri episodi e abbiamo compiuto qualche piccolo passo avanti, ma le fughe di notizie e il panico che si è scatenato a seguito delle stragi ci ostacolano non poco nelle indagini » cominciò.

Era la verità. Dopo la quarta strage i giornalisti si erano scatenati ed erano apparsi articoli e servizi in cui si affermava che, « stando a fonti attendibili vicine agli inquirenti », l'FBI stava indagando nell'ambiente dei contractor e degli ex militari, che si riteneva avessero compiuto le stragi per conto di un cartello di narcotrafficanti o di un gruppo di vigilantes.

Era trapelato anche il fatto che nei camion, oltre agli immigrati clandestini, erano stati ritrovati un milione di dollari in contanti e novanta chilogrammi di cocaina, nascosti in cassette di legno per ortaggi. Informazioni che per Metro Police e FBI non sarebbero mai dovute essere rese pubbliche.

«Bisogna assolutamente che queste indiscrezioni finiscano» disse Mahoney. «Ci stanno tagliando le gambe.»

Guardai i presenti, ma non vidi nessuno con l'aria imbarazzata o colpevole. Non voleva dire. Le soffiate alla stampa ormai avevano creato un'atmosfera di sfiducia e diffidenza e avevamo deciso di non rivelare alcune nuove informazioni.

«Cambiando argomento, non esiste nessuna Littlefield Produce Company di Freehold Township, New Jersey» proseguì Mahoney. «E sei dei trafficanti morti sono stati identificati grazie alle impronte digitali.»

Sullo schermo alle sue spalle apparvero sei foto segnaletiche.

«I due a sinistra sono russi legati alla malavita organizzata di San Pietroburgo e Brighton Beach» continuò Mahoney. «Su di loro sono state aperte inchieste in Russia e a New York. Gli altri quattro sono più noti alle forze dell'ordine. Dico bene, George?»

George Potter, agente speciale della DEA, annuì. «Hanno precedenti penali nel Sud della Florida e in Texas. I due sulla destra, Chavez e Burton, sembrano avere legami con il cartello di Sinaloa.»

«Risultano coinvolti già in precedenza nel traffico di esseri umani?» chiese Bree.

«No» rispose Potter. «Potrebbe essere un nuovo filone di attività.»

«Oppure potrebbero aver agito per conto di un giro ancora più grosso» ipotizzai. «Il fatto che ci siano di mezzo la mafia russa e i cartelli dei narcotrafficanti messicani fa pensare a una possibile alleanza di proporzioni spaventose.»

Potter annuì. «Una sorta di super cartello.»

Intervenne Sampson: «È possibile che fossero corrieri di tre tipi di traffici illeciti contemporaneamente: droga, denaro sporco ed esseri umani».

«Schiavi» precisò Bree.

Bob Taylor, un agente afroamericano molto in gamba dell'ATF, domandò: «Possono definirsi schiavi, se hanno firmato liberamente un contratto?»

«Venivano comprati» rispose Bree. «Anche se a vendersi erano loro stessi. Chiamiamo le cose con il loro nome: questa è schiavitù sessuale.»

Taylor alzò le mani in segno di resa e replicò: «Volevo soltanto un chiarimento, comandante Stone. Per quanto mi riguarda, penso che il mondo sia migliore, ora che quei delinquenti non ci sono più».

Ci furono cenni e mormorii di assenso in tutta la sala.

Per certi versi, lo capivo. Avevo visto la fedina penale dei morti di Ladysmith, Virginia, e conoscevo le efferatezze di cui si erano macchiati.

Che si creda in Dio, Allah, il karma, lo spirito dell'universo o qualsiasi entità superiore, quei criminali in qualche modo se l'erano andata a cercare conducendo una vita violenta, crudele e depravata. Ciononostante, ero convinto che i loro assassini meritassero di essere processati e puniti.

Non credevo nella giustizia fai da te. Tantomeno in agguati tesi con premeditazione.

Mahoney passò poi a riferire gli esiti delle prime analisi condotte dai laboratori. I proiettili utilizzati erano calibro 223 e verosimilmente erano stati sparati con fucili semiautomatici leggeri, genere AR.

«Militari?» chiese l'agente speciale Taylor. «Completamente incamiciati?»

«No» rispose Mahoney. «Del genere che si trova anche al Walmart.»

Sampson si chinò verso di me. «Devo andare. È il nostro anniversario e Billie mi aspetta.»

«Auguri. Quanti anni di matrimonio?»

«Sei. Ci aspetta la crisi del settimo anno. Grazie.» Uscì senza fare rumore.

Sorrisi.

Pochi minuti dopo Bree mi disse in un orecchio: «Ho un sacco di lavoro che mi aspetta in ufficio».

«Vai pure. Se ci sono novità, ti riferisco io» risposi.

Il briefing non rivelò nient'altro che io non sapessi già. Una ventina di minuti dopo Mahoney concluse e la sala si svuotò.

«Hai la faccia di uno che ha bisogno di questi tre giorni di ponte» gli dissi.

«Sarebbe bello potersi riposare» rispose lui.

«Perché non vai al mare a ritemprarti? Martedì tornerai con la mente più lucida.»

«Non credo che al Bureau sarebbero contenti, se durante il weekend ci fosse un altro attacco e io fossi in vacanza.»

«Basta che tieni il cellulare acceso» dissi. «Che differenza c'è, se rispondi da casa anziché dall'ufficio? Gli smartphone per fortuna servono anche a questo, non solo per andare su Facebook.»

Mahoney fece un lievissimo cenno di assenso e rifletté: «Il traffico stasera sarà da incubo. Potrei partire domani mattina presto».

«Bravo.»

«E tu? Perché non venite anche tu, Bree e i ragazzi? È previsto bel tempo.»

«Verrei molto volentieri, ma Jannie ha una gara alla Johns Hopkins e ne approfittiamo per andare a trovare Damon.»

« Potreste venire domenica mattina, o anche sabato sera, e fermarvi fino a lunedì. »

« Sarebbe bello. Ne parlo con il nuovo capo della squadra Investigativa. »

51

In genere la stagione delle gare di atletica finisce a metà agosto, ma la USA Track and Field Organization aveva invitato le giovani promesse degli istituti superiori di tutta l'America al campus della Johns Hopkins per aiutare gli allenatori a identificare gli atleti con più potenziale.

Il fatto che Jannie fosse stata convocata pur avendo soltanto quindici anni e otto mesi ci aveva sorpreso. Non era stata selezionata in prima istanza, ma Ted McDonald, lo stimato allenatore che preparava mia figlia, aveva mostrato i video delle sue gare alle persone giuste e l'invito era arrivato.

Ci sedemmo sugli spalti, all'ombra, un'ora prima della sua gara. Gli atleti si riscaldavano sul campo. Sembravano assai più grandi della loro età.

« Che cosa gli danno da mangiare? » chiese Bree.

« Cereali addizionati di ormoni della crescita e latte pieno di steroidi » rispose Nana ridacchiando.

« Spero proprio di no » replicò Bree. « Jannie mi ha detto che gli atleti sono obbligati a sottoporsi a esami del sangue e delle urine. »

« Che si possono falsificare » sentenziò Nana.

Lo sapevamo fin troppo bene: qualche tempo prima nel Nord Carolina una ragazza invidiosa e vendicativa aveva tentato di mettere nei guai Jannie per uso di sostanze. Da allora, a ogni test chiedevamo parte dei campioni.

Un gruppo di atlete ci passò davanti di corsa a quindici chilometri all'ora. Le osservai cercando di non pensare alla sera prima. Era sabato e sapevo che ogni tot di giorni lavorativi era indispensabile staccare completamente, pena il burnout.

«Posso prendere una Coca?» chiese Ali togliendosi le cuffie. Stava ascoltando l'iPad che avevamo comprato usato su eBay.

«Prendi un'acqua minerale, che è meglio» rispose Nana.

«Uffa! Credevo che fossimo in vacanza» brontolò Ali. «In vacanza qualche sgarro si può fare, no?»

Mia nonna si voltò verso di lui e lo fulminò con un'occhiata. «Ti sembra il modo di rispondere alla tua bisnonna?»

«Scusa, Nana.»

«Non ti azzardare mai più a usare quel tono con me.»

«Va bene.»

Bree e io seguimmo lo scambio con ammirazione.

«Che cosa stai ascoltando?» chiese Nana ad Ali con dolcezza.

Ali si illuminò. «Un podcast sui delfini. Usano l'ecolocalizzazione come i pipistrelli, però in acqua.»

«Qual è la cosa che ti ha colpito di più di questo podcast?»

Ali rispose senza la minima esitazione: «Che i delfini hanno l'udito più fine del mondo».

«Davvero?» chiese Bree.

«L'uomo sente, tipo, venti chiloerzi. I cani quarantacinque.»

«Hertz» lo corresse Nana. «Quarantacinque chilohertz.»

«Hertz» ripeté Ali. «I leoni, tipo, sessantacinque e i delfini centoventi. E hanno intorno una specie di campo elettrico. Dice che se gli nuoti vicino lo senti. Vorrei tanto nuotare vicino a un delfino, papà.»

«Credevo volessi telefonare a Neil deGrasse Tyson.»

«Anche» rispose Ali. «Posso prendere una Coca, papà?»

«Sì» risposi.

«Che cosa?» si stupì Nana.

Sorrisi. «L'argomentazione vacanza mi ha convinto.»

Sentii una mano sulla spalla. Mi voltai e vidi Damon.

«Ciao!» esclamai. Mi alzai per abbracciarlo. «Ci hai raggiunto di soppiatto, eh?»

«Ciao, papà» disse Damon con un sorriso che andava da un orecchio all'altro.

Dopo una serie di baci e abbracci, ci raccontò le prime esperienze all'università e Ali andò a comprare una lattina di Coca e un sacchetto di patatine aromatizzate all'aceto. La vita ci sorrideva. Persino Bree sembrava meno oppressa dalle responsabilità del nuovo incarico: lo vedevo dal modo in cui rideva dei racconti di Damon.

Era rilassata. Anch'io mi sentivo bene. Era raro, in quel periodo.

«Papà?»

52

Jannie mi stava chiamando dal campo. Mi alzai e le andai incontro.

«Ti avverto, Jannie» le disse Damon, che mi aveva seguito. «I miei amici vengono a vederti correre: non farmi fare brutte figure.»

Jannie scoppiò a ridere e lo abbracciò. Non era mai particolarmente nervosa, prima delle gare. Nell'ultimo anno aveva corso insieme ad atlete della prima divisione della NCAA e se l'era cavata talmente bene da essere lì quel giorno.

«Come ti senti?» le chiesi.

«In forma» rispose, tranquilla. «McDonald mi ha preparato bene, mi ha detto tutto quello che devo fare.»

«E cioè?»

«Lo vedrete. Adesso vado.»

«In bocca al lupo» risposi. «Nana dice di correre ricordandoti che Dio ti ha dato un dono e rendendogli grazie a ogni falcata.»

Jannie sorrise. «Dille che ci proverò. È arrivato McDonald, a proposito.»

Si allontanò e io e Damon tornammo ai nostri posti.

Ted McDonald stava parlando con Bree e Nana. Era in tuta, pantaloni grigi e giacca blu come al solito, con il binocolo appeso al collo, e sembrava parecchio agitato. Fra i cinquanta e i sessant'anni, aveva una gran testa di capelli rossi striati di grigio e modi molto diretti, che apprezzavo.

«Dottor Cross» disse stringendomi la mano.

«Dottor McDonald» risposi. McDonald aveva un dottorato in fisiologia clinica dell'esercizio fisico.

«Oggi scriveremo una pagina di storia: siete pronti?» ci chiese.

Ali, che aveva ripreso ad ascoltare il suo podcast, si tolse le cuffie. «Che pagina di storia?»

L'allenatore rispose: «In gara può succedere di tutto, ma ho preso i tempi di Jannie durante gli allenamenti e sono davvero impressionanti. A seconda di come corre oggi, potrebbe notarla qualcuno».

«Chi, per esempio?» si informò Nana.

McDonald indicò il campo. «Quei signori laggiù con il cronometro in mano. Sono allenatori della prima divisione. University of Oregon, Texas, Georgetown, California, Stanford. La terranno d'occhio.»

«Jannie lo sa?» domandai.

«No. Le sto facendo sfidare il cronometro e se stessa.»

«Che cosa significa?» chiese Bree.

«Ve lo spiego dopo» rispose l'allenatore guardando di nuovo il campo e battendo le mani. «Ci siamo. Mi raccomando.»

Jannie stava prendendo posto in quarta corsia. Al via, partì con la sua lunga falcata tenendo testa a due ragazze molto più grandi della California e a una dell'Arizona.

Tagliò il traguardo al terzo posto. Non sembrava neppure troppo affaticata.

«Ha corso all'ottanta per cento» disse McDonald dopo aver consultato il suo cronometro. Mi disse sottovoce: «Con questa performance, nei prossimi mesi la chiameranno tutti. Vedrà che qualcuno verrà anche a cercarla a casa».

«Ma è soltanto al secondo anno di superiori!» dissi.

«Lo so» replicò McDonald. «Ma, se oggi sua figlia corre

come ha corso l'altro giorno in allenamento, vi troverete allenatori di tutti gli Stati accampati sul giardino di casa.»

Evitai di approfondire. Preferivo non entrare nei dettagli. Quella conversazione mi aveva già messo in subbuglio. Ero orgoglioso di Jannie, certo, ma anche un tantino preoccupato.

Usammo le due ore di intervallo per pranzare con Damon e due suoi nuovi amici. Uno era William, il suo compagno di stanza, e l'altro un cestista di Boston che giocava nella sua squadra, Justin Hahn. Erano due bravi ragazzi, molto simpatici e con un appetito formidabile. Anche Damon mangiò come un lupo. Rischiammo di arrivare tardi alle finali.

Prendemmo posto mentre Jannie e altre sette ragazze si dirigevano ai blocchi di partenza. Jannie era in terza corsia. Lo starter diede il via.

Jannie scattò con passetti corti e veloci, inciampò, perse l'equilibrio e cadde in avanti, posando a terra mani e ginocchia.

«No!» esclamammo in coro. Ma Jannie si tirò su e riprese la corsa.

«Che peccato!» recriminò Damon.

«Addio borsa di studio» disse William. Quel commento mi irritò, ma non replicai e continuai a guardare con il binocolo.

Ali chiese: «Cos'è successo?»

«Ha perso l'equilibrio» disse l'allenatore McDonald, anche lui con il binocolo. «È inciampata e... adesso è una ventina di metri dietro a Bethany Kellogg, la ragazza di Los Angeles in prima corsia. La favorita.»

Le ragazze nelle corsie esterne erano quasi a metà del rettilineo, quando Jannie uscì dalla curva. Era l'ultima, ma non sembrava minimamente scoraggiata. Correva bene, fluida, efficiente.

« Così non ce la può fare » disse McDonald. Quasi Jannie l'avesse sentito, allungò la falcata e accelerò. Stava andando fortissimo.

Avendo il binocolo, riuscivo a vederla in faccia e mi accorsi che stava tirando molto, ma aveva ancora energia.

« Ha raggiunto la ragazza del Kentucky in quarta corsia » disse McDonald mentre le atlete affrontavano la curva successiva. « Ultima non è. Forza, Jannie, facci sognare! »

Jannie era ancora parecchio indietro, ma stava accorciando le distanze. Imboccando l'ultimo rettilineo, superò l'avversaria della Florida in seconda corsia.

William urlò: « Quella non corre: vola! »

Eravamo tutti in piedi a guardare Jannie dare il massimo, con tutta la sua grinta e la sua determinazione. Trenta metri dopo l'inizio del rettilineo, superò anche la texana in sesta corsia e subito dopo quella dell'Oregon nell'ottava.

« È quarta! » gridò Ali.

Le prime tre erano appaiate, con Bethany Kellogg avanti di pochi centimetri. Fra la terza e Jannie c'era un distacco di circa tre metri.

A trenta metri dal traguardo, Jannie lo ridusse a due metri e poi a uno.

Tagliò il traguardo a un palmo di distanza dalla terza.

McDonald abbassò il binocolo scuotendo la testa. Non riusciva a capacitarsi. « Se la gara fosse stata un po' più lunga, avrebbe tagliato il traguardo per prima. »

Avevo ancora il binocolo puntato su Jannie e vidi che zoppicava, con una smorfia di dolore sul volto. Un teleoperatore si spostò verso di lei e la riprese mentre, piegata in due, scoppiava in singhiozzi.

53

Quattro ore dopo, vivemmo l'esperienza surreale di rivedere la corsa di Jannie sulla ESPN sul megaschermo di Ned Mahoney nella sua casa al mare, sulla costa del Delaware.

Il montaggio documentava la partenza, la caduta, l'ultimo posto di Jannie all'inizio del rettilineo e la straordinaria rimonta che le aveva fatto guadagnare il quarto posto.

Un'altra telecamera riprendeva Jannie mentre si allontanava zoppicante dal traguardo e si piegava in due. La linea passò poi ai commentatori in studio.

Carter Hayes, che il sabato conduceva *SportsCenter* insieme con Sheila Martel, annunciò: «Questa ragazza ha corso talmente veloce dopo la caduta che si è procurata una frattura al piede!»

Sheila Martel puntò il dito verso il collega e disse: «Questa ragazza ha corso talmente veloce dopo la caduta che ha perso la terza posizione per otto centesimi di secondo e la prima per quattro decimi di secondo».

Carter Hayes puntò il dito contro di lei e disse: «Questa ragazza ha corso talmente veloce dopo la caduta che, calcolando i due secondi minimo persi nella caduta, avrebbe vinto con un distacco di uno virgola sei secondi, ottenendo il settimo tempo di sempre nei quattrocento metri femminili categoria scuole superiori. Una performance straordinaria. Senza dubbio l'highlight della giornata di oggi».

Sheila Martel guardò in macchina e disse: «Rimettiti presto, Jannie Cross. Ho la sensazione che sentiremo di nuovo parlare di te».

Passarono a un altro argomento e noi applaudimmo Jannie.

«Oggi pomeriggio, a vederla dal vivo, ho rischiato l'infarto» commentò Nana. «E stasera, a vederla in televisione, di nuovo.»

«Papà, Jannie è famosa?» chiese Ali.

«Stasera sì» risposi.

ESPN? Highlight della giornata? Jannie?

«Come facevano quelli della ESPN a sapere della gara?» chiese Mahoney.

«Alcuni dei teleoperatori al campo sportivo erano freelance che collaborano con la ESPN» rispose Bree.

Mi squillò il telefono. Era Jannie e chiamava da un posto rumorosissimo.

«L'avete visto?» chiese quasi gridando.

«Certo che sì! Dove sei?»

«A una festa con Damon e i suoi amici e gente che ho incontrato oggi al meeting. Mi hanno applaudito tutti, papà.»

«Ti abbiamo applaudito anche noi» dissi. Avevo le lacrime agli occhi per la commozione. «Te lo meriti, Jannie.»

«Damon mi sta presentando delle ragazze che vorrebbe rimorchiare...»

«Non voglio sapere niente» la bloccai. «Torniamo a prenderti domani pomeriggio. Mi raccomando, tieni il piede sollevato e non caricarlo.»

«Sì, seguo le raccomandazioni del dottore» rispose. «Grazie di essere venuto a vedermi correre, a proposito.»

«Prego. Adesso va' e divertiti.»

Bree e Ali andarono a fare una passeggiata sulla spiaggia mentre io e Nana pulivamo le pannocchie di granoturco nel giardino dietro la casa. Mahoney l'aveva ereditata dalla zia, una cattolica devota che andava a messa tutti i giorni.

« Secondo me, è rimasta in piedi per quello, quando è passato l'uragano Sandy » disse Mahoney sistemando la carbonella nel barbecue. « Appena più a nord di qui tante case sono state spazzate via. »

« È una casa con un buon karma, quindi » dissi.

« Se ti dicessi che sono d'accordo, mia zia mi fulminerebbe dal cielo, probabilmente » disse. « Ma sì, l'atmosfera è molto rilassante. »

« Be', certo! » intervenne mia nonna. « Il rumore delle onde e la brezza che spira dall'oceano hanno un effetto calmante. »

« Sono contento che sia venuta anche lei, Nana » disse Mahoney. « Era tanto che non andava al mare? »

« Non mi ricordo l'ultima volta » rispose lei, finendo di scartocciare le pannocchie. « La mia memoria lascia un po' a desiderare, ultimamente. Metto a bollire l'acqua? »

Si alzò e io mi guardai bene dal fermarla. Trafficare in cucina le piaceva moltissimo.

« Quella di Jannie è una brutta frattura? » chiese Mahoney accendendo la carbonella.

« È una frattura capillare di una delle ossa del metatarso » risposi. « Due settimane di stampelle e altre tre di tutore. Potrà riprendere a correre fra due mesi. »

« Peccato che non sia venuta. »

« Fra stare al mare con me, Bree, la bisnonna e il fratellino oppure al college con il fratello maggiore e le ragazze che ha conosciuto al campo sportivo, be'... »

« Capito. »

Bree e Ali stavano tornando dalla passeggiata sulle dune. Ali aveva un telo sulle spalle e un sorriso che mi scaldò il cuore.

«Nuota come un delfino» disse Bree, quando ci raggiunse. «Avresti dovuto vederlo.»

«Domani lo vedrò» risposi.

Ali si avviò verso la porta scorrevole, ma Mahoney lo fermò: «C'è una doccia qui fuori. Togliti di dosso un po' di sabbia e asciugati i piedi prima di entrare in casa, altrimenti la mia signora protesta».

«Non ho mai fatto la doccia in giardino» disse Ali.

«È un'esperienza da non perdere» replicò Mahoney, e tornò a occuparsi della brace.

«Poi la faccio io» disse Bree ad Ali, che si era avviato verso il lato della casa.

Andai a prendere un po' di bottiglie di Old Dominion, la birra del Delaware, e le stappai.

«Che bellezza!» esclamò Bree, prendendone una. «Avevo proprio bisogno di due giorni di relax.»

«Ne avevamo bisogno tutti» disse Mahoney.

«Quando avremo il piacere di incontrare la tua signora?» chiese Bree.

«Eccomi!» rispose una bella donna con i capelli scuri, spuntando da dietro l'angolo con un vassoio di biscotti appena sfornati. Indossava pantaloni alla pescatora bianchi, canottiera blu e sandali.

Posò i biscotti e ci sorrise. «Piacere, Camille».

«La signora Camille?» chiesi ridendo.

Rise anche lei. «Esatto.»

«Erano tutti curiosi» disse Mahoney.

«Anch'io non vedevo l'ora di conoscervi» rispose Camille, stringendoci la mano. «Ned mi ha parlato tanto di voi.»

Camille aveva un'agenzia immobiliare, era vedova e molto simpatica. Aveva conosciuto Ned in un ristorante di pesce della zona. Ci erano andati a mangiare, da soli, per due sabati sera di fila e il terzo Mahoney si era avvicinato e aveva attaccato discorso, mostrandole il distintivo.

«Mi ha detto che voleva rivolgermi qualche domanda nell'ambito di un'inchiesta federale» raccontò Camille. «Mi ha chiesto come mi chiamavo e perché andavo al ristorante da sola. E io gli ho fatto le medesime domande.»

Stavano bene insieme. Ridemmo e scherzammo e forse bevemmo un bicchiere di troppo. La luna era alta nel cielo. Nana si ritirò. Ali sonnecchiava sul divano. Mahoney e Camille uscirono a fare due passi sulla spiaggia. Si incamminarono verso nord e io e Bree prendemmo la direzione opposta e dopo un po' ci fermammo a guardare le onde e la luna che si rifletteva sul mare.

«Sto bene con te» dissi, stringendole la coperta sulle spalle.

«È difficile pensare al lavoro, in questo momento» disse Bree.

«È giusto così: ogni tanto il cervello ha bisogno di staccare.»

«Parks ha subito un intervento e sta discretamente» mi comunicò. «Anche Lincoln è in buone condizioni.»

«Bene.» Le sussurrai qualcosa nell'orecchio.

«Qui?» Rise. «Adesso?»

«Dietro le dune. Abbiamo un bel plaid. Sarebbe un peccato sprecare l'occasione.»

Bree mi baciò e disse: «Mi sembra il modo perfetto per concludere una giornata perfetta».

54

Cinque giorni dopo, il giovedì dopo il Labor Day, Sampson e io parcheggiammo un'auto civetta nel posteggio del Bayhealth Kent General Hospital di Dover, Delaware.

« Speriamo che sia abbastanza lucida e ci possa aiutare » dissi.

« Il rischio che non lo sia c'è » disse Sampson. « Lo sapevamo fin dal principio. Vuol dire che, se mai, torneremo un'altra volta. »

Avevamo deciso di andare al Bayhealth Hospital sulla base di due informazioni che avevamo ricevuto il giorno prima.

La settimana precedente un agente della polizia del Maryland aveva trovato una Ford Taurus incidentata a sud di Millersville. Alla guida c'era una donna di ventinove anni, cameriera. L'autopsia aveva evidenziato che il decesso non era avvenuto per il trauma stradale, ma a causa di un proiettile calibro quarantacinque: qualcuno le aveva sparato alla testa in pieno giorno. Purtroppo nessun testimone si era fatto avanti.

La seconda segnalazione giungeva dal dipartimento dello sceriffo della contea di Kent, Delaware. Riguardava la ventiquattrenne Kerry Rutledge, buyer per la Nordstrom, ritrovata a bordo della sua Mustang bianca decappottabile finita contro un albero lungo la Route 10, fra Willow Grove e Woodside East, alle due del mattino del Labor Day. La donna era priva di conoscenza, ma respirava. Aveva diverse costole fratturate, lesioni al volto, un trauma cranico e una ferita lunga dieci centimetri nella parte posteriore della testa.

Aveva ripreso conoscenza dopo qualche ora, ma era ancora in stato confusionale e non ricordava niente. Al collega che l'aveva interrogata il giorno successivo aveva detto però che le pareva che qualcuno le avesse sparato, anche se non sapeva né come né perché. La ferita alla testa era compatibile con un colpo di striscio e perciò Sampson e io avevamo deciso di andare a Dover per provare a parlarle di persona.

All'accettazione ci informarono che Kerry Rutledge non era più in terapia intensiva, ma rimaneva in osservazione in attesa dei risultati degli esami neurologici. Andammo al reparto e mostrammo le credenziali alla caposala, la quale ci comunicò che, dopo la visita dei genitori, la paziente si era addormentata.

Bussammo leggermente ed entrammo nella camera di Kerry Rutledge, trovandola seduta sul letto a guardare la TV, con un bicchiere d'acqua in mano. Era minuta, rossa di capelli, carnagione chiara e lentiggini. Aveva una vistosa fasciatura alla testa e la faccia piena di lividi.

« Signorina Rutledge? » chiesi. Ci presentammo.

« Siete venuti perché mi hanno sparato » disse in tono pragmatico.

« Sì » rispose Sampson. « Ha visto il suo aggressore? »

Kerry Rutledge mosse appena la testa. « Ho perso la memoria. »

Dopo un attimo di esitazione, le domandai: « Come fa a dire che le hanno sparato, se non ricorda niente? »

Scosse di nuovo la testa e la piegò di lato. Sbatté le palpebre e si morse un labbro. « Era vicinissimo. E aveva una pistola. L'ho vista. »

« Che modello era? »

« Non so. So solo che era una pistola. »

« Va bene. Ci spieghi la dinamica, per quello che ricorda. »

Kerry socchiuse gli occhi e chinò il capo. Poi si riscosse e rispose: « Sono un'idiota. Stavo... »

« Signorina Rutledge? »

« Stavo messaggiando con il cellulare » disse Kerry. « Ero andata a una festa e stavo tornando a casa dei miei a Dover. Avevo la capotte e i finestrini abbassati, perché era una notte stupenda. Stavo messaggiando con un'amica, me lo ricordo. E quello mi ha sparato. »

« Che ora era? »

« Non so. Tardi. »

« Quindi lei guidava e intanto scriveva sul cellulare? » chiese Sampson.

La donna aprì la bocca, ma poi si limitò ad annuire. « Conosco bene la strada: l'avrò fatta un migliaio di volte. Oddio, in che stato è la macchina? »

« Distrutta » risposi. « Dunque lei guardava distrattamente la strada, ma a un certo punto ha visto un individuo con una pistola? »

« Sì. Cioè, mi sembra di sì. »

« Che cosa è successo da quando ha smesso di messaggiare al momento in cui ha visto il suo aggressore? »

Mi guardò confusa. Cambiai approccio.

« A che velocità procedeva? »

« Non andavo forte. Avrò fatto gli ottanta... » Kerry Rutledge si interruppe, forse sforzandosi di ricordare.

« Le è venuto in mente qualcos'altro? » domandai.

« Ho visto un faro nello specchietto » disse. « Uno soltanto. »

« Una moto? »

Kerry Rutledge sbarrò gli occhi e trasse un respiro profondo. Poi si lasciò cadere all'indietro e gemette per il dolore alle costole.

«Ossignore» mormorò. «Che male!»

Chiuse gli occhi. Dopo qualche minuto il dolore scemò e Kerry riprese a respirare normalmente. Per un attimo, temetti si fosse addormentata.

Poi però sbatté le palpebre e ci guardò.

«Piano piano mi torna in mente» disse. «Mi ha affiancato come se volesse sorpassarmi, ma a un certo punto ha rallentato e mi ha lasciato passare. Io ho posato lo smartphone, ho rimesso tutte e due le mani sul volante e me lo sono ritrovato a fianco. Era una moto grossa, con il parabrezza. Mi sono voltata e ho visto che era a un metro e mezzo da me, casco nero con la visiera abbassata, e mi puntava contro una pistola. Era... era...»

Ci guardò incredula. «Appena prima di sparare, ha urlato qualcosa tipo: 'Che ti serva di lezione: niente cellulare, quando si guida'.»

55

Il giovedì pomeriggio al Daly Building Bree si rese conto che, accettando di coordinare la squadra Investigativa, si era impegnata a sbrigare una marea di pratiche, a non avere orari e a partecipare a riunioni continue in cui doveva difendere il proprio operato in un lavoro che non aveva ancora avuto il tempo di imparare.

La breve vacanza nel Delaware e i bagni in mare con Alex e Ali, erano ormai un ricordo lontano. Aveva una gran voglia di scagliare qualche oggetto contro il muro.

Sentì bussare alla porta e si riscosse da quei pensieri. L'ispettore Kurt Muller fece capolino e disse con forte accento dell'Oklahoma: «Salve, comandante Stone».

Bree gli guardò i baffi impomatati e non poté fare a meno di sorridere. «Salve.»

«Senti, so che nel frattempo sei diventata il capo della squadra Investigativa, ma volevo dirti che sto andando al deposito di Terry Howard. La ex moglie mi ha autorizzato a dare un'occhiata e mi ha fornito la combinazione delle due casseforti. Terry gliele aveva comunicate nel caso gli fosse successo qualcosa.»

«Non sapevo nemmeno che avesse una ex moglie» replicò Bree.

«Patty» disse Muller. «Hanno divorziato sette anni fa. Adesso lei si è risposata con un veterinario e sta a Pensacola. Dice che è rimasta sconvolta quando ha saputo che Howard aveva un cancro e che si è suicidato. Non ne sapevano niente né lei né la figlia, che ha nove anni. Insomma, volevo sapere se vuoi venire anche tu.»

Bree stava già per dire di no. Il caso era chiuso: che motivo c'era di andare a frugare nel deposito di Howard?

Poi però le venne in mente che Alex non era d'accordo con Michaels sul fatto che a uccidere Tommy McGrath e Edita Kravic fosse stato l'ex poliziotto pieno di astio e di rancore e aveva dei dubbi anche sul suicidio di Howard, perché secondo lui non poteva essersi sparato in testa con un'arma che non possedeva e che non gli piaceva.

«Sì, ti accompagno» rispose alla fine. Si alzò dalla scrivania. «Almeno mi snebbio un po'. Sono così stressata che mi gira la testa.»

«È brutto, quando gira la testa» disse Muller «Ho avuto un'otite un po' di tempo fa e mi sentivo come se fossi stato su una barca in mezzo a una tempesta o ubriaco fradicio.»

Lungo la strada per Tacoma Park, Bree ascoltò quasi volentieri le spiegazioni di Muller sul ruolo della tromba di Eustachio nell'equilibrio.

Arrivati al deposito, fecero saltare la serratura e aprirono il portellone. Contro il muro, sulla destra, c'erano una culla con materasso e copertine impolverati e alcune giostrine da bambino, scatoloni impilati, una bicicletta, una rete da pallavolo arrotolata e due grosse casseforti Cannon 54.

«Hai le combinazioni?» chiese Bree.

«Me le sono scritte qui» rispose Muller prendendo lo smartphone.

Bree si avvicinò, notando che in cima a una delle casseforti c'erano quattro scatole verdi di munizioni.

«Sei ancora convinto che Howard si sia suicidato?» chiese Bree prendendone una.

Muller si strinse nelle spalle, scorrendo il dito sullo schermo in cerca delle combinazioni. «Con il senno di poi, è un po' troppo semplice. Howard detesta McGrath e, visto che ha il cancro e gli restano pochi mesi di vita, prima fa fuori lui e poi si spara un colpo.»

«Un bel pacchetto preconfezionato, non trovi?» disse Bree.

Aprì la scatola, che conteneva quattro scatolette di cartone piene di munizioni calibro 40. Ne aprì un'altra e vi trovò munizioni nove millimetri. Nella terza c'erano proiettili calibro 30-06 e un contenitore di munizioni Federal per pistole calibro 45.

56

Bree vide che dall'ultimo contenitore, una confezione da venti, mancavano sei proiettili.

Ma gli altri quattordici c'erano. Bree fissò i proiettili calibro 45, per una pistola che Terry Howard aveva giurato di non aver mai preso in mano.

«Ecco: ho trovato le combinazioni» disse Muller. «Vado?»

«Aspetta un secondo» rispose Bree. Prese un proiettile e osservò l'incamiciatura in lega di rame e la punta cava, ispezionò l'innesco e vide una cosa che la colpì.

Cercò in tasca un sacchetto sigillabile e ci infilò dentro il proiettile e la scatola da cui l'aveva prelevato.

«Sei pronta?»

«Lasciami finire qui» rispose Bree, aprendo la quarta scatola.

Vi trovò un kit per la pulizia delle armi da fuoco con alcune boccette di solvente. Erano perfettamente tappate, ma Bree ne sentì l'odore caratteristico. Prese quella con l'etichetta Hoppe's #9.

Svitò il tappo e riconobbe l'odore dolciastro, simile a caramello caldo. Era strano che un liquido per pulire armi letali avesse quel profumo così gradevole.

Dai recessi della sua memoria emerse qualcosa che bloccò il corso dei suoi pensieri. Guardò la boccetta e annusò di nuovo, cercando di fare mente locale. Ma il ricordo le sfuggiva.

«Cosa dici, procediamo? O vuoi che ti cerchi un po' di colla da sniffare?»

«Spiritoso» replicò Bree. Posò il kit e si avvicinò al tastierino elettronico della cassaforte. «Detta.»

Muller recitò una sequenza di numeri e Bree li digitò. Dopo l'ultimo, si sentì un rumore metallico e le serrature scattarono. Bree aprì il portello e puntò la torcia all'interno della cassaforte.

Muller fischiò. «Qui c'è un vero e proprio arsenale!»

In seguito, quando le contarono tutte, risultò che in totale nelle due casseforti c'erano sessantatré armi da fuoco. Nella prima trovarono pistole Smith & Wesson calibro 40, 357 Magnum e 44 Magnum su un ripiano e un fucile da caccia Winchester Modello 70 bolt action del 1962 calibro 30-06 su un altro. I restanti cinquantacinque pezzi nelle due casseforti erano fucili a due canne.

Bree li ignorò e cominciò ad aprire i cassetti sotto il ripiano con le pistole. Muller invece tirò fuori la torcia per fare luce su uno dei fucili. Inforcò gli occhiali da presbite, si inginocchiò e ne esaminò attentamente la canna.

«Madonna santissima» esclamò. Prese dalla tasca un paio di guanti di lattice.

«Cosa c'è?»

«Aspetta che verifico» disse Muller, maneggiando il fucile come se fosse di cristallo. Lesse la scritta e scosse la testa ammirato. «Purdey & Sons» disse.

«E chi è?» chiese Bree.

«Il miglior produttore di fucili del mondo» rispose Muller. «Avevo uno zio petroliere, in Oklahoma, che ne aveva uno. Questo gioiellino varrà dai venticinquemila ai cinquantamila dollari.»

Bree si fermò. «Sul serio?»

«Sono fatti a mano, a Londra» spiegò Muller. «Non perdono valore nel tempo. Se anche gli altri fucili sono di questo livello, qui dentro c'è una fortuna. Due milioni di dollari, a occhio.»

«Davvero?» Bree era stupefatta. «E come ha fatto Howard a...?»

Di colpo capì: Howard era colpevole. Aveva davvero rubato droga e contanti. Ma perché aveva quelle armi?

Riprese ad aprire i cassetti della cassaforte. I due successivi erano vuoti, ma nel terzo c'era una grossa busta marrone. Bree la tirò fuori e riconobbe la grafia di Howard: *Da aprire dopo la mia assai probabile morte*.

C'era anche una seconda busta, bianca, più piccola.

Sopra c'era scritto: *Al comandante Thomas McGrath, polizia di Washington*.

57

Grazie al verbale di sinistro, Sampson e io trovammo l'albero contro cui era andata a sbattere la Mustang di Kerry Rutledge. Era una vecchia quercia lungo la Route 10 e aveva il tronco pesantemente danneggiato.

«Agli ottanta?» disse Sampson dubitoso. «Mi sa che andava molto più forte.»

«Ha detto che, quando ha capito che il motociclista stava per spararle, ha premuto l'acceleratore» gli ricordai. «Se la reazione al colpo in testa è stata irrigidirsi e premere ancora di più, probabilmente ha sfiorato i cento.»

Tornando alla macchina, Sampson disse: «Continua a venirmi in mente che la voce sembrava amplificata».

Kerry Rutledge ci aveva detto che, quando l'aveva sgridata perché guardava il cellulare anziché la strada, il motociclista le aveva parlato a voce molto alta, verosimilmente attraverso un altoparlante.

«Ho capito a cosa stai pensando» dissi, salendo dalla parte del passeggero. «I megafoni montati sulle moto degli agenti della stradale, che adesso si trovano per quasi ogni tipo di moto.»

«Be', questo è uno che uccide chi infrange il codice della strada» osservò Sampson mettendo in moto. «Tre delle sue vittime andavano troppo forte, questa usava il cellulare... Scommetto che anche quella della settimana scorsa messaggiava guidando.»

«È possibile» risposi. «Sai che di colpo ho una fame tremenda?»

«Io pure.»

Mentre andavamo verso Willow Grove, vidi uno strano scintillio in lontananza, nel cielo.

«Un altro di quei dirigibili» dissi. «A cosa servono?»

«Mistero» rispose Sampson. E posteggiò davanti alla Brick House Tavern and Tap. Mi portai dentro la cartina e, dopo aver ordinato insalata di pollo e patatine fritte, marcai con la penna i luoghi dei cinque incidenti e accanto segnai la data.

Il primo era avvenuto mesi prima a ovest di Fredericksburg, Virginia, e il secondo, poche settimane dopo, nel Sud della Pennsylvania. Poi c'era stato quello di Rock Creek Park, quattro giorni dopo quello vicino a Millersville, Maryland. L'ultimo, a Willow Grove, era di tre giorni prima.

«Colpisce a distanza sempre più ravvicinata» dissi. Disegnai un cerchio. «In questa zona. A est di Washington. Potrebbe colpire di nuovo fra poco.»

La cameriera ci portò i piatti. Sampson prese la cartina e addentò il suo panino con il tonno.

Dopo qualche minuto scoppiò a ridere e scosse la testa. «Lo avevamo sotto il naso: per questo non lo abbiamo visto!»

Bevvi un sorso di Coca Cola e chiesi: «Che cosa?»

Sampson voltò la cartina verso di me, prese la penna e tracciò una serie di righe che collegavano i luoghi dei vari incidenti a Denton, Maryland. Willow Grove, dov'era avvenuto l'incidente di Kerry Rutledge, era il più vicino, a una trentina di chilometri. La taverna nella quale stavamo pranzando era ancora più vicina.

Mezz'ora dopo, mentre percorrevamo una strada sterrata

a sud di Willow Grove, Sampson disse: «Non credo ci convenga tornare a fare un salto da lui».

«L'elemento sorpresa aiuta, però. Non credi?»

«Quando hai a che fare con dei 'pazzi scatenati' dalla mira infallibile e il grilletto facile, no» rispose Sampson.

«Alla prima bandierina arancione che vediamo sventolare, facciamo dietro front.»

«Proviamo a chiamarlo.»

Dopo una curva, ci ritrovammo in un rettilineo di circa trecento metri e le nostre alternative si ridussero sensibilmente. Il cancello della proprietà di Nicholas Condon, in fondo alla strada, si stava aprendo.

Eravamo a meno di cinquanta metri, quando apparve una Harley-Davidson. L'uomo in sella aveva una tuta di pelle nera, casco e occhialoni, ma dalla barba capii che era Condon.

Guardò a sinistra, nella nostra direzione. Forse, essendo un contractor, aveva un istinto straordinario che gli suggerì di scappare: fatto sta che diede gas, slittando sulla ghiaia con la ruota posteriore e sollevando una nuvola di polvere che ci oscurò completamente la visuale.

«Ma è fuori di testa?» esclamò Sampson, e accelerò.

58

Sul parabrezza piovvero sassolini e ghiaia e fummo costretti a rallentare per paura di andare a sbattere da qualche parte. Per fortuna lo sterrato sboccava quasi subito sulla County Road 384. Capimmo dai segni lasciati dagli pneumatici infangati della moto che Condon si era diretto verso nord. Sampson si lanciò all'inseguimento.

«Non superare il limite di velocità» gli raccomandai. «Siamo fuori della nostra giurisdizione.»

«Condon se ne infischia.»

«Probabilmente, però... Eccolo là!»

Il tiratore scelto zigzagava fra le auto davanti a noi, procedendo verso l'incrocio con la Route 404. Scattò il rosso e Condon si fermò. Era il primo della fila di veicoli al semaforo. Ce n'erano quattro, fra noi e lui. Scesi dalla macchina e mi misi a correre.

Condon si voltò, vide che stavo andando verso di lui, mi fece un cenno e diede gas appena prima che scattasse il verde. Partì sgommando sulla 404 in direzione ovest.

Sampson rallentò per farmi risalire al volo.

«Devo andare a correre più spesso» dissi. Avevo il fiatone.

«Non sei il solo» rispose Sampson. «A stare seduti dietro una scrivania ci si rammollisce.»

C'era traffico, ma Condon guidava come un professionista e la Harley rombava sorpassando le auto ogni volta che era possibile. Lo seguimmo per tutta Hillsboro e Queen Anne.

Eravamo dieci macchine dietro di lui, quando Condon imboccò la rampa per la US 50, che era a quattro corsie. Sapeva che lo stavamo seguendo e, appena ne aveva la possibilità, si esibiva in manovre folli nel tentativo di seminarci.

Prese l'uscita 301 e si diresse verso ovest e il ponte sulla baia. Lo perdemmo, ma dopo un minuto vidi che svoltava sulla 450 South verso il fiume Severn ed entrava ad Annapolis tenendosi sulla mezzeria, mentre noi eravamo bloccati nel traffico. Aprii la portiera, mi alzai in piedi e vidi che svoltava a sinistra su Decatur Avenue. Purtroppo fummo costretti ad aspettare tre minuti buoni, prima di riuscire a fare lo stesso.

« Secondo me, va all'Accademia navale » disse Sampson. « La strada è quella. »

« Ha studiato all'Accademia » dissi. « Torna a casa. »

« Sì, ma dove, esattamente? »

Guardai la strada in cerca di Condon, ma non riuscivo a vedere la Harley da nessuna parte.

« Eccolo! » esclamò Sampson indicando il parcheggio all'angolo di Decatur e McNair, vicino a College Creek. « Quella là è la sua Harley, fra le altre moto. »

Entrammo nel parcheggio. Un ufficiale dei Marine stava montando su una Honda Blackbird blu notte con il parabrezza basso. Ci fermammo vicino a lui e io scesi.

« Mi scusi? »

L'ufficiale si voltò, con il casco in mano. Dimostrava meno di cinquant'anni e aveva il fisico possente di chi ha trascorso tutta la vita nei Marine. Guardai la targhetta identificativa: colonnello Jeb Whitaker.

« Colonnello, sono l'ispettore Alex Cross della Metropolitan Police di Washington. »

« Mi dica. » Guardò le mie credenziali strizzando lievemente gli occhi. « Ha bisogno? »

«Ha visto l'uomo che ha posteggiato qui quella Harley-Davidson poco fa?»

Il colonnello Whitaker batté le palpebre e annuì, spazientito. «Nick Condon. Che cos'ha fatto, a parte parcheggiare per l'ennesima volta dove non dovrebbe?»

«Niente, che ci risulti» rispose Sampson. «Dobbiamo semplicemente parlargli.»

«A che proposito?»

«Un'indagine in corso sulla quale non possiamo darle altri particolari» replicai.

Il colonnello rifletté un momento. «Con potenziali ripercussioni negative sull'Accademia navale?»

«Non ne ho idea» risposi. «Condon lavora all'Accademia?»

«È docente a contratto. Insegna tiro. Non essendo dipendente, dovrebbe usare il parcheggio dei visitatori. Qui ci vuole l'autorizzazione.»

Indicò l'adesivo azzurro, con un'ancora e una gomena, sul parabrezza.

«Quindi neanche noi possiamo parcheggiare qui?»

Whitaker replicò: «Se mettete sul cruscotto il distintivo della polizia, immagino che non vi dirà niente nessuno».

Guardai Sampson, che si infilò in un posto libero con un'alzata di spalle.

«Dove possiamo trovare il signor Condon?» domandai al colonnello Whitaker.

«Al poligono interno, immagino» rispose e mi spiegò come arrivarci.

«Grazie, colonnello» risposi stringendogli la mano.

«Sempre a disposizione, ispettore Cross» disse Whitaker. «Ora che ci penso, credo di averla vista in TV in relazione a quelle stragi di narcotrafficanti. È per questo che cercate Condon?»

Sorrisi. « Come le dicevo, colonnello, non sono autorizzato a fornire particolari. »

« Certo, certo » rispose Whitaker. « Be', buona giornata, allora. »

Si infilò il casco, fece per montare in sella ma si fermò e si tastò le tasche.

« Ho dimenticato di nuovo le chiavi » disse, allontanandosi a passo svelto. « È il colmo, vero? Per uno che insegna strategia militare. »

« Con il passare degli anni, succede » replicai.

Whitaker ci salutò con la mano e si mise a correre, un po' legnoso. Quando arrivammo al cartello con la scritta *God bless America,* era già scomparso. Eravamo al limitare della Radford Terrace, un piazzale verde quadrangolare pieno di cadetti. L'anno accademico era appena cominciato.

« Aspetta » disse Sampson. Mi indicò Blake Road. « Non è Condon quello laggiù? »

59

Vidi fugacemente Condon prima che entrasse nella cappella dell'Accademia navale, una costruzione imponente in pietra calcarea con la cupola di rame. Attraversammo la strada di corsa e vi entrammo anche noi.

L'interno della cappella era spettacolare, con un altissimo soffitto, due lunghe balconate ai lati della navata e vetrate colorate che raffiguravano temi marini. C'erano una cinquantina di persone, fra allievi e turisti. Condon era sotto la cupola e si stava dirigendo verso una porta a destra dell'altare.

Correre senza far rumore non fu facile, ma alla fine varcammo anche noi la stessa porta e ci ritrovammo in un vano scale. Su un lato c'era una porta chiusa e sull'altro una rampa che scendeva.

Immaginai che la porta conducesse alla sacrestia e presi le scale. Scendemmo nei sotterranei e vagammo invano per i corridoi senza vedere Condon. Avemmo però la possibilità di ammirare la tomba dell'ammiraglio John Paul Jones.

Risalimmo le scale. Mi chiedevo dove potesse essere andato Condon, quando udii la sua voce dietro la porta chiusa della sacrestia. Era arrabbiato.

« Mi stanno seguendo, Jim! » diceva. « Mi perseguitano. »

Avevo sentito abbastanza: bussai, aprii e dichiarai: « Qui nessuno perseguita nessuno ».

Condon e il cappellano erano in una stanza molto elegante e ordinatissima, con la moquette viola. Condon aveva il volto deformato dall'ira.

Il cappellano mi guardò: «Chi siete? Cosa succede?»

«Anche qui, dottor Cross?» esclamò Condon, muovendo un passo verso di noi con i pugni stretti. «La credevo una persona migliore, dottor Cross.»

«Vogliamo semplicemente parlare» disse Sampson. «Siamo venuti da lei, lei è scappato e noi l'abbiamo seguita.»

«Non sono 'scappato'» precisò Condon. «Avevo appuntamento con il cappellano ed ero in ritardo.»

«Ci ha visto e ha fatto il furbo» replicai dubbioso.

«Mi sono divertito un po', diciamo.»

«Che cosa succede?» intervenne il cappellano innervosito.

«Lei è il suo assistente spirituale?» chiese Sampson.

I due si scambiarono un'occhiata, poi il cappellano rispose: «È un po' più complesso, ispettore...?»

«John Sampson.» Gli mostrò le credenziali.

«Alex Cross» dissi, mostrando le mie.

«Capitano Jim Healey» si presentò il cappellano.

«Che cosa c'è di complesso, capitano Healey?» domandai.

«Non sono affari loro, Jim» intervenne Condon.

Il cappellano gli posò una mano sul braccio e disse: «Sono l'assistente spirituale di Nicholas, sì. E mia figlia Paula, prematuramente scomparsa, era la sua fidanzata».

Non me l'aspettavo. Spiazzato, mormorai: «Condoglianze, capitano. A tutti e due».

«Ci incontriamo una volta alla settimana per parlare di Paula» spiegò il cappellano. Fece un sorriso tirato a Condon. «Ci è di conforto.»

Per un attimo rimasi senza parole. «Scusate l'interruzione» dissi dopo un momento. «Volevamo soltanto parlargli brevemente, capitano.»

«Riguardo cosa?» si infiammò subito Condon. «Vi ho già detto che non ho nulla a che fare con quegli omicidi.»

«A dire il vero, lei non ha mai risposto alle nostre domande in proposito. Comunque adesso volevamo chiederle che cosa sa dei sei incidenti mortali causati da un motociclista e avvenuti nel raggio di un'ora da casa sua.»

«Uno a Willow Grove, vicinissimo alla sua proprietà» precisò Sampson.

Il contractor scosse la testa. «Non ne so niente.»

«Ha una pistola calibro quarantacinque?» domandai.

«Da qualche parte, sì» rispose Condon.

«Ci autorizza a sottoporla a esami di laboratorio?»

«No» rispose Condon. Poi inclinò la testa da una parte. «Un momento. Credete che abbia sparato io a quelle persone dalla mia Harley? E che motivo avrei avuto?»

«Le vittime stavano violando il codice stradale» rispose Sampson. «Andavano troppo forte, oppure usavano il cellulare.»

«È una follia, Jim» disse Condon al cappellano, alzando le braccia al cielo. «Ogni volta che un pazzo fa qualcosa di male, vengono a cercare me. Eppure, se aveste controllato i miei dati sanitari, sapreste che non sarei in grado di sparare con una calibro quarantacinque da una moto in corsa.»

«In che senso?» chiese Sampson.

Condon si voltò verso il cappellano e si sfilò i guanti. Aveva una polsiera ortopedica a tutte e due le braccia. Se le tolse e ci mostrò le cicatrici.

Il capitano Healey spiegò: «Nicholas si è spezzato i polsi durante un'esercitazione quando era nel SEAL Team Six. Con il fucile è ancora un tiratore imbattibile, ma polsi e mani sono troppo deboli per il tiro di precisione con la pistola. È il motivo per cui è stato congedato.»

60

Quando Sampson accostò davanti a casa mia, il sole stava tramontando.

«Non fare quella faccia mogia» mi disse. «Domani mettiamo a punto un nuovo piano di battaglia.»

«Avevamo dei preconcetti su Condon e questo mi dispiace» dissi aprendo la portiera. «Ci siamo fissati su di lui perché era la soluzione più facile.»

«Dovevamo controllare» rispose Sampson. «È il nostro lavoro.»

«Non avremmo dovuto insultare un eroe di guerra e infangare la sua reputazione» replicai, scendendo dalla macchina.

«Abbiamo infangato la sua reputazione?»

«Indirettamente, sì.»

«È un'indagine per omicidio, Alex: non si possono usare i guanti di velluto.»

«Non lo so» risposi, massaggiandomi le tempie. «Ci penserò. Ma prima ho bisogno di mangiare e di dormire.»

«Io pure. Salutami il capo.»

«E tu Billie» dissi e mi avviai verso il portone.

Appena entrai fui investito da profumo di curry e rumori di casa. Jannie era davanti alla TV con la gamba sollevata e il ghiaccio intorno al piede.

«Ti fa male?»

«Per niente. Potrei andare a correre» rispose.

«Non ci provare. Hai sentito cos'ha detto il medico, no?»

« Sì. » Sospirò. « Ma, a furia di star ferma, incominciano a farmi male i muscoli. »

« Lunedì puoi cominciare la fisioterapia in acqua e martedì la cyclette. Nel frattempo, puoi fare stretching. Dove sono gli altri? »

« Bree è salita a farsi una doccia » rispose Jannie. « Nana e Ali sono in cucina. Stanno scrivendo a Neil deGrasse Tyson. »

« Non demorde, eh? »

Jannie sorrise. « Avrà preso da qualcuno... »

« Ho capito » risposi. Le strizzai l'occhio e attraversai la sala per andare nella cucina, che avevamo ampliato l'anno prima.

« Che profumo delizioso » esclamai, baciando mia nonna, che mescolava una pietanza in un tegame.

« Curry di agnello » rispose Nana, battendo il cucchiaio di legno sul bordo prima di mettere il coperchio. « Sperimento una nuova ricetta. »

« Non vedo l'ora di assaggiarlo. » Mi avvicinai ad Ali. « Stai scrivendo la lettera? »

« È difficile » rispose Ali senza smettere di guardare l'iPad. « Prima di scrivere, bisogna pensare bene a cosa dire. »

« Giusto » risposi accarezzandogli la testa. « Ho tempo di fare una doccia? » chiesi a Nana.

« La cena sarà in tavola fra trenta minuti » rispose.

Salii le scale, bussai due volte alla porta di camera nostra ed entrai. Bree era seduta sul letto in accappatoio e leggeva un documento. Non alzò la testa finché non mi fui seduto vicino a lei.

« Ciao » sussurrò, un po' triste.

« Cosa c'è? »

« Sono stata con Muller al deposito di Howard a guardare che cosa ci teneva e abbiamo trovato queste due buste. Tieni. Leggi e dimmi che cosa ne pensi. »

Me le porse. « Nella prima c'è il testamento e una spiegazione della sua strategia di investimento. »

« Terry Howard aveva una strategia di investimento? » domandai stupito, prendendo i documenti.

« È tutto scritto lì » rispose Bree e si voltò verso l'armadio. « In cinque minuti leggi tutto. »

Lessi mentre Bree si vestiva e, alla fine, alzai la testa e la guardai. Bree continuava ad avere lo sguardo triste.

« Dunque avevo ragione io » dissi.

« Pare proprio di sì » rispose Bree. « Motivo per cui sto cominciando a pensare che sono un pessimo capo dell'Investigativa. »

61

Bree si coprì la bocca con una mano. Le veniva da piangere.

Mi alzai e andai da lei. « Non è vero, lo sai. »

« È così, invece » protestò con la voce rotta dal pianto, lasciandosi abbracciare. « Ho voluto credere che fosse stato Howard per poter dichiarare chiuso il caso e far contenti il capo della polizia e il sindaco. »

« Davvero? »

« Be', in qualche modo volevo che si trovasse l'assassino di Tommy McGrath. »

« Mi sembra più che comprensibile » le dissi, massaggiandole la schiena. « Eri fra l'incudine e il martello e tutto faceva pensare che Howard si fosse suicidato. Michaels la vedeva come te. »

« Tu no, però. »

« Io pensavo semplicemente fosse meglio approfondire un po'. Cosa che tu, peraltro, hai fatto. Tant'è che hai trovato questi documenti. Avremmo dovuto farlo prima, okay. Ma meglio tardi che mai. Hai rimediato, comandante Stone. Sei stata brava. »

« Tu dici? » Bree era poco convinta.

« Ho grande fiducia in te » dichiarai.

« Grazie. Per me è importante. »

Ci baciammo.

Alla fine Bree arricciò il naso e disse: « Sei l'amore della mia vita, Alex, ma puzzi ».

« Mi fiondo sotto la doccia » dissi. E andai nel bagno.

Con l'acqua calda che mi scorreva sul collo e sulla schiena, ripensai alle due buste che Terry Howard aveva lasciato nel suo deposito. Una conteneva il testamento olografo del nostro collega caduto in disgrazia, con copia autenticata, nel quale Howard lasciava tutto – collezione di armi compresa – alla figlia di nove anni, Cecilia.

In una lettera allegata, Howard spiegava che aveva cominciato a comprare armi pregiate dopo aver scoperto che erano un investimento più sicuro e redditizio dei titoli di borsa. Aveva acquistato i primi pezzi della collezione grazie a una piccola eredità che aveva ricevuto poco più che ventenne. Aveva venduto e comprato armi da fuoco per anni. Per la stima della collezione alla propria morte, raccomandava un perito di Dallas.

Nell'altra busta c'era una breve lettera indirizzata a Tommy McGrath, il suo ex compagno di squadra. Howard gli scriveva che non serbava rancore nei suoi confronti perché sapeva di essersela andata a cercare.

Ora il cancro mi ha ucciso, Tommy, altrimenti non leggeresti questa mia, scriveva. *Non te l'ho detto prima perché non volevo farmi compatire. Ti ho visto con quella bella giovincella, bastardo che non sei altro, e ho capito che te la stai passando bene. Te lo meriti. Ti auguro una vita lunga e piena di serenità. Ricordami con affetto, T.*

Non era la lettera di un uomo che cova vendetta e medita propositi violenti. Io e Bree avevamo l'impressione che Howard avesse cercato di fare pace con il proprio passato e con l'ex compagno di squadra. Si sarebbe espresso in quei termini, se avesse sparato prima a McGrath e poi a se stesso? Quella lettera era stata scritta prima che Tommy venisse assassinato, ovviamente: se l'avesse ucciso lui, non sarebbe andata a riprenderla? Non l'avrebbe distrutta, prima di suicidarsi? Possibile che se ne fosse dimenticato?

La parte più cinica di me non escludeva che Howard avesse scritto apposta quella lettera per depistarci, ma che senso avrebbe avuto? Se il suo intento era di suicidarsi, non avrebbe scritto piuttosto una lettera di condanna?

Significava che Howard non si era suicidato. E che a ucciderlo era stata la stessa persona che aveva ucciso McGrath, per far ricadere la colpa su di lui.

Non era il delitto perfetto, ma ci andava vicino. Peccato che non avessimo uno straccio di prova.

Uscii dalla doccia e mi asciugai. Bree mi raggiunse nel bagno.

« A Michaels quella lettera non basterà, per riaprire ufficialmente il caso » dissi. « Chiederà prove più concrete. »

« Lo so » rispose Bree. « Puoi chiedere un trattamento di favore alla Balistica? »

« Certo. Quando vorresti i risultati? »

« Domani? »

« Vedo che cosa posso fare. »

« Grazie. A proposito, com'è andata la giornata? »

Le raccontai tutto mentre mi rivestivo.

Alla fine, Bree sospirò. « Quindi non abbiamo fatto nessun passo avanti neanche riguardo al motociclista assassino. »

« E neppure riguardo ai vigilantes. »

62

Meno male che posso contare su Alex e Ned Mahoney, pensò Bree il pomeriggio del giorno dopo, mentre percorreva a passo svelto il corridoio che portava ai laboratori balistici dell'FBI insieme con Muller. A Quantico avevano una mole di lavoro esagerata, ma le avevano concesso una corsia preferenziale e le avevano dato appuntamento nel giro di neanche tre ore.

«Siamo qui per parlare con Judith Noble, la specialista in munizioni» disse Bree all'accettazione. L'addetta controllò i loro pass e fece una telefonata.

Qualche minuto dopo, arrivò una donnina fra i quaranta e i cinquanta che sotto il camice indossava una gonna blu e una camicia bianca e aveva un paio di occhiali appesi al collo con una catenina.

«Judith Noble» si presentò. «Lei ha amici molto in alto, comandante Stone.»

«Qualcuno, per fortuna» rispose Bree. «Grazie della disponibilità.»

«Non mi hanno lasciato scelta» rispose fredda Judith Noble. «Di che cosa avete bisogno?»

Bree le porse il sacchetto con i proiettili calibro quarantacinque che aveva prelevato dal deposito di Howard e quelli che avevano ucciso lo stesso Howard, Tommy McGrath e Edita Kravic.

«Di un confronto fra questi reperti» rispose Bree. «Per capire se ci stiamo muovendo nella giusta direzione.»

La donna guardò l'ora e annuì. «Salvo complicazioni, ce la dovrei fare.»

Li accompagnò alla propria postazione di lavoro, che era di una pulizia straordinaria.

«Come fa a lavorare, con quest'ordine?» le chiese Muller. «Io, se non sono in mezzo al casino, non riesco a pensare.»

Judith Noble rispose: «Se facesse il mio lavoro, non potrebbe: ai processi gli avvocati difensori la crocifiggerebbero».

«In che senso?»

«I test balistici richiedono estrema precisione» spiegò Judith.

«Meno male che ho scelto un altro mestiere» replicò Muller, e le sorrise in un modo che Bree trovò inconsueto.

Judith Noble non reagì. Tirò fuori i tre proiettili che avevano ucciso Tommy McGrath, i due di Edita Kravic e quello di Terry Howard.

«E sono tutti compatibili con quest'arma» disse Muller, consegnandole la calibro 45 ritrovata addosso a Terry Howard.

«Chi lo dice?»

«Di preciso non lo so» rispose Muller. «Qualcuno l'ha detto.»

«Cerco il rapporto, se crede» disse Bree prendendo in mano lo smartphone.

Judith alzò una mano. «Non importa: vi credo. Quindi volete che io vi confermi che le munizioni nella scatola corrispondono alle sei che sono state sparate alle vittime?»

«Esatto» rispose Bree.

«Dovrebbe essere abbastanza semplice» disse Judith. «Nel SAF, lo Standard Ammunition File, dovrebbero esserci tutti i prodotti Federal.»

Guardò la scatola. «Difesa personale, 230 grani, il tipo

più comune per una semiautomatica calibro quarantacinque.»

Aprì la scatola e prese in mano uno dei quattordici proiettili rimasti. Lo guardò attentamente e aggrottò la fronte. «Non corrisponde» dichiarò.

63

«Che cosa?» disse Muller. «Ma se non ha ancora guardato gli altri!»

«Non ce n'è bisogno» replicò Judith Noble piccata. «I proiettili inesplosi possono anche essere uguali a quelli ritrovati nei corpi delle vittime, ma non corrispondono all'etichetta sulla scatola delle munizioni Federal.»

«Si riferisce al marchio sul fondello?» chiese Bree.

Judith la guardò con ammirazione e annuì. «Precisamente. Le cartucce in commercio devono avere un marchio sul fondello indicante calibro e produttore.»

«E se non ce l'hanno?» chiese Muller.

«Vuol dire che sono state fabbricate artigianalmente» rispose il perito balistico. «Hanno comprato i componenti – il rame, la polvere, l'innesco e la palla – e li hanno assemblati.»

«Howard non aveva l'attrezzatura necessaria né a casa né nel deposito» rimarcò Muller.

«Potrebbe averli fatti fare a qualcun altro» replicò Judith Noble.

«E non corrispondono alla scatola, ma fra loro sì?» chiese Bree.

«Datemi qualche minuto» disse Judith. Poi si rivolse a Muller. «Sarebbe così gentile da andarmi a prendere un caffè?»

«Certamente» rispose Muller e le fece un altro sorrisetto strano.

Judith gli spiegò dov'era il bar e Muller la ascoltò adorante. Bree guardò le mani dell'esperta e vide che non portava la fede.

Le scappava da ridere: Muller si era innamorato!

Le venne voglia di far cadere il discorso sui calcoli renali o uno degli innumerevoli acciacchi che Muller lamentava, ma lasciò generosamente perdere.

«Che tipo!» disse Judith una volta che si fu allontanato, cominciando a lavorare.

«All'inizio è un po' così, ma è un'ottima persona» replicò Bree.

«Sposato?» chiese Judith.

«Divorziato.»

«Mmm» borbottò Judith, continuando a lavorare.

Muller tornò venti minuti dopo. Judith non alzò la testa dallo schermo del computer, sul quale era visualizzata l'immagine di un proiettile.

Muller le posò il caffè sulla scrivania e lei disse: «I proiettili dentro la scatola corrispondono a quelli esplosi. Sono tutti Bear Creek, 200 grani, base cava e profilo arrotondato, con moly-coating. Molto diversi da quello che è specificato sulla confezione. Fatti da una persona esperta e altamente sofisticati. Da competizione».

«Tipo Three-gun competition?» chiese Muller.

«O gare di tiro con la pistola.»

«Il problema è che Terry Howard non ha mai partecipato a gare di tiro con la pistola, non si fabbricava le munizioni da solo e non era un fanatico delle armi. O perlomeno non in senso tradizionale.»

«Potrebbe aver ricevuto quelle munizioni insieme con un'arma che ha acquistato» ipotizzò Judith. «Magari gliele ha date il venditore.»

Bree replicò: «Oppure un tiratore esperto, che gareggia con una calibro quarantacinque e si fabbrica le munizioni da sé, ha ucciso Howard, McGrath e la Kravic e ha cercato di far ricadere la colpa su Terry».

64

Aspettarono il cuore della notte buia e nuvolosa, prima di indossare i visori a infrarossi e arrampicarsi sul cancello di alluminio chiuso con una catena.

Hobbes e Fender lo scavalcarono senza problemi e senza fare il minimo rumore, ma a John Brown faceva male il ginocchio e quindi, nel portare la gamba oltre il cancello, fece tintinnare leggermente la catena.

Scese con un salto sullo sterrato all'interno della recinzione. Cinque o seicento metri più a sud un cane abbaiò. Attraverso il visore, vide che Hobbes gli stava facendo segno di non muoversi.

Altro latrato, poi un silenzio lungo cinque minuti.

«Ora. Come i gatti» sussurrò Fender nel microfonino, e si incamminò lungo lo sterrato.

Indossava copriscarpe felpati, come ognuno di loro. Si addentrarono nella proprietà senza produrre suono. Il cane taceva.

Non per molto, probabilmente, tenuto conto dell'udito e del fiuto che avevano i cani da guardia addestrati. Ma per il momento erano controvento e il cane non poteva sentirli.

Di certo prima o poi uno dei pastori tedeschi avrebbe captato la loro presenza. Se avessero fatto rumori bruschi o fossero apparsi nel loro campo visivo, i cani avrebbero dato l'allarme abbaiando furiosamente e portare a termine la missione sarebbe stato più complicato. Complicato, ma non impossibile.

Se avessero prodotto rumori e movimenti irregolari, per contro, i cani si sarebbero avvicinati per capire di che cosa si trattava. E questo avrebbe facilitato di molto le cose.

Attraversarono una radura senza mettere in allarme i cani e si avvicinarono silenziosamente. Fra gli alberi cominciavano a brillare le luci della casa. Senza volere, Hobbes calciò una pietra, che rotolò in un fosso.

Il cane abbaiò una volta soltanto. Brown e i suoi si bloccarono, le orecchie tese. Udirono un ringhio sordo e il rumore delle unghie di un cane di grosse dimensioni sul pavimento del patio. Avevano preso in considerazione questa eventualità ed erano preparati. Hobbes fece un passo sulla destra, scese nel fosso e si posizionò con una pistola dotata di mirino al trizio in ogni mano.

Brown e Fender fecero lo stesso dall'altra parte della strada. Schiena contro schiena, Brown era rivolto verso la casa con la pistola in pugno e Fender copriva le spalle ai compagni con un fucile da backpacking ultraleggero, dotato di silenziatore.

Il cane andò direttamente da loro, invece di sniffare in aria, trotterellando sicuro lungo la strada sterrata e addentrandosi nella pineta dove si erano appostati.

Quando fu a una quindicina di metri di distanza, Hobbes gli sparò una siringa narcotizzante in una spalla.

Si sentirono il sibilo dell'aria compressa e poi un uggiolio. Il cane barcollò ansimando e cadde per terra.

Nessuno si mosse per altri cinque lunghissimi minuti, nei quali Brown sentì un suono che poteva essere un'eco di applausi. Dov'era l'altro cane? Dentro la casa?

Hobbes fu il primo a muoversi: avanzò con passo felpato verso il cortile, seguito da Brown. Fender li sorpassò restando nell'ombra e spostandosi a destra per salire su una montagnola da cui avrebbe visto meglio la casa.

Brown si fermò un istante accanto a Hobbes. Sentì le voci degli annunciatori e vide brillare uno schermo attraverso le tende socchiuse della stanza a destra del portone.

« Vedi qualcosa all'interno? » mormorò.

65

Qualche minuto dopo Fender rispose: « Un servizio sul campionato di football studentesco in TV e nessuno a guardare. Ma è buio e potrei sbagliarmi ».

« Io vado » annunciò Brown e avanzò lentamente nel cortile superando una barca da pesca Grady-White, si avvicinò alla moto posteggiata lì accanto e si accucciò per aprire una delle due borse laterali.

Trafficò qualche istante, intralciato dai guanti di pelle, e quando riuscì a slacciare la fibbia prese dalla giacca un sacchetto di plastica richiudibile che conteneva un kit avvolto in un cencio scuro. Estrasse il kit e lo sistemò dentro la borsa della moto dietro alla cassetta degli attrezzi.

Da un'altra tasca della giacca prese un portarullino, lo stappò e ne rovesciò il contenuto sul serbatoio.

« L'ho visto » gli disse nell'auricolare la voce di Fender. « È seduto in poltrona. Si è appena sporto in avanti per cambiare canale. »

« Se riesci, uccidilo » ordinò Brown, richiudendo la borsa della moto.

Il fucile ultraleggero di Fender emise un sibilo sommesso, poi si udì il tintinnio del proiettile che attraversava zanzariera, vetro e tende e quindi il rumore del piombo che penetrava nella carne e spaccava le ossa.

« Fatto » disse Fender.

« Fatto » disse Brown. Si allontanò dalla Harley e attraversò il cortile chinando la schiena per non farsi vedere.

Dentro la casa una donna si mise a urlare.

«Merda» imprecò Hobbes. «Non era solo in casa.»

«Troppo tardi» disse Brown. «Alla macchina.»

Corsero nella pineta e attraversarono la radura. Quando arrivarono in prossimità della strada, Brown pensò che ce l'avrebbero fatta. La donna aveva smesso di gridare. Con ogni probabilità stava telefonando al 911, ma ormai erano a meno di cento metri dalla macchina e niente avrebbe potuto...

Un'ombra si staccò dagli alberi alla destra di Brown e gli balzò addosso con un ringhio. Il cane gli morse il braccio destro con ferocia.

«Ahia!» gridò Brown, sentendo i denti che penetravano nella carne. Il cane lo fece cadere a terra. Brown atterrò su un fianco, ma aveva la pistola salda nel pugno.

Il cane aprì le fauci per morderlo di nuovo, ancora più violentemente.

Prima che Hobbes e Fender avessero il tempo di intervenire, Brown mollò la pistola, la afferrò con la sinistra e sparò una siringa narcotizzante.

Colpito al ventre, il cane uggiolò e gli mollò il braccio. Nella caduta, gli graffiò la testa. Fece qualche passo e poi si accasciò, con la lingua di fuori.

PARTE QUARTA
GLI OTTIMIZZATORI

66

Il sole si era alzato da un'ora soltanto, quando Ned Mahoney, John Sampson e io guardammo nella borsa della Harley-Davidson di Nicholas Condon, che l'aveva trovata aperta. Dentro c'era un oggetto rettangolare avvolto in un pezzo di tessuto scuro.

«Cos'è?» chiese Mahoney.

«Non lo so» rispose Condon. «Appena l'ho visto, ho chiamato il dottor Cross.»

«Questo prima o dopo che le sparassero addosso?» chiese Mahoney.

«Che sparassero al mio fantoccio, intende?» disse Condon. «Mi ero fatto trovare pronto: il manichino è collegato a un congegno che lo fa muovere ogni quattro o cinque minuti durante tutta la notte. Si è rivelato utile.»

Non feci commenti sul fatto che Condon avesse bisogno di un simile armamentario per dormire tranquillo e mi concentrai sull'oggetto nella borsa della sua moto.

«C'è qualcosa che indica la presenza di un ordigno esplosivo?» chiese Sampson.

«No» rispose Condon. «Quando Azore si è svegliato, gliel'ho fatto annusare.»

«Esclude che il narcotizzante abbia alterato il suo senso dell'olfatto?» domandai.

«Lo tiro fuori dalla borsa io, se voi non ve la sentite.»

«Ci penso io» disse Mahoney. Infilò la mano protetta dal

guanto nella borsa della Harley e tirò fuori l'involto. «È pesante.»

Lo posò per slegare il cordino e aprire la stoffa.

«Diceva che si sono spaventati nel sentire gridare una donna» ricordò Sampson.

«In realtà era una app che ho sull'iPhone» spiegò Condon. «Collegata via Bluetooth ai miei altoparlanti. Sono grida molto realistiche.»

«Come sta l'altro cane?» chiesi. «Quello che ha morso uno degli aggressori?»

«Denni. È in casa che dorme.»

«Finora sulla strada non abbiamo trovato tracce di sangue» disse Mahoney. Riuscì finalmente a disfare il nodo.

«Da qualche parte ce ne sono senz'altro» disse Condon. «Ho sentito urlare un uomo. Denni lo ha azzannato, prima che quello la narcotizzasse.»

«L'ha lavata?»

«No, ma ho visto che Azore la leccava, quindi non so se riuscirete a trovarle addosso qualcosa.»

«Okay» disse Mahoney aprendo l'involucro. Conteneva una scatola di cartone. Il tessuto all'interno era serigrafato.

Mahoney sollevò la scatola e capimmo che era avvolta in un brandello di T-shirt con un'immagine del Reggae Sunsplash, il festival di musica giamaicana.

«Mi chiedevo dove fosse finita quella maglietta» disse Condon.

«Gliel'hanno rubata?»

«Magari l'ho dimenticata in palestra. In un caso o nell'altro, ci troverete sopra il mio DNA.»

Mahoney aprì la scatola e vide che conteneva una busta e una Remington calibro quarantacinque, modello 1911.

«È sua?» domandai.

«No» rispose Condon. «È una bella pistola, ma preferisco la Glock calibro quaranta.»

«Anch'io» replicò Mahoney.

Aprì la busta e tirò fuori un fascio di diagrammi e disegni architettonici.

«Sono suoi?» domandò Sampson.

Condon li guardò e scosse la testa. «No. Che cosa sono?»

Mahoney si strinse nelle spalle e me li porse perché li esaminassi. Stavo già per passarli a Sampson, quando capii di che cosa si trattava.

«Sono i luoghi delle stragi» dissi. «Questo è lo stabilimento che ospitava il laboratorio clandestino di metanfetamina e questa è una vista dall'alto degli essiccatoi di tabacco, con la strada che ci passa in mezzo.»

Condon disse: «Prima che vi mettiate in testa delle idee, vi avverto che non mi appartengono. Queste persone volevano farmi fuori e incastrarmi con prove fasulle, in maniera da depistare le indagini».

Ci riflettei e decisi che con ogni probabilità Condon aveva ragione. Certo, era possibile anche che avesse sparato lui al manichino e avesse messo quella roba dentro la borsa della propria moto per autoscagionarsi, ma lo trovavo improbabile.

Per il momento, avrei dato per buona la sua ipotesi.

«Quindi adesso pensano che lei sia morto» disse Sampson.

«Immagino di sì» rispose Condon.

«Lasciamo che continuino a pensarlo» proposi.

Mahoney mi guardò con aria interrogativa. «A che pro?»

«Perché i colpevoli si credano al sicuro e diano per scontato che stiamo indagando sulle conoscenze di Condon nell'ambiente dei contractor.»

«E intanto cerchiamo la vittima del morso del cane» disse Sampson.

«Per esempio» risposi. Riflettei: perché avevano tentato di implicare proprio Condon e non qualcun altro? Per quale motivo lo volevano morto?

L'unica spiegazione che mi veniva in mente era che fossero a conoscenza dei suoi trascorsi e avessero stabilito che era la persona più adatta su cui far ricadere la colpa.

«Ho preso in considerazione anch'io questa ipotesi, mentre vi aspettavo» replicò Condon. «Ma forse non è l'unica ragione. È possibile che mi volessero togliere di mezzo perché so qualcosa sui vigilantes che cercate. Su due di loro, perlomeno.»

67

Quella mattina, mentre Alex, Sampson e Mahoney parlavano con Condon, Bree cercava di trovare un collegamento fra Tommy McGrath, Edita Kravic e un tiratore da competizione.

Aveva sullo schermo il foglio matricolare di Terry Howard. Nella sua carriera, Howard non aveva passato le prove di qualificazione di tiro per ben quattro volte. Era un tiratore mediocre.

Di certo non da competizione. Bree chiuse il file.

Erano molti gli ufficiali di polizia che partecipavano a gare di tiro, però. Serviva loro a mantenersi in allenamento. Bree pertanto non poteva escludere la possibilità che a sparare fosse stato un ex poliziotto o un ex militare che forse conosceva McGrath e Howard.

Le squillò il telefono.

Rispose: « Stone ».

« Michaels » disse il capo della polizia. « Sono dispiaciuto. »

« Perché? »

« Ho sentito che ha riaperto il caso McGrath. »

« È vero » rispose Bree. Le venne la tachicardia.

« Per la miseria, Stone, avrò tutti contro. È stato Howard, ne era convinta pure lei. »

« Non lo sono più » rispose Bree.

Gli riferì quello che aveva appreso ai laboratori dell'FBI e concluse: « Quindi penso che, se verremo criticati per aver tratto conclusioni affrettate, alla fine verremo lodati per l'impegno profuso nell'assicurare alla giustizia il vero colpevole».

Michaels sospirò. «Va bene, ho capito. Sospetti?»

«Finora no.»

«Quindi non abbiamo idea di chi possa aver ucciso il nostro collega? Brancoliamo nel buio?»

«No. Abbiamo delle piste e stiamo indagando attivamente» rispose Bree.

«Mi tenga aggiornato, per cortesia.»

«Certamente, capo» rispose Bree.

Riattaccò, moderatamente soddisfatta. Sarebbe potuta andare peggio. Forse si stava abituando allo stress e non si lasciava più prendere dallo sconforto a ogni crisi.

Dopo l'incontro con Condon, io e Sampson tornammo in ufficio e andammo da Bree. «Ti devo aggiornare sugli ultimi sviluppi.»

Bree sorrise. «Finalmente! Buone notizie?»

«Notizie tante» disse Sampson, facendo capolino alle mie spalle. «Se siano buone o cattive ancora non sappiamo.»

Le raccontammo che eravamo stati a casa di Nicholas Condon, dove qualcuno aveva nascosto delle prove, e che il contractor conosceva due dei vigilantes. Visualizzammo le loro foto sullo schermo a parete.

Uno dei due uomini era minuto, giacca e cravatta, lineamenti afroasiatici, barbetta. La foto lo ritraeva appoggiato a una macchina con una sigaretta in mano. Era abbastanza anonimo e sarebbe passato inosservato in qualsiasi ambiente. L'altro era un ufficiale dei berretti verdi, il ramo d'élite dell'esercito americano, con la carnagione chiara e lo sguardo truce.

«Il primo si chiama Lester Hobbes, ex CIA» spiegò Sampson. « L'altro è Charles Fender, ex militare che attualmente fa il contractor free lance. »

Entrambi avevano lavorato per compagnie militari private in Afghanistan ai tempi in cui Condon era nel Paese. Non avevano collaborato direttamente con lui, ma lo conoscevano e di sicuro avevano avuto occasionali frequentazioni. Sia Fender sia Hobbes erano dei « falchi », critici nei confronti della politica estera USA in Medio Oriente e convinti che l'America stesse andando in rovina.

« Condon sostiene di non vederli da anni » spiegai. « Ma ci ha raccontato che, dopo la morte della fidanzata, l'inchiesta in Afghanistan e l'esilio nel Maryland, un giorno Lester Hobbes gli ha telefonato. »

Aveva cominciato con il fargli le condoglianze ed esprimergli solidarietà, poi lo aveva invitato a pranzo. Condon aveva accettato e si erano dati appuntamento in un ristorante di Annapolis.

Anche Fender era presente. Avevano bevuto un certo numero di birre ricordando i bei tempi andati e poi il discorso era caduto sulla crisi dell'America contemporanea. Hobbes e Fender sostenevano che la mancanza di ideali e di iniziativa degli americani avevano portato alla nascita di nuove forme di schiavismo.

« Schiavismo? » chiese Bree.

« Parlavano di sfruttamento da parte della malavita di persone in posizione subalterna o svantaggiata » spiegò Sampson. « Tossicodipendenti schiavi dei cartelli dei narcotrafficanti, prostitute schiave dei magnaccia, cittadini americani schiavi di politici corrotti... »

Intervenni: « Hobbes e Fender hanno detto a Condon che facevano parte di un'organizzazione che condivideva le loro opinioni e si sono paragonati a John Brown e ai ribelli abolizionisti dell'Ottocento ».

«Volontari disposti a uccidere e a morire per liberare gli schiavi» chiosò Sampson.

«Gesù!» esclamò Bree.

«Si fanno chiamare 'Ottimizzatori' e hanno chiesto a Condon se voleva unirsi a loro. Condon ha detto di no, ha spiegato che voleva fare una vita più tranquilla e loro non hanno insistito.»

«Perché non ve l'ha raccontato la prima volta che siete andati a parlargli?» chiese Bree.

«Dice che gli è venuto in mente soltanto dopo la seconda strage e, anche a quel punto, trovava che qualche trafficante di droga e di esseri umani in meno sulla faccia della Terra non fosse male.»

«Poi però Fender e Hobbes hanno cercato di incastrarlo e fargli la pelle» osservò Bree.

«Esatto» disse Sampson.

Bree rimase un momento a riflettere, poi si sporse in avanti e disse: «Finora hanno ucciso trafficanti di droga e di esseri umani, ma non politici corrotti».

«È quello che abbiamo pensato anche noi» dissi. «Motivo per cui dobbiamo trovare al più presto Lester Hobbes e Charles Fender.»

68

John Brown era a casa propria insieme con un certo numero di persone. Gli faceva male il braccio, dove l'aveva morsicato il cane, ma cercava di non pensarci e guardava il telegiornale locale. Il servizio mostrava il furgone dell'Istituto di medicina legale che superava il cancello della casa di Nicholas Condon a Denton.

Poi venne inquadrata una giovane cronista che disse: «Questa è un'esclusiva di WBAL-TV Channel Eleven. L'FBI e la polizia locale affermano che le prove raccolte fanno pensare a un regolamento di conti. La vittima è Nicholas Condon, tiratore scelto che per un certo periodo ha fatto parte del SEAL Team Six e che potrebbe essere legato alle recenti stragi di trafficanti di sostanze stupefacenti ed esseri umani. Esponenti dell'FBI lasciano intendere che si tratterebbe di una svolta nelle indagini, che d'ora in avanti si concentreranno sugli ambienti che Condon frequentava e aveva frequentato».

«Ha funzionato» disse Cass, spegnendo il televisore con il telecomando. «Devo ammettere che avevo dei dubbi.»

«Io no» replicò Hobbes. «Ottimo lavoro.»

Fender e le altre dieci persone nel salotto di Brown applaudirono.

«Adesso abbiamo un po' di respiro» commentò Brown. «E potremo dedicarci con più agio al prossimo obiettivo.»

Il gruppo ascoltò Brown, e le facce diventarono sempre più cupe e scettiche a mano a mano che questi spiegava.

«Non so» disse Fender quando Brown ebbe concluso. «Quel luogo sembra una fortezza.»

«A guardia della quale troveremo professionisti bene addestrati, non dilettanti allo sbaraglio» aggiunse Hobbes.

«Sì, è probabile» ammise Brown. «Ma per tagliare la testa al serpente bisogna avvicinarsi alle zanne.»

«Come fa il nostro amico a essere sicuro che è proprio questa la testa del serpente?» chiese Fender.

«Come minimo, è la testa del serpente sulla East Coast. Senza testa, l'organizzazione andrà a catafascio. Tagliata quella, potremmo passare alla fase successiva della bonifica.»

«Non vorrei che facessimo il passo più lungo della gamba» disse Cass. «Le informazioni del nostro amico sul compound sono affidabili?»

«Affidabilissime» rispose Brown. «Lo sorveglia da dieci giorni via satellite e mediante droni.»

«Quindi qual è il piano?» chiese Hobbes. «Lo stratega sei tu.»

Brown mostrò immagini dal satellite e diagrammi dell'obiettivo e i suoi seguaci lo ascoltarono con la massima attenzione. Non potevano fare altro: ne andava della causa, e della loro vita.

Quando Brown ebbe finito, lasciò spazio a domande, osservazioni e suggerimenti.

Discussero per ore, fino a dopo la mezzanotte, modificando e perfezionando il piano finché non furono tutti d'accordo sulla fattibilità dell'impresa. Erano consci del fatto che, per la prima volta, c'era il rischio di perdere qualcuno. Era inevitabile, ma nessuno si tirò indietro.

«Quando operiamo?» chiese Cass.

«Il meeting è fra tre giorni» rispose Brown.

«Novilunio» disse Fender. «Ci aiuterà.»

69

Dare la caccia a potenziali stragisti può essere delicato, nell'era della trasmissione delle informazioni in tempo reale, dove esistono programmi in grado di avvertirti se viene effettuato l'accesso a certi dati. Se gli indagati sono ex dipendenti della CIA o membri delle forze speciali la questione si fa ancora più delicata.

In quella fase delle indagini dovevamo muoverci fuori dei radar: Mahoney ce lo aveva raccomandato. Quel giorno e il successivo Sampson e io ci focalizzammo su documenti e informazioni di dominio pubblico. Hobbes e Fender avevano entrambi una patente di guida rilasciata nello Stato della Virginia e un indirizzo che faceva capo a una casella postale della contea di Fairfax. Da quegli indirizzi pagavano le tasse e risultavano entrambi «consulenti per la sicurezza». A parte questo, non esistevano.

«Sono due professionisti» commentò Sampson. «Non lasciano traccia di sé.»

«Probabilmente conducono una doppia vita sotto falso nome.»

«Sono paranoici.»

«Oppure hanno molti nemici.»

«Giusto. Se Mahoney non ci fornisce qualche buono spunto, mi sa che non caveremo un ragno dal buco.»

Mi squillò il cellulare. Era un numero sconosciuto.

«Alex Cross.»

Una donna balbettò piangendo: « Chi ha ucciso Nick? Lei c'era? »

Dopo un momento di confusione, capii chi era. « Dolores? »

La donna smise di piangere e tirò su con il naso. « Gli volevo bene e non... Non riesco... Non mi capacito che non ci sia più. Lei c'era, dottor Cross? Ha sofferto? Cos'è successo? Faceva davvero parte di quel gruppo di vigilantes? »

Ero indeciso su cosa rispondere. Poi le domandai: « Che nulla osta di sicurezza ha, Dolores? »

Con voce tremante, mi rispose: « Io l'ho aiutata, dottor Cross. Adesso tocca a lei dare una mano a me. Funziona così in questa città. Devo sapere. »

Pensai alla strategia investigativa di Mahoney e alla necessità di tenere basso il numero delle persone a conoscenza della verità. Poi però pensai allo strazio di quella povera donna.

« Non è morto. »

Dopo un lungo silenzio, Dolores chiese con un filo di voce: « Che cosa? »

« Mi ha sentito. Non si disperi. Sia paziente. Ci sono validi motivi. »

La sentii singhiozzare e poi scoppiare a ridere, tirare su con il naso e ridere di nuovo. Immaginai che si stesse asciugando le lacrime nella manica.

« Sicuro » rispose. « Oddio, lei non sa quanto... Non ho chiuso occhio da quando l'ho saputo. Non ho mai provato rimpianto più grosso, sa? Per ciò che avevo perduto. »

« Avrà modo di dirglielo presto » replicai.

« Grazie » disse Dolores, ancora con la voce rotta ma sollevata. « Dal profondo del cuore. Se posso fare qualcosa per lei, qualsiasi cosa... »

« Una ci sarebbe, a dire il vero. Che cosa sa a proposito di Lester Hobbes e Charles Fender? »

70

Dopo un lungo silenzio Dolores rispose: «Sono tipi interessanti, quei due. Posso chiederle perché me lo domanda?»

«Purtroppo no, Dolores» risposi. «Anzi, la prego di non accedere a file riservati che li riguardano. Mi dica semplicemente quello che sa.»

«Va bene» rispose la donna. «Accederò soltanto ai miei file personali.»

«Ha dei file personali su Hobbes e Fender?»

«Come su tutti coloro che lavorano nel settore, o quasi.»

«Posso chiederle come mai?»

«Soltanto se è disposto a pagare il servizio.»

Sorrisi. «Dunque lei fa da agente ai contractor?»

«Più broker che agente» spiegò Dolores, entrando in modalità professionale. «Chi ha bisogno di un valoroso guerriero come Fender o di un sicario come Hobbes si rivolge a me.»

«È questo che fa Hobbes?»

«Sì, e molto bene. È un ottimo professionista. Ma accetta l'incarico soltanto se ritiene che il soggetto se lo meriti» precisò Dolores.

Mi sorse qualche dubbio sul suo senso morale e di giustizia, ma li tenni per me e le domandai: «Sa dirmi dove posso trovare Hobbes e Fender?»

Dolores rise. «Gli vuole parlare?»

«Più che parlargli, li vorrei interrogare.»

Dolores scoppiò in un'altra risatina. «In bocca al lupo.»

«Non intende aiutarmi a rintracciarli?»

«Non saprei come fare. Comunico con loro esclusivamente se ho un'offerta da proporre, attraverso un indirizzo e-mail sicuro. Non li ho mai incontrati di persona.»

Ci pensai su un momento. «Potrei chiederle di presentare un'offerta.»

«Non saprei» replicò Dolores. «C'è un codice deontologico, nel mio campo.»

«Il campo della rappresentanza di mercenari?»

«Esatto.»

«Ora non mi dica che esiste un'organizzazione di categoria dei rappresentanti dei mercenari...»

«C'è chi vorrebbe istituirla.»

«Si ricorda com'è iniziata questa conversazione, vero?»

Dopo un attimo di silenzio, Dolores rispose: «Sì, certo. E la ringrazio della notizia confortante».

«Immagino che le stia a cuore evitare ulteriori spargimenti di sangue.»

«Sì, certo» rispose di nuovo.

«E allora ci deve aiutare a trovare Hobbes e Fender, non crede?»

Seguì un lungo silenzio. «Abbozzo una proposta e vedo se abboccano.»

«La renda molto allettante dal punto di vista economico» suggerii. «Sarà più facile che abbocchino.»

71

La barca di John Brown era ancorata nella Mobjack Bay, all'interno della baia di Chesapeake, nei pressi di un compound di quarantacinque ettari completamente recintato e sorvegliato da guardie armate.

A bordo della barca c'era Cass, insieme con Hobbes e Fender che reggevano ciascuno una canna da pesca e, fingendosi interessati ai pesci sul fondo, in realtà studiavano il compound.

«Se va tutto come deve andare, li coglieremo di sorpresa» disse Brown, passando il binocolo a Fender. «Entriamo e usciamo nel giro di venti minuti al massimo.»

«Speriamo di farcela» rispose Hobbes, alzando e abbassando la canna da pesca.

Brown si risentì. «Hai dei dubbi?»

«Un contrattempo è sempre da mettere in conto» rispose Hobbes. «E certe volte tocca improvvisare. Voglio dire: se arriva una burrasca e c'è mare grosso, magari all'ultimo momento ci conviene cambiare approccio. Tutto qui.»

Brown aveva i nervi a fior di pelle e non sapeva perché. Il braccio gli faceva meno male, ma la notte a volte il dolore gli impediva di prendere sonno. Ogni piano presentava delle incognite, ma in quel caso specifico voleva che tutto andasse come previsto e la squadra entrasse e uscisse nel minor tempo possibile.

«Che motoscafi enormi» disse Cass guardando nel binocolo.

Brown si fece ombra con una mano sulla fronte per guardare le tre imbarcazioni appese alle gru di alaggio. « È la location ideale per approfittare delle rotte oceaniche. Siamo a meno di otto miglia dall'Atlantico. Lance così veloci sono in grado di coprire venti miglia in pochi minuti, trasferire il loro carico con il favore delle tenebre e tornare in tempi rapidissimi. »

« C'è un'altra guardia » osservò Fender, anche lui incollato al binocolo. « Finora ne ho contate tre. Girano in continuazione. »

« E le misure di sicurezza aumenteranno in occasione del meeting » disse Brown. « Ma noi siamo più forti. »

« Su questo non ci sono dubbi » replicò Fender. « Salvo imprevisti, li colpiremo senza che neppure se ne accorgano. »

Non aveva ancora finito di dirlo che gli trillò il cellulare. Un attimo dopo trillò anche quello di Hobbes.

Fender abbassò il binocolo per guardare chi era. Hobbes staccò una mano dalla canna da pesca per leggere il messaggio.

Brown prese il binocolo di Fender e lo puntò verso il compound. Ne aveva studiato la planimetria grazie alle riprese fatte dal drone, ma è sempre bene controllare la zona con i propri occhi, soprattutto prima di un attacco anfibio.

Abbassò il binocolo e vide che Fender e Hobbes avevano ancora in mano il cellulare.

« Non distraiamoci » disse. « Guardiamo dove stiamo andando. »

Hobbes alzò la testa. « Scusa. Ho appena ricevuto un'offerta di lavoro molto ben pagata. »

« Anch'io » disse Fender. « Vogliono una squadra di sei persone. »

Brown si irritò. « Siete impegnati in questa operazione. Non credete in quello che facciamo? »

« Sì, ci credo » rispose Hobbes. « Ma per poter salvare il mondo bisogna mangiare e ciò significa che bisogna lavorare. »

A Brown venne un tic e strizzò l'occhio sinistro. « A casa mia la diserzione in tempo di guerra viene punita con la morte, Hobbes. »

« Mica voglio disertare! » ribatté Fender. « Se accettiamo l'offerta, saremo impegnati per un mesetto a dir tanto. Poi torniamo. È come se chiedessimo un periodo di aspettativa non pagata. »

Brown era indispettito, ma rispose: « Arriviamo in fondo a questa fase, prima. Almeno questo ce lo dovete ».

Dopo un momento di esitazione, Hobbes rispose: « A me sta bene ».

« Anche a me » disse Fender.

Brown si voltò verso Cass, che annuì.

« Andiamo a casa, adesso » disse Brown. « Abbiamo trentadue ore per... »

« Porca merda! » esclamò Hobbes, tenendo saldamente la canna, che si era piegata. « Ho preso qualcosa di grosso! Un mostro! »

72

Dopo aver passato due giornate estenuanti a cercare invano di rintracciare Lester Hobbes e Charles Fender, imboccai Fifth Street voglioso di casa e di famiglia. Avevo bisogno di staccare perché lo stress e la fatica mi stavano consumando.

Secondo Condon, i prossimi obiettivi sarebbero stati i politici. I giustizieri avevano dichiarato guerra ai politici corrotti. Insomma, dovevamo cercare di impedire un attentato.

Ma ai danni di chi? Avrebbero preso di mira una persona soltanto o più di una? A quale livello?

Federale? Mahoney aveva allertato la polizia del Campidoglio ma, in assenza di dati più specifici, non si poteva fare molto, a parte aumentare la sorveglianza in generale.

Statale? Municipale?

La verità era che tutti i politici nel raggio di trecento chilometri dalla capitale erano a rischio. Restringere la rosa dei potenziali bersagli ai politici corrotti era un pio desiderio. Non a caso si diceva che a Washington ogni cespuglio di azalee nascondesse un politico corrotto.

Ricevetti un messaggio da Judith Noble mentre salivo i gradini di casa, da dove arrivava musica sinfonica ad altissimo volume.

«Abbassa la TV!» gridò Nana.

Rimisi in tasca lo smartphone ed entrai tappandomi le orecchie. Ali era sul divano a guardare immagini dello spazio siderale. Stringeva in mano il telecomando, rifiutandosi di darlo a mia nonna.

«Da' qua» gli ordinai, allungando la mano.

Ali fece una smorfia ma ubbidì. Azzerai l'audio.

Finalmente in casa tornò il silenzio. Nana tremava tutta, da quanto era furibonda. «Ali non mi ubbidisce! E risponde!»

«Sono stufo di sentire piangere Jannie» disse Ali. «Ci vuole tanto a capirlo?»

«Jannie piange?» chiesi.

«Sarà meglio che le vai a parlare» disse Nana. «È convinta che sia la fine del mondo.»

Puntai il dito contro Ali e dissi: «Io e te dobbiamo fare un discorsetto, poi. Alle persone anziane si deve portare rispetto. Adesso fila in cucina e dai una mano alla tua bisnonna. Fa' tutto quello che ti dice e non fiatare, capito?»

Ad Ali veniva da piangere, ma annuì e si alzò. «Scusa, Nana» borbottò passandole accanto. «È che non ne posso più di sentirla piangere.»

«Questo non ti autorizza a mancarmi di rispetto» ribatté Nana.

Salii a bussare alla porta della camera di Jannie.

«Va' via» disse.

«Sono papà.»

La porta si aprì. Jannie tornò a sedersi sul letto aiutandosi con le stampelle e scoppiò in lacrime.

«Ehi, ehi, cosa c'è?» le chiesi, mettendole un braccio intorno alle spalle.

«Guarda com'è ridotto il mio piede!» disse Jannie fra i singhiozzi. «Avrò fatto mezz'ora di cyclette, senza minimamente forzare, e vedi quanto si è gonfiato?»

Mi chinai e vidi che effettivamente il piede era gonfio.

«Non va bene» dissi.

«Che cosa devo fare?» chiese Jannie. «La fisioterapista ha

paura che ci sia qualcos'altro che non va. Dice che con quello che abbiamo fatto, non si doveva gonfiare così.»

«Va bene, capisco il tuo sconforto» dissi dopo un momento. «Sarei preoccupato anch'io, al tuo posto.»

«E se è una cosa grave?» E scoppiò di nuovo in lacrime. «Talmente grave che non posso più correre?»

«Adesso non esagerare» le dissi. «Non bisogna drammatizzare. Mai. Si va avanti un passetto alla volta. Posso parlare con la tua fisioterapista?»

Jannie annuì e si lasciò abbracciare stretta. «Adesso ti do il numero.»

Le accarezzai la spalla e dissi: «Non pensare al peggio e non ti deprimere, okay? Cercheremo l'ortopedico migliore degli Stati Uniti. Ci faremo dire chi è dai tuoi allenatori e chiederemo il suo parere. Okay?»

Jannie annuì e tirò su con il naso. «Non voglio che il mio sogno finisca prima ancora di cominciare.»

«Neanch'io» replicai. E la abbracciai di nuovo.

73

Entrai in cucina, dove Ali spazzava il pavimento sotto lo sguardo vigile di Nana.

Si voltò verso di me e vidi che aveva gli occhioni lucidi. « Davvero Jannie non potrà più correre? »

« Ma no! Che cosa dici! »

« Gliel'ho ripetuto mille volte, che non è vero » disse Nana. « Ma lui non mi ascolta. »

« Me l'ha detto Jannie! » si difese Ali.

« È preoccupata » risposi. « Diamoci una calmata, tutti quanti. Il piede è soltanto un po' gonfio, non in cancrena. »

Ali arricciò il naso, ma subito dopo sorrise.

« Finisci di scopare il pavimento » gli disse Nana. Mi guardò. « Costolette di maiale fritte nello strutto, cipolle, composta di mele e salsa *sriracha.* »

« Che meraviglia! » esclamai. « Il profumo è delizioso. »

Mia nonna sorrise e spiegò: « Perché ho caramellato le cipolle. Fra dieci minuti è pronto ».

« Benissimo » risposi, prendendo una birra dal frigo. Andai in sala, mi sedetti e tirai fuori il cellulare per leggere il messaggio di Judith Noble.

Ma prima che avessi il tempo di aprirlo, partì la suoneria.

« Sono Dolores. Hanno risposto sia Fender sia Hobbes. »

Posai la birra. « Mi dica tutto. »

« Sono interessati. Sono entrambi impegnati all'estero fino a lunedì, ma dopo sono disponibili. »

« Che cosa significa? »

«Che in questi giorni hanno da fare.»

«Quindi l'attentato potrebbe essere in questi giorni?»

«È un'eventualità da non sottovalutare» rispose Dolores. «Come sta Nick?»

«Non lo so. Mahoney lo tiene nascosto in Virginia, non so dove.»

«Che cosa rispondo a Hobbes e Fender?»

Ci riflettei un momento. «Che attendiamo un cortese riscontro da parte loro non appena saranno liberi» risposi poi.

«Va bene» disse Dolores. E chiuse la comunicazione.

Sentii che era arrivata Bree. Erano le sette passate. Aveva la faccia più stanca della mia.

«Non mi chiedere niente» disse.

«Okay» risposi. «Birretta?»

«Vino» replicò. «Rosso. Pinot noir. Che profumino!»

«Nana è in gran forma» risposi, andando a prendere una bottiglia del suo vino preferito.

Gliene versai un bicchiere mentre Nana metteva in tavola le costolette con la sua salsa misteriosa. Jannie ci raggiunse zoppicando, con le stampelle, e recitammo la preghiera prima del pasto.

Le costolette di Nana erano una vera prelibatezza. I sapori si mescolavano in bocca e la salsa era piccante il giusto. Bree e io sparecchiammo, poi misi a letto Ali e gli feci la predica sul rispetto che bisognava portare alle persone anziane.

«Risponderesti a Neil deGrasse Tyson come rispondi alla tua bisnonna?»

«No» rispose. «Ma Nana non è...»

«Ti fermo subito» lo interruppi, alzando un dito ammonitore. «Non è un'argomentazione valida. In questa casa, in questo universo, Nana vale quanto Neil deGrasse Tyson, se non di più.»

Ali lì per lì non era convinto, ma poi annuì. « Okay. Scusa. »

« Ti perdono » risposi, schioccandogli un bacio sulla testa.

Andai in camera e trovai Bree già sotto le coperte. Leggeva un libro. Qualche minuto dopo mi sdraiai accanto a lei. Ero molto più sereno di quando ero tornato a casa. Mi sentivo bene e speravo in una bella nottata di sonno.

74

Vestito di nero dagli stivali Wolverine al giubbotto di pelle e al casco Bell, John Brown percorreva in moto con Cass una strada di campagna in una notte senza luna.

«Continuo a pensare che avremmo fatto meglio a venire in macchina» brontolò Cass all'auricolare di Brown.

«Non c'è macchina al mondo che riesca a stare dietro a questa moto» rispose Brown. «Potremmo averne bisogno per salvare la ghirba.»

Il faro della moto illuminava le auto posteggiate lungo la strada e le luci del compound, protetto da alti muraglioni.

«Hobbes?» chiamò Brown.

«Ci sono» rispose l'uomo.

«Portatevi a cinquecento metri dalla riva. Anche Fender.»

«Ricevuto.»

«Noi siamo quasi sul posto» disse Brown, e scalò per passare a velocità ridotta davanti alle due guardie sui lati del cancello aperto.

Brown fece inversione rombando e si infilò in un posteggio fra una Mercedes-Benz e una Cadillac Escalade, in maniera da avere la ruota anteriore rivolta verso il compound.

«Coraggio» disse, spegnendo il motore.

«Il coraggio non mi manca» rispose Cass, smontando dalla sella.

Brown scese dalla moto e si tolse il casco con un occhio alle guardie, stando attento alla barba posticcia che indossava. Appese il casco al manubrio e lanciò un'occhiata a Cass, che indossava una giacca di pelle rossa con le frange, una parrucca biondo platino e un berretto degli Atlanta Braves e aveva una ventiquattrore di pelle nera fissata al polso con un paio di manette.

«Trecento metri» sussurrò Brown nel microfono nascosto sotto la barba finta.

«Trecento» confermò Fender.

Brown si avviò a testa alta verso le guardie al cancello, con aria spavalda. Cass gli camminava a fianco, tenendosi un passo indietro.

«Bella moto» disse la guardia sulla sinistra del cancello, in russo.

«La migliore» rispose Brown, con perfetto accento di San Pietroburgo.

«Quanto fa?» chiese l'altra guardia.

«Arriva ai trecentocinque» rispose Brown, sorridendo e guardandolo negli occhi. «Un'accelerazione da togliere il fiato. Sono in ritardo?»

«Stavamo per chiudere, ma no» rispose la guardia di sinistra. «L'invito, per cortesia.»

Brown sorrise, inclinò la testa e chiese, in inglese: «Dov'è invito, Leanne?»

«L'ho messo qui per sicurezza, tesoro» rispose Cass con accento del Sud. Andò a piazzarsi di fronte a Brown, dando la schiena alle guardie, e gli avvicinò la ventiquattrore. «Mi devi slegare, capo.»

Fingendo irritazione, Brown si infilò una mano in tasca e tirò fuori la chiave. Guardò le guardie e disse, in russo: «Non è una cima, ma a letto fa scintille».

Le guardie risero. Cass guardò Brown come se non avesse capito niente. Brown aprì le manette e trafficò con le serrature a combinazione della ventiquattrore.

Aprì la borsa, prese le due Glock con silenziatore che vi

erano contenute e con mossa fulminea sparò in testa alle due guardie, che si accasciarono a terra.

Cass mollò la ventiquattrore e Brown le lanciò una delle due pistole. Cass la prese al volo e si misero subito all'opera, afferrando le due guardie per il colletto e trascinandole oltre il cancello, in un punto dove non erano visibili. Quindi accostarono i battenti e chiusero a chiave il cancello. Si impossessarono delle ricetrasmittenti dei due morti, si coprirono il volto con il passamontagna e avanzarono nell'ombra.

« Siamo dentro » disse Brown al microfono. Corsero lungo il viale verso un gruppo di edifici affacciati sulla baia.

Brown sentì la musica – un brano jazz – e il tintinnare dei bicchieri da cocktail insieme con le risate dei ladri e dei trafficanti di esseri umani. Quando arrivarono in vista dell'imponente villa in stile coloniale che dominava il compound, Brown disse: « Siamo pronti ».

Immaginava gli Zodiac che sfrecciavano verso la riva. Dato il rumore della festa, nessuno li avrebbe sentiti avvicinare. Animato dalla convinzione di avere Dio e la storia dalla propria parte, attraversò di corsa il prato buio verso il portone della villa.

« Forza Ottimizzatori » disse. « Facciamogliela vedere. »

75

Vedevo i cadaveri dall'alto. I morti erano sette, cinque uomini e due donne, distesi scompostamente su una terrazza illuminata sul retro di una villa in stile coloniale affacciata su Mobjack Bay. Erano le tre del mattino.

« L'autrice della segnalazione anonima non mentiva, Ned» disse Sampson, seduto accanto a me sull'elicottero dell'FBI.

« Un altro bagno di sangue» osservò Mahoney, seduto davanti. L'elicottero si stava preparando all'atterraggio.

« Siamo sicuri che non ci siano più? » chiese Sampson.

« La donna che ha telefonato diceva che erano già andati via da un'ora e ha chiamato un'ora fa» rispose Mahoney. « Quindi hanno due ore di vantaggio. »

« Ha chiamato dalla villa? » chiesi. L'elicottero aveva appena toccato terra.

« La telefonata al 911 è durata troppo poco. Non lo sappiamo. »

Scendemmo, ci chinammo per passare sotto le pale e ci fermammo un po' più in là per indossare guanti e soprascarpe in maniera da non contaminare la scena. Eravamo i primi a intervenire e la Scientifica doveva ancora arrivare.

« Come si chiama il proprietario? È russo, vero? » chiese Sampson.

« Antonin Guryev» rispose Mahoney. « Ha fatto i soldi con una compagnia marittima e all'apparenza è pulito. Su di lui sta indagando il Critical Incident Response Group di Quantico e finora non è emerso nulla di illegale.»

Salire sulla terrazza e vedere i cadaveri fu un'esperienza strana. A giudicare dalla posizione, sembrava che fossero stati presi totalmente alla sprovvista.

Su un lato della terrazza c'era un bar molto ben rifornito. Il barman, un uomo corpulento, era riverso dietro al bancone. Un altro cadavere era vicino al pianoforte. Gli altri morti erano divisi in due gruppetti, come se fossero stati intenti a chiacchierare, quando gli assassini avevano sparato.

Le luci dentro la villa erano accese. Varcammo la portafinestra e ci ritrovammo in una casa arredata con un'opulenza che stonava con lo stile sobrio della facciata: marmi, finiture cromate, oro e specchi dappertutto.

«Sembra una discoteca moscovita» commentò Mahoney.

Sulla nostra sinistra c'era un lungo buffet accanto al quale erano morte quattro persone, sulla destra c'erano un salone e una cucina.

Lì trovammo altri nove morti. Quattro dovevano aver opposto resistenza, perché avevano vicino pistole e bossoli.

«Questo credo di conoscerlo» disse Sampson, accucciandosi accanto a un uomo in giacca e cravatta, con i capelli grigi acconciati alla perfezione. Dimostrava una cinquantina d'anni e anche a me sembrava un viso noto. Aveva un'orribile ferita alla gola.

«Anch'io credo di averlo già visto, ma non saprei dove» dissi.

Sampson gli infilò la mano nel taschino e recuperò il portafoglio.

Lo aprì e fischiò. «Ecco a voi il primo dei politici corrotti, l'onorevole Rory McMann.»

«Merda» imprecò Mahoney. «Erano anni che le procure indagavano su di lui.»

McMann, membro del Congresso, originario di Virginia Beach, era stato oggetto di diverse inchieste aperte dalla magistratura, che però non era mai riuscita ad arrivare a una condanna. Si diceva fosse un puttaniere e un bevitore, vizi che avevano rischiato di rovinargli la carriera politica in più di un'occasione. Ma McMann era sempre riuscito a cavarsela. Finché non erano arrivati i vigilantes.

«Per condurre il sopralluogo e identificare tutti questi cadaveri ci vorranno giorni di lavoro» dissi, sconvolto da quella carneficina.

«Posso dire io chi sono» disse una voce potente di donna, con l'accento russo. Ci voltammo tutti, stupiti.

Ma nella sala non c'era nessuno.

76

«Parlerò, ma voglio protezione per testimoni» disse la donna. Capimmo che la sua voce arrivava dagli altoparlanti Bluetooth agli angoli del soffitto.

«Chi è lei?» domandò Mahoney. «E dove si trova?»

«Mi chiamo Elena Guryev» rispose la donna. «E sono in stanza antipanico.»

«Come la possiamo raggiungere?» chiese Sampson.

«Io dico se ho protezione per testimoni.»

Guardai Mahoney. «Dato il numero di morti, non dovrebbe essere difficile accordargliela.»

«In questo momento non le posso dare niente di scritto, signora Guryev» rispose Mahoney. «Ma ha la mia parola.»

Silenzio. Dopo qualche secondo: «Anche per mio figlio».

Mahoney sospirò. «Sia per lei sia per suo figlio. Dov'è?»

«Qui con me. Dorme.»

«E suo marito dov'è?»

Il silenzio stavolta si protrasse più a lungo. «Mio marito morto.»

«Vediamo di portare via da qui sia lei sia suo figlio» disse Mahoney.

«Scendete in seminterrato e cercate cantina, che ha porta come di fienile. Aprite e trovate telecamera. Mostrate distintivi e documenti.»

La casa era enorme e sbagliammo strada due o tre volte, prima di trovare la scala che scendeva nel seminterrato. La porta della cantina era di legno grezzo. La aprimmo e ci ritrovammo in un vano con il pavimento di mattoni e migliaia di bottiglie di vino lungo le pareti.

Avvicinammo le nostre credenziali a una piccola telecamera sul soffitto. Un momento dopo sentimmo un rumore metallico e vedemmo che un pannello nella parete in fondo si apriva mediante un meccanismo idraulico. Apparve una stanza grande come due celle di prigione. Elena Guryev era in piedi e ci guardava.

Era alta e slanciata, fra i trentacinque e i quarant'anni, bionda e con un fisico e un viso da modella. Indossava un tubino nero, calze nere velate, scarpe con il tacco e brillanti grossi come nocciole alle orecchie, ai polsi e al collo.

Aveva gli occhi castani gonfi e rossi, ma non sembrava sconvolta. Anzi, sembrava piena di ferrea determinazione. Dietro di lei c'era un letto a castello. Sul materasso più in basso c'era un bambino di circa dieci anni con la testa fasciata, che dormiva sotto una coperta.

Di fronte al letto sei monitor mostravano sei punti diversi della casa.

«Signora Guryev» cominciò Mahoney sottovoce.

«Dimitri non può sentire» disse Elena Guryev. «È sordo profondo e ha preso antidolorifici. Ha subito intervento per impianto cocleare due giorni fa a Johns Hopkins.»

«Vuole che lo facciamo visitare da un medico?» chiesi.

«Io medico» rispose la donna. «Sta bene. Meglio se continua a dormire.»

«E lei sta bene, signora Guryev?» domandai.

«No» rispose, portandosi una mano alla bocca e abbassando gli occhi. «Non so come dirgli di suo padre.»

Un momento dopo rialzò la testa, di nuovo lucida e determinata. «Cosa volete sapere?»

Sampson indicò i monitor. «Lei ha visto che cosa è successo?»

«Non tutto» rispose Elena Guryev.

«Viene registrato tutto?» domandò Mahoney.

«Sì» rispose lei. «Ma loro sapevano dove era disco esterno e hanno portato via.»

«Non hanno lasciato tracce nemmeno stavolta» recriminò Sampson.

«Si illudono» disse la signora Guryev chinandosi verso il letto. «Io farò loro pagare.»

Prese in mano l'iPhone come se fosse una pistola. «Io ho ripreso. Due senza cappuccio.»

77

Nell'ufficio di Bree, qualche ora dopo, guardammo le immagini dell'operazione condotta dal commando paramilitare che aveva massacrato gli invitati di Antonin Guryev, il quale aveva supplicato i suoi assassini di risparmiargli la vita offrendo loro milioni, prima di venire freddato nella propria camera da letto.

Le immagini riprese dall'iPhone a quel punto diventavano confuse e si sentiva Elena Guryev gemere e mormorare qualcosa in russo. Si vedevano le sue scarpe e si sentivano i suoi singhiozzi, ma dopo qualche minuto la videocamera era stata puntata di nuovo verso il monitor della camera da letto.

« Ci siamo » annunciai.

L'uomo che aveva sparato a Guryev si era inginocchiato vicino al letto per prendere l'hard drive con i filmati di tutto l'impianto di sicurezza, nascosto là sotto. Lo sollevava e se lo metteva sottobraccio, poi si toglieva il passamontagna e si asciugava la fronte prima di allontanarsi.

Tornai indietro e fermai l'immagine sul suo volto scoperto. Avevo riconosciuto i lineamenti afroasiatici.

« Vi presento Lester Hobbes » disse Sampson.

Bree si sporse in avanti sulla sedia ed esclamò: « Scherzate? »

« Aspetta » le dissi. « Adesso arriva il secondo. »

Le immagini passarono tremolanti a un altro dei monitor nella stanza antipanico e misero a fuoco i sei individui mascherati che ripulivano la sala, raccoglievano bossoli e cartucce e passavano persino l'aspirapolvere tutto intorno ai cadaveri. Arrivati alla portafinestra che conduceva alla terrazza, uno di loro aprì l'aspirapolvere, tolse il sacchetto e si voltò per allontanarsi, togliendosi il passamontagna.

Era una donna, bionda. Occorsero un paio di tentativi per fermare l'immagine sul suo profilo.

«Chi è?» domandò Bree.

«Non lo sappiamo ancora» rispose Sampson.

«Chi sono le vittime, a parte il deputato della Virginia?» chiese Bree.

«Esponenti della mafia russa e del cartello di Sinaloa, due banchieri di New York con relative consorti e l'ultima persona che ci aspettavamo di trovare.»

«Chi?»

«Adesso te lo mostriamo» risposi.

Le spiegammo che, secondo Elena Guryev, la festa era in realtà una copertura per una riunione convocata d'urgenza da un'associazione di criminali che trafficavano in droga, esseri umani e chissà cos'altro.

«Motivo della riunione?» chiese Bree.

«Manco a farlo apposta, i vigilantes» rispose Sampson. «Dai laboratori clandestini al convoglio di autocarri, tutto quello che hanno colpito finora era di proprietà del consorzio criminale.»

«Ma stavolta i vigilantes hanno fatto fuori i capi» disse Bree.

«Un po' come tagliare le teste dell'idra a una a una» dissi.

«Qual era il ruolo di Guryev?»

Le riferimmo quello che ci aveva detto sua moglie. Qualche anno prima, Antonin Guryev si era esposto un po' troppo dal punto di vista finanziario ed era finito in grossi guai. Il consorzio gli aveva fatto una proposta e da allora la sua compagnia di trasporti marittimi aveva cominciato a produrre utili stratosferici. In nero.

Elena Guryev sosteneva di aver scoperto che il marito era coinvolto in quei loschi traffici quando ormai era troppo tardi. Nell'apprendere la misura delle attività criminose del marito, aveva chiesto il divorzio.

«Dice che lui ha minacciato di ammazzare sia lei sia il figlio, se avesse provato a lasciarlo o a denunciarlo» spiegai. «Questo tre mesi fa.»

Bree rifletté un momento. «Perché era nella stanza antipanico?»

«Il figlio, Dimitri, era stato operato due giorni prima e aveva bisogno di dormire tranquillo» risposi. «Ha salutato gli ospiti all'inizio della serata e poi è scesa a tenergli compagnia. Era lì al momento dell'incursione.»

«Ha riconosciuto Hobbes e la donna?»

«Sostiene di non averli mai visti prima.»

«Dov'è, adesso?»

Mi strinsi nelle spalle. «Mahoney l'ha trasferita con il bambino in una casa sicura. Suppongo la interrogherà per giorni, se non per settimane, prima di concederle lo status di testimone. Ma torniamo a questo signore.»

Mostrai a Bree la foto di uno dei morti sul mio smartphone. Vicino ai quaranta, bell'uomo, capelli folti e scuri e un foro di proiettile nel petto.

«Chi è?»

Rispose Sampson: «Elena Guryev dice che si chiama Karl Stavros ed è il proprietario, fra l'altro, del Phoenix Club».

«Il posto in cui lavorava Edita Kravic?» chiese Bree.

«Esattamente» risposi. «È verosimile che Edita avesse segnalato a Tommy McGrath qualche illecito e lui stesse indagando.»

«Certo» disse Bree. «È molto probabile.»

« L'assassino di Tommy è legato a quel club » dichiarò Sampson.

« Ci serve un mandato di perquisizione » disse Bree.

« L'FBI ha già fatto domanda » dissi. « Ned ha promesso di farci partecipare. Ma bisognerà aspettare qualche giorno. »

Sbadigliai. Anche Sampson cascava dal sonno.

« Avete l'aria stravolta » disse Bree. « Andate a casa a riposarvi un po'. »

Sampson ubbidì senza protestare e se ne andò.

Io alzai le braccia e dissi: « No, a me basta prendere un caffè ».

« Il mio era un ordine, ispettore Cross. Fila a casa, schiaccia un pisolino e oggi pomeriggio accompagna Nana e Ali al colloquio per l'ammissione alla Washington Latin. »

« È oggi pomeriggio? »

« Alle diciassette. »

« Agli ordini, comandante Stone. Ci vediamo per cena? »

« Spero di riuscire a tornare in tempo » rispose. « Ti amo. »

« Anch'io » risposi, e presi la porta pregustandomi due ore di sonno.

78

Bree guardò Alex che usciva dal suo ufficio con un senso di insoddisfazione: le sarebbe piaciuto partecipare più attivamente alle indagini sull'omicidio di Tommy McGrath.

Se era vero ciò che le avevano riferito Alex e Sampson a proposito del Phoenix Club, a quel punto la faccenda era nelle mani dell'FBI. Da lì in poi sarebbe stato il Bureau a gestire le indagini, sebbene Mahoney avesse promesso di coinvolgere la Metro Police nella perquisizione.

Scacciò quel pensiero e si impose di sbrigare le pratiche che ormai erano il suo pane quotidiano. Dopo dieci minuti di comunicazioni amministrative, però, si rese conto di averne fin sopra i capelli.

Doveva occupare la mente in qualcosa di utile, passare all'azione. In fondo era per questo che si entrava in polizia, no? Per fare qualcosa di utile.

Mise da parte le pratiche e cercò i dossier sulla morte di Tommy McGrath, Edita Kravic e Terry Howard. Cominciò a sfogliarli cercando di sgomberare il campo dai preconcetti e di assumere un punto di vista diverso, come se li leggesse per la prima volta.

Mentre rivedeva verbali e referti di laboratorio, si rese conto che fino a quel momento avevano dato tutti per scontato che McGrath fosse stato ucciso per vendetta, da Howard o da qualcun altro che ce l'aveva con lui, e magari anche con Edita.

Si sforzò di togliersi dalla testa quel filtro e di prendere in esame altri possibili moventi. A chi poteva fare comodo togliere di mezzo Tommy McGrath e Edita Kravic?

A qualcuno del Phoenix Club, probabilmente. Karl Stavros, il titolare? Forse temeva che Tommy fosse prossimo ad arrestarlo e aveva deciso di ucciderlo per proteggere sé e i suoi soci.

Cominciò a leggere l'elenco dei reperti raccolti nelle loro abitazioni e i dati prelevati dai loro computer e debitamente decodificati. Li studiò per quasi un'ora e mezzo, cercando di valutare, di ciascuno, se per l'assassino fosse un pro o un contro. Cercò riferimenti al Phoenix Club nel disco fisso di McGrath e in quello di Edita Kravic senza trovare niente.

Si concentrò quindi sulla situazione finanziaria di McGrath. Aveva 325.000 dollari sul conto pensione, 12.000 sul conto corrente e neanche un debito. Non risultava proprietario di immobili, aveva pagato l'automobile in contanti e saldava regolarmente i conti della carta di credito.

Il testamento, redatto quattro anni prima, era breve e conciso. Bree si stupì nel vedere che nominava unico beneficiario Terry Howard. Qualora Howard fosse già deceduto alla sua morte, avrebbe ereditato tutto la moglie Vivian.

Bree ci penso su. Tommy McGrath era ancora legato al suo vecchio compagno di squadra, al punto da lasciargli tutto. Che Howard ne fosse conoscenza e lo avesse ammazzato per quello? O era stata Vivian a...

Liquidò subito quell'eventualità. La ex moglie di McGrath era multimilionaria e non avrebbe certo ucciso Tommy per poche centinaia di migliaia di dollari.

Voltò l'ultima pagina del testamento e le cadde l'occhio su un rimando a un documento che la fece riflettere. Lo trovò fra i documenti finanziari, lo sfogliò e si soffermò su un punto. *Sì, questo potrebbe essere un motivo per uccidere, o per morire.*

Prese il documento e uscì per raggiungere Muller alla sua scrivania. Per una volta, non era trasandato e spettinato, ma in giacca e cravatta. Aveva persino le scarpe lucide.

« Kurt » disse, mostrandogli il documento. « Abbiamo mai controllato questo? »

Muller lo prese, lo lesse velocemente e annuì. « Fino a due giorni fa nessuno aveva ancora avanzato richieste. Controllo regolarmente. »

Bree si scoraggiò. Era sicura di aver trovato un indizio chiave e per un attimo si era illusa di aver fatto davvero qualcosa di utile.

Ma Muller aveva già la situazione sotto controllo.

Evidentemente le si leggeva in faccia la delusione, perché Kurt Muller disse: « Lo troveremo, capo. Alla fine li troviamo sempre. Adesso, però, scusami ma devo andare: ho un appuntamento galante ».

Bree sorrise. « Finalmente! Quanti anni sono che non vai a cena con una donna? »

« Ho perso il conto » rispose Muller, sistemandosi la cravatta.

« Chi è la fortunata? La conosco? »

« La dottoressa Noble » rispose Muller, e strizzò l'occhio.

Bree scoppiò a ridere e batté le mani. Era contentissima. « L'ho capito subito, al laboratorio balistico, che era scoccata la scintilla fra voi due! »

« E che scintilla! » disse Muller con un sorriso, passandole accanto per uscire.

79

Nana fece un gran sorriso ad Ali.

«Hai voglia di qualcosa di dolce, mentre aspettiamo di cenare?» gli chiese. «Una fetta di torta di mirtilli con il gelato, magari?»

Insospettito dall'inconsueta proposta della sua bisnonna, Ali mi lanciò un'occhiata. Io sorrisi e allargai le braccia. «Se te lo chiede...»

«Volentieri, Nana» rispose Ali. «E anche meno cavolini di Bruxelles a cena?»

«Non ti allargare» replicò lei, andando a prendere la torta. «La verdura fa bene.»

«Ma i cavolini di Bruxelles sono amari» protestò Ali.

Nana gli lanciò un'occhiataccia.

«Secondo me, perlomeno.»

Nana sospirò e tagliò una fetta di torta, la mise su un piatto con una pallina di gelato alla vaniglia e la posò sotto il naso di Ali.

«Un bambino che riesce a incantare il comitato di ammissione di una scuola come la Washington Latin merita questo e altro» dichiarò. E gli porse il cucchiaio.

Era vero. Avevamo incontrato la preside e gli insegnanti di matematica, scienze e inglese. La preside aveva fatto le presentazioni e poi aveva chiesto ad Ali come passava il tempo libero. Ali aveva raccontato la sua epopea per contattare Neil deGrasse Tyson.

«Ho capito che lo avrebbero ammesso nel giro di due minuti» disse Nana. «Sono rimasti favorevolmente impressionati dal fatto che avesse già scritto tutte quelle bozze della lettera.»

«A un certo punto, però, Ali si dovrà decidere e mandarne una» dissi.

«Ci sono quasi» rispose lui, con la bocca piena.

«Mi fai un favore, Alex?» mi chiese mia nonna. «Prendi venti dollari dal mio portafoglio e vai da Chung a giocare i miei numeri. Ti dispiace?»

«L'estrazione è dopodomani» risposi.

«I jackpot sono sempre più alti» rispose lei. «Voglio entrare nell'agone prima che arrivi la ressa.»

«Nell'agone?» Sorrisi.

«Voglio assicurarmi di riuscire a giocare, insomma. Allora, tesoro, mi fai questo favore o devo provvedere da sola?»

«Come posso rifiutarmi?» Andai a prendere la sua borsa.

Mi fece piacere uscire. Il sonnellino mi aveva rinfrancato e l'aria era rinfrescata, nonostante fossero solo i primi di settembre. Era bello fare due passi e cercare di non pensare a niente.

Nel nostro lavoro si viene a contatto con gli aspetti peggiori dell'umanità e sgomberare la mente almeno una volta al giorno è indispensabile, altrimenti si rimane intossicati da domande, teorie, argomentazioni, brutti ricordi e recriminazioni.

Quando arrivai al negozio di alimentari, mi sentivo bene. Entrai e constatai che la temperatura era, come al solito, bassissima.

«Alex Cross! Siete spariti?» esclamò la donna dietro il banco. «Vi ho aspettato tutto il giorno, ieri. Lei e Nana.»

Chung Sun Chung, quasi quarantenne, di origine coreana, era seduta dietro il vetro antiproiettile infagottata in un cappotto e con i mezzi guanti. Mi sorrise, aspirando dalla sigaretta elettronica.

Mi avvicinai. « Eravamo occupati. »

« Damon si trova bene al college? »

« Benissimo, grazie. »

« Ho visto Jannie su YouTube. »

« Roba da matti! »

« Diventerà famosa, glielo dico io. Nana vuole il Win for Life? Alla sua età, non le conviene! »

« Bella battuta » dissi.

« Lunga vita a Nana. » Chung Sun Chung sorrise e aspirò una boccata di vapore.

« Vuole Powerball e Mega Millions » dissi, porgendole i soldi.

Mia nonna aspirava alle grosse vincite. Se devi sognare, sogna in grande, diceva sempre.

« I soliti numeri? » chiese Sun.

« Sì, certo. Anzi, sa cosa le dico? Cambiamo: cinque dollari su ognuno dei suoi numeri e il resto sull'ultimo numero più uno. »

Sun mi lanciò un'occhiata interrogativa. « Nana non sarà contenta. »

« Non guarderà neanche » risposi.

« Lei rischia la vita, Alex Cross. »

Ridemmo. Uscii dal negozio con il sorriso sulle labbra.

Mentre tornavo a casa per mettermi a tavola con la mia famiglia, decisi che il mondo era pieno di brave persone come Chung Sun Chung. Dopo due settimane come quelle che avevo passato, era giusto che me lo ricordassi.

Ma non riuscivo a togliermi dalla testa il pensiero della violenza degli « Ottimizzatori » e il numero di persone che avevano massacrato. Salendo i gradini di casa e sentendo il profumo della torta di Nana, pensai che le stragi non erano finite. Hobbes, Fender e il loro gruppo di fanatici erano soltanto all'inizio.

80

John Brown, seduto in poltrona, si sporse in avanti verso il maxi schermo del televisore. La giornalista di NBC News era davanti al compound di Antonin Guryev.

«Si tratta della quarta strage in meno di un mese» diceva. «Fino a questo momento gli assassini avevano lasciato poche tracce, ma secondo l'agente speciale del Federal Bureau of Investigation Ned Mahoney, che coordina le indagini, nel corso dell'ultima operazione hanno commesso qualche errore.»

Brown sentì borbottare alle sue spalle. I suoi seguaci si guardarono l'uno con l'altro.

«Quali errori?» disse Hobbes posando la birra. «Non ci credo!»

«Perché non stai zitto e ascolti?» replicò Cass, che passeggiava avanti e indietro per la stanza guardando lo schermo. In quel momento era inquadrato Mahoney, che parlava davanti a una selva di microfoni.

«Confermiamo che i morti sono diciassette» disse in tono grave. «E confermiamo altresì che abbiamo un testimone, che ha assistito alla strage attraverso l'impianto di videosorveglianza ed è sopravvissuto perché si trovava in una stanza antipanico nascosta nei sotterranei della casa. Il teste ha visto in faccia due degli esecutori della strage, che si sono levati il passamontagna.»

«Stanza antipanico?» esclamò Fender. «E chi è stato così cretino da levarsi il passamontagna?»

«Io» rispose Hobbes. «Faceva caldissimo e mi stavo portando via l'hard drive.»

«Chi altro ha violato il protocollo?» tuonò Brown.

Cass, turbata, rispose: «Io. Avevo caldo e... non pensavo che fosse rischioso. Comunque avevo una parrucca e gli occhi di un altro colore».

I giornalisti intanto tempestavano Mahoney di domande. Chi era il testimone? Era in grado di identificare gli autori del massacro?

«Non riteniamo opportuno, per il momento, rivelare l'identità del testimone» rispose Mahoney. «E sì, crediamo che sia in condizione di poter identificare gli assassini. Vi sapremo dire di più domani.»

L'inquadratura tornò sulla giornalista in piedi davanti al compound. «L'FBI confida di avere gli elementi necessari per assicurare alla giustizia i vigilantes.»

Fender fissava Hobbes. Brown fissava Cass, visibilmente sconvolta.

«Fesserie» disse Hobbes prendendo il telecomando per spegnere il televisore. «Cosa potrà mai dargli questo misterioso testimone? Uno schizzo a matita?»

Brown era sul punto di esplodere, ma gli trillò il cellulare usa-e-getta.

Rispose: «Hai visto il notiziario?»

«Certo che l'ho visto, cazzo!» sbottò l'uomo al telefono. «Il testimone è la moglie di Guryev.»

«Questo è un problema» rispose Brown.

«Vedi di risolverlo. La nave ha una falla che va immediatamente tappata.»

Brown era furibondo. «E come diavolo faccio, secondo te?»

«Ti dico dov'è e come arrivare a lei.»

« Vuoi che attacchiamo una casa sicura dell'FBI? » chiese Brown. « Non mi pare che sia... »

« Vuoi passare al livello superiore o vuoi che la finiamo qui? »

Il livello superiore... Brown sentì dissipare ogni incertezza e rispose: « È l'unica soluzione, nel lungo periodo. Se non portiamo avanti la nostra lotta, ciò che abbiamo fatto finora non sarà servito a nulla ».

« Concordo. Quindi fatti coraggio e togli di mezzo Elena Guryev. »

81

Il giorno dopo la strage, alle otto e mezzo del mattino, Ned Mahoney e io eravamo in Monroe Street, a Columbia Heights. La strada era bloccata dai mezzi della polizia e da un'ambulanza con i lampeggianti accesi.

Mostrammo il distintivo a un agente, che ci indicò una casa con la porta aperta. La chiamata al 911 era arrivata venti minuti prima. Io ero per strada e, invece di andare in ufficio, mi ero recato sul posto. Anche Mahoney aveva ricevuto la segnalazione mentre andava a lavorare ed era accorso immediatamente.

Ci infilammo soprascarpe e guanti ed entrammo in casa. Nell'ingresso c'era un morto disteso a faccia in giù. Poco lontano c'era un altro cadavere.

«Simms e Frawley» disse Mahoney rabbioso. «Due agenti preparati, di provata esperienza.»

«Gli hanno sparato alla schiena» osservai.

«Stavano dando il cambio a quelli del turno di notte» spiegò Mahoney. «Gli assassini devono averli aggrediti alle spalle.»

L'ubicazione delle case sicure dell'FBI è top secret, nota solo a pochissime persone. Se gli assassini avevano accesso a informazioni così riservate, significava che Mahoney aveva un traditore fra le sue file. Era una certezza, purtroppo.

Passammo accanto ai due cadaveri per entrare nella saletta sulla sinistra, con un televisore e la moquette macchiata di sangue, e quindi in cucina, dove c'era un altro morto, anche lui agente federale. Due paramedici stavano soccorrendo un quarto uomo, George Potter, agente speciale della DEA, responsabile del District of Columbia.

Aveva il volto coperto di sangue, un brutto taglio in testa e una ferita al petto, che i due gli stavano tamponando. Aveva una flebo al braccio e la mascherina per l'ossigeno.

«Come sta?» chiese Mahoney ai soccorritori.

Potter aprì gli occhi e disse con un filo di voce: «Me la caverò».

«Come sta?» domandò di nuovo Mahoney.

Uno dei soccorritori rispose: «Una pallottola gli ha perforato il polmone destro e ha un taglio profondo alla testa, ma gli è andata bene. Se la caverà».

«Cos'è successo?» chiesi.

«Dobbiamo portarlo in ospedale» disse un paramedico.

«Aspettate» intervenne Potter. «Glielo devo dire.» Mi guardò. «Ned mi ha mandato a parlare con la signora Guryev e sono entrato con quelli che stavano montando di turno.»

Guardai Mahoney, che annuì.

«Quando siamo entrati, era tutto tranquillo» spiegò Potter. «Ero nel corridoio con Simms e Frawley. A un certo punto ci hanno sparato addosso, con il silenziatore. Tre colpi uno via l'altro. Io sono stato colpito per ultimo e sono finito nella saletta. Cadendo, ho battuto la testa sul tavolino. Appena mi sono ripreso, ho chiamato il 911. Che cosa è successo? Siete andati a vedere di sopra?»

«No» rispose Mahoney cupo.

«Basta così» si intromise uno dei paramedici. «Finirete di parlare al George Washington Medical Center.»

«Ci vediamo fra un po'» dissi.

Potter alzò il pollice e chiuse gli occhi, lasciandosi portare via in barella.

Mahoney era preoccupato quanto me al pensiero di che cosa avremmo trovato al piano di sopra: glielo lessi in faccia. Sul ballatoio c'era il cadavere del quarto agente federale e in una delle camere da letto giaceva senza vita Elena Guryev, in slip e maglietta, con un foro di proiettile al centro della fronte.

La porta del bagno era aperta. Dentro non c'era nessuno. L'altra camera al primo piano era chiusa.

Mi feci coraggio e aprii la porta.

Seduto su uno dei due letti gemelli c'era Dimitri Guryev, dieci anni, con la testa fasciata e le bende lievemente macchiate di sangue. Stava guardando un film di Harry Potter con i sottotitoli sull'iPad che teneva in grembo.

Evidentemente scorse la mia ombra, perché alzò la testa. Non appena mi vide, si ritrasse spaventato.

«Non aver paura» gli dissi, pur sapendo che non sentiva.

Gli mostrai i palmi delle mani e poi il distintivo.

Capito che ero un poliziotto, mi chiese con una voce nasale e un po' distorta: «Che cosa vuole? Dove sono la mia mamma e il mio papà?»

Mi sentii male per lui.

Mi voltai e vidi che Mahoney, sulla porta, fissava il bambino con lo sguardo pieno di compassione.

«Fai coprire i cadaveri» gli dissi. «E chiudi la porta della camera di sua madre. Non deve vedere niente.»

82

Qualche ora dopo, Bree alzò gli occhi dal documento che stava scrivendo. Alex entrò nel suo ufficio, chiuse la porta e si lasciò cadere su una sedia.

« Ci sono giorni in cui detesto questo lavoro » disse. « Certe volte è davvero troppo. »

Bree non lo aveva mai visto tanto sconvolto. « Cosa ti è successo? » gli chiese con dolcezza.

« Ho dovuto dire a un bambino di dieci anni, sordo dalla nascita, che i suoi genitori sono stati assassinati tutti e due e lui è rimasto orfano » le rispose, con le lacrime agli occhi. « Non so se sia perché è sordo o cosa, ma i suoi gemiti facevano venire la pelle d'oca. Una scena straziante. Lo abbracciavo e pensavo ad Ali. »

Si prese la testa fra le mani. « Gesù, non so come ho fatto. »

Bree si alzò e gli andò vicino per abbracciarlo. « Sei bravo ad aiutare le persone nei momenti di difficoltà, Alex. Sei la persona giusta, in certe situazioni. »

« Non credo di aver fatto niente per aiutare quel povero bambino » replicò Alex. « Non riuscivo a entrare in contatto con lui. Gli ho scritto su un foglio che suo papà e sua mamma non c'erano più e dopo di quello si è rifiutato di leggere altro. Non ha voluto leggere niente di quello che gli scrivevamo. Soffre in silenzio, completamente isolato dal mondo esterno. »

Bree lo strinse forte. « Sei troppo sensibile. »

« Non so che cosa farci. »

« Lo so » rispose Bree. « Ma devi stringere i denti e andare avanti. »

Alex la abbracciò, poi si staccò da lei e disse: « Saresti un ottimo secondo negli incontri di pugilato ».

« Una secchiata d'acqua, qualche piccola medicazione, una pacca sulla spalla e vai! » disse Bree. « Sì, sarei nel mio. »

Alex la baciò. « Grazie. Grazie di esistere. »

Bree provò un moto di amore. Amava ogni cosa di lui. Anche nei momenti più cupi.

Le squillò il telefono.

« Pronto » disse.

« Sono Ned » disse Mahoney.

« Condoglianze » disse Bree.

Mahoney era triste e profondamente turbato. « Grazie, Bree. Erano quattro dei miei uomini migliori. »

« Posso fare qualcosa? »

« Un giudice federale di Alexandria ha appena emesso i mandati. Se siete ancora interessati, venite subito a Vienna. Stiamo andando a perquisire il Phoenix Club. »

83

Bree, Sampson e io raggiungemmo Mahoney e dieci agenti federali nel parcheggio del Wolf Trap. Si era di nuovo alzata la temperatura e in tenuta antisommossa sudavamo copiosamente. Mettemmo in ordine documenti e autorizzazioni e ci avviammo verso il Phoenix Club.

Avendo studiato il complesso su Google Earth, Mahoney distribuì gli incarichi. Cinque agenti sarebbero rimasti nel bosco lungo il perimetro della proprietà per impedire eventuali fughe, tutti gli altri sarebbero entrati dall'ingresso principale.

«Che bella zona!» disse Bree guardando le ville. «Già mi sembrava da ricconi il quartiere di Vivian McGrath, ma qui...»

«Vivian McGrath è milionaria» precisò Sampson. «Questi sono miliardari.»

Mahoney si fermò a qualche centinaio di metri dal club e aspettò che i cinque agenti percorressero il viale che conduceva a una elegante villa in stile Tudor e si andassero a posizionare fra gli alberi.

«Siamo pronti» disse poi alla radio. E innestò la prima.

Arrivammo con la macchina in fondo al lungo viale e, quando fummo in vista del cancello, ci accorgemmo che si stava aprendo per far uscire una Range Rover bianca.

Le stavamo bloccando il passaggio. Il finestrino si abbassò e si affacciò un tizio con i capelli tirati indietro con il gel, occhiali scuri da cinquecento dollari e completo da cinquemila, che gridò: «Toglietevi di mezzo! Devo andare al Pentagono e sono già in ritardo!»

«Sapesse a noi quanto ce ne importa» rispose Mahoney, scendendo dalla macchina con la mano sulla pistola.

«Sono un membro fondatore di questo club!» protestò il tizio.

«E io un agente FBI» ribatté Mahoney. Si voltò e ordinò ai suoi uomini: «Trattenetelo e interrogatelo».

«Che cosa?» esclamò l'uomo. Non era più aggressivo, ma terrorizzato. Dalla guardiola spuntò lo stesso individuo che avevamo incontrato io e Sampson nel corso della nostra prima visita al Phoenix Club.

«Cosa succede?» domandò.

«Ho un mandato di perquisizione» spiegò Mahoney, agitando un fascio di documenti.

«Non potete entrare» disse la guardia agitata. «È proprietà privata.»

«Le ho detto che ho un mandato federale» ribatté Mahoney, e fece segno ai suoi di proseguire.

Il tipo della Range Rover approfittò di quell'attimo di distrazione per scendere dalla macchina e darsi alla fuga a piedi su per la collina. Sampson gli corse dietro e lo afferrò per il colletto a metà del vialetto interno.

«Dove crede di andare?» gli chiese.

«La prego» piagnucolò il tizio. «Sono disposto a collaborare. Ditemi che cosa vi serve. Ma non posso permettere che il mio nome venga associato a questo posto.»

«Risparmi il fiato, signor membro fondatore» disse Sampson ammanettandolo.

Bree, Mahoney e io ripartimmo lungo il viale, che si snodava fra alberi e aiuole fiorite. Dietro una curva arrivammo in vista del club, che era in una palazzina di due piani che ricordava certe locande nel Sud della Francia. Sulla destra c'erano i campi da tennis, sulla sinistra una piscina e un'area verde cintate da una palizzata bianca. Dalla palizzata partiva una siepe alta circa un metro e mezzo che arrivava fino al viale e proseguiva dall'altra parte fino al bosco, dividendo in due il giardino. Sull'esterno c'era un prato perfettamente rasato e nella parte interna, intorno alla palazzina, piante e arbusti fioriti. Dalla piscina provenivano voci e risate, e note di pianoforte in sottofondo.

«Mi sa che è in corso una festa» dissi, passando attraverso un varco nella siepe.

Si udirono degli spari e ai nostri piedi cadde una pioggia di proiettili.

84

Mi voltai, afferrai Bree e la trascinai con me dietro la siepe, appena prima che dalla casa arrivasse un'altra raffica. Atterrammo malamente e Bree rimase per un momento senza fiato, ma eravamo vivi. Anche Sampson e Mahoney erano illesi e stavano rispondendo al fuoco da dietro la siepe sull'altro lato del viale.

Mi tirai su e, in ginocchio per terra, gridai: « Da dove sparano? »

« Dal primo piano » rispose Sampson.

Intorno alla piscina la gente gridava.

« Un certo numero di persone si sta dando alla fuga » ci informò un agente federale. « Donne in bikini e uomini a torso nudo e con un asciugamano intorno ai fianchi. »

Che luogo era mai quello?

« Sparate solo se sono armati; in caso contrario, fermateli e basta » ordinò Mahoney.

Passarono dieci secondi. Venti. Bree si riprese e si tirò su a sedere. Intorno alla piscina continuavano le scene di panico, ma gli spari erano cessati. Perché? I nostri aggressori sapevano dove eravamo: ci avevano visto correre a nasconderci.

Era molto strano. Quando avevano cominciato a sparare, eravamo allo scoperto, fra le due siepi: se avessero voluto ammazzarci, l'avrebbero potuto fare comodamente.

Pensai alla pianta del complesso e alle foto satellitari che avevamo esaminato, mi infilai una mano in tasca e presi l'iPhone per guardare di nuovo la mappa. Se c'era un'unica via di accesso, voleva dire che c'era anche un'unica via di uscita, giusto?

Stavo per rimettere a posto il telefono quando notai che dietro il muraglione nord, a una trentina di metri da noi, c'era una striscia di asfalto che sbucava dal bosco e andava a collegarsi con il viale della villa accanto. Ingrandii l'immagine e mi concentrai sul punto in cui la strada scompariva. C'era una macchia scura, larga quasi quanto la strada.

« Era una manovra diversiva! » dissi balzando in piedi.

« Alex! » gridò Bree.

« C'è una galleria sotterranea da cui possono scappare » dissi e partii di corsa. Sampson, Mahoney e Bree mi vennero dietro.

« Ehi! » esclamò il tizio ammanettato, quando gli passai accanto. « Voglio la protezione dei testimoni! »

« Non servirà a niente » replicò Sampson, mentre io passavo fra la macchina di Mahoney e la Range Rover bianca.

Correndo, continuavo a guardare verso nord per capire se fra gli alberi c'era qualcuno. Ma, quando arrivai alla strada, non c'era nessuno.

Mi voltai per dirlo agli altri e in quel momento sentii il rombo di un motore e uno stridore di pneumatici. Poco dopo, dalla parte nord del complesso arrivò una Chevy Suburban nera, che sbandò per la velocità, ma continuò ad accelerare puntando contro di me. Con la coda dell'occhio vidi che Sampson, Mahoney e Bree mi stavano raggiungendo.

« L'autista! » gridai, quando l'auto fu a una cinquantina di metri da me.

Aprimmo il fuoco tutti e quattro, vedemmo il parabrezza andare in frantumi e ci buttammo nel fossato.

La Suburban ci sfrecciò accanto, sbandò, uscì di strada, saltò oltre il fossato e andò a sbattere contro un masso di granito.

85

Bree Stone andò incontro a un gruppo di giovani donne che fumavano ai bordi di una piscina a forma di fagiolo. Avvolte in accappatoi di spugna, la guardavano con diffidenza.

Perché dovrebbero fidarsi di me? pensò Bree. Sergei Bogrov e gli altri tre uomini a bordo della Suburban erano fuggiti abbandonandole al loro destino. L'uomo alla guida era morto, Bogrov era gravemente ferito e gli altri due si rifiutavano di parlare. Neanche gli altri dieci soci del club che gli agenti dell'FBI avevano intercettato mentre tentavano di scappare avevano aperto bocca.

Restavano le signore.

Bree aveva fatto un giro del Phoenix Club e aveva visto la cucina attrezzatissima, una cantina molto ben fornita, un bar, una palestra, un bagno turco, una sauna, una sala massaggi e otto camere da letto equipaggiate per ogni tipologia di feticismo e perversione.

Una stanza era stile prigione di antico castello, una completamente rivestita di specchi, una con un'enorme vasca da bagno, e una arredata in maniera da permettere sesso acrobatico. In una dispensa gli uomini di Mahoney avevano trovato diversi chili di cocaina e di metanfetamina in cristalli molto simile a quella sintetizzata nel primo laboratorio clandestino preso d'assalto dai vigilantes.

Bree si fermò di fronte alle signore. Una di loro, con un neo molto grazioso a destra delle labbra scarlatte, si accese una sigaretta e disse qualcosa in una lingua straniera. Le altre fecero una risatina amara.

« Qualcuna di voi parla inglese? » domandò Bree. « Se mi capite, voglio dirvi che non correte più alcun pericolo. »

La donna con il neo fece un verso scettico e disse: « Tu non sai ».

« So che Stavros è morto » disse Bree. « So che Bogrov è in manette. »

Le donne si misero a parlare contemporaneamente.

Bree aspettò un momento e poi si rivolse a Miss Neo. « Sono della polizia di Washington, dirigo la squadra Investigativa e mi chiamo Bree Stone. Vi sto dicendo la verità. Non siete più in pericolo. »

Miss Neo arricciò le labbra e disse: « Noi sappiamo tante cose, tu qualcuna. Io dico verità: questa cosa è molto più grossa che credi tu. Quindi cosa conviene a me? A noi? Non parlare con nessuno. Aspettare avvocato. Avvocato viene sempre ».

« Capisco che ne avete passate di tutti i colori » disse Bree. « So che siete costrette a lavorare quattro o cinque anni per ripagare il debito con chi vi ha introdotto clandestinamente negli Stati Uniti. So che molte di voi sono arrivate a bordo di un camion frigorifero e hanno visto morire di freddo le loro compagne di viaggio. E so che siete schiave sessuali. Giusto? »

Molte evitavano il suo sguardo. Nessuna rispose.

Bree stava quasi per arrendersi, ma indicò la palazzina e disse: « Del club e dei suoi affari si occupa l'FBI. Io sono qui per un'altra ragione. Sto indagando su una persona che forse qualcuna di voi conosceva, Edita Kravic ».

Alcune ragazze, compresa Miss Neo, sollevarono la testa di scatto.

« Conosci Edita? » chiese Miss Neo. « L'hai vista? »

«Mi dispiace» disse Bree riconoscendo l'affetto nei suoi occhi. «Edita è morta. È stata uccisa.»

La ragazza reagì come se Bree le avesse dato uno schiaffo, poi si coprì la bocca con una mano e scoppiò in lacrime.

Bree le si avvicinò. «Conoscevi Edita?»

«Sono sua sorella» rispose la ragazza singhiozzando. «Sua sorella minore, Katya.»

86

Katya Kravic era disperata. Bree si fece da parte lasciando che le sue amiche tentassero di consolarla. Quando finalmente riacquistò la calma, si accese una sigaretta con mano tremante. Aveva gli occhi rossi e gonfi per il pianto.

«Mi vuoi aiutare?» chiese Bree.

«Tu aiuti noi?» implorò Katya. «Tutte noi?»

«Ci proverò.»

«Ci faranno tornare a nostro Paese» disse Katya. «Non siamo in regola. Siamo clandestine.»

«Dipende da quanto collaborate» rispose Bree. «Più sarete utili alle indagini, più indulgenza potrete sperare di avere.»

Katya ci rifletté su un momento e parlò con una delle sue amiche, la quale annuì.

«Cosa ti serve sapere?»

«Parlami di Edita.»

Katya spiegò che la sorella era emigrata prima di lei ed era negli Stati Uniti già da otto anni. I patti che aveva concluso con l'intermediario russo erano simili a quelli della ragazza che Alex e Sampson avevano fatto scendere dall'autocarro a temperatura controllata dopo la strage nell'essiccatoio di tabacco.

In cambio di cinque anni di vita, Edita aveva ottenuto documenti falsi e la possibilità di risiedere negli Stati Uniti. Per due anni l'avevano fatta lavorare in varie località sulla East Coast, poi l'avevano stabilizzata al Phoenix Club.

Secondo Katya, il club non aveva un gran turnover. I soci pagavano cinquantamila dollari all'atto dell'iscrizione e poi una quota di diecimila dollari l'anno per avere accesso al club e a tutti i suoi servizi, compresi alcol, sesso e droga.

«Cosa è successo a Edita allo scadere dei cinque anni?» domandò Bree.

«Le hanno restituito passaporto e dato green card. E le hanno dato scelta: andare per la sua strada o restare nel club come manager» spiegò Katya.

«E lei ha scelto di restare.»

«No, Edita è... era una ragazza intelligente» disse Katya. «Ha trovato appartamento a Washington e veniva qui di sera. Stavros e Bogrov la pagavano tanti soldi. A Edita servivano soldi per diventare avvocato.»

Lo disse con un tale orgoglio che Bree si commosse.

«Ti ha mai nominato un certo Tom McGrath?»

Katya si rabbuiò. «L'ha uccisa lui?»

«No, è morto con lei. Thomas McGrath.»

«Tommy?» chiese Katya. E si rabbuiò ulteriormente. «Sì, Edita mi parlava di Tommy. Fin troppo.»

Edita aveva conosciuto McGrath in occasione di una conferenza che lui aveva tenuto all'università. Lei aveva dieci anni più delle sue compagne di corso, lui era bello e spiritoso, sua moglie lo aveva appena cacciato di casa dicendogli che non lo amava più, e così si erano ritrovati a bere qualcosa una sera e a uscire a cena la sera dopo.

«Sono diventati coppia» spiegò Katya. «Non avevo mai visto Edita tanto contenta. È durata un mese.»

«E poi cos'è successo?»

Katya disse che McGrath aveva fatto una piccola indagine e aveva scoperto che la green card di Edita era fasulla, che il suo nome non risultava neppure fra i richiedenti cittadinanza.

«Tutte balle» disse Katya. «Quelle di Bogrov e altri. Le avevano raccontato solo balle.»

Dopo aver scoperto l'imbroglio, McGrath aveva preteso che Edita gli raccontasse tutta la verità ma, più lei gli parlava del Phoenix Club, più lui faceva domande, riferì Katya. Le aveva chiesto di entrare nei computer del club e copiargli delle cose.

Katya si interruppe e alzò la testa, rabbiosa. «Tommy diceva che la amava, ma che Edita doveva dimostrargli suo amore e così chiedeva, chiedeva. Edita lo amava, ma aveva paura. Ultima volta che l'ho vista me lo ha detto. Tommy non le credeva, che Bogrov e Stavros sono cattivi, matti da legare. Io penso che è colpa di Tommy se lui e mia Edita sono morti ammazzati.»

PARTE QUINTA
IL DIRIGIBILE

87

Il sole stava tramontando, quando John Brown concluse il briefing descrivendo l'obiettivo di quella sera e il progetto in generale.

Guardò le quindici persone nel suo salotto, uomini e donne, e lesse sui loro volti una gamma di emozioni che andavano dal lieve sconcerto al profondo turbamento. Le capiva. Il suo piano era audace e ambizioso, tanto che...

«È una follia» dichiarò Hobbes incrociando le braccia.

«Faremo una brutta fine» gli fece eco Fender.

«Sapevate fin dal principio qual era il nostro obiettivo» replicò gelido Brown. «Non eri tu, Hobbes, a dire che occorreva procedere a un bel repulisti, prima di portare la rivoluzione nel Paese?»

«Sì, però...»

«Nessun però. Chi non è disposto a fare piazza pulita, non vedrà mai la rivoluzione. Fender, anche tu eri d'accordo sulla strategia, mi pare. O ricordo male?»

Hobbes era a disagio. Cambiò posizione e non rispose. Fender lanciò un'occhiataccia a Brown.

Brown stava per chiedere ai presenti di votare, quando Cass imprecò: «Merda».

Si voltò verso di lei e vide che stava guardando la TV, sintonizzata sulla CNN con l'audio azzerato. L'agente speciale Ned Mahoney stava parlando davanti ai microfoni, con un grande logo dell'FBI alle spalle. I sottotitoli recitavano: *Retata dell'FBI in un club privé legato alle stragi dei vigilantes.*

«Alza il volume» ordinò Brown.

Cass prese il telecomando e ripristinò l'audio. Mahoney stava dicendo: «Prima di entrare nei dettagli dell'operazione al Phoenix Club di Vienna, Virginia, vogliamo rendere noti i connotati di due dei presunti membri del gruppo di vigilantes».

Lo schermo si divise e apparvero le immagini di Hobbes e Cass senza passamontagna nella villa di Antonin Guryev a Mobjack Bay.

«Oh, Madonna santissima! Ce l'abbiamo in quel posto» inveì Fender.

Hobbes e Cass erano sbiancati.

L'inquadratura tornò sull'agente speciale Mahoney che dichiarava: «Non siamo ancora risaliti al nome della donna, ma sappiamo che l'uomo si chiama Lester Hobbes ed è un contractor che uccide su commissione. Chiediamo a chiunque abbia informazioni su di lui o sulla donna, di contattarci per aiutarci a catturarli».

«Come fate a sapere che questi due individui sono nel gruppo di vigilantes?» chiese uno dei giornalisti.

Mahoney rispose: «Elena Guryev ha fatto un video della strage con il suo iPhone, riprendendo le immagini che scorrevano sui monitor dell'impianto di videosorveglianza della villa».

Queste parole riscossero grande interesse da parte dei giornalisti, che volevano sapere dove si trovasse in quel momento la signora Guryev.

Mahoney non perse l'aplomb e rispose impassibile: «Purtroppo questa mattina la casa sicura dove era nascosta è stata presa d'assalto e la donna è stata uccisa. Nel corso dell'attacco a sorpresa hanno perso la vita anche quattro agenti dell'FBI e un agente della DEA è rimasto gravemente ferito. Incolume il figlio non udente della testimone, che nell'arco di pochi giorni ha perso sia la madre sia il padre. Riteniamo che gli autori del raid siano legati ai vigilantes, o 'Ottimizzatori', come si fanno chiamare. Tornando al raid in Virginia... »

Fender afferrò il telecomando e azzerò nuovamente l'audio. « E come fanno loro a sapere che ci chiamiamo Ottimizzatori? » Guardò i presenti a uno a uno. « Chi glielo ha detto? »

« Che importanza ha, ormai? » intervenne Hobbes, guardando Cass. « Siamo rovinati. »

« Voi due ci avete rovinato » puntualizzò Fender, alzandosi furibondo, con l'aria di chi vuole spaccare qualcosa. « Vi siete tolti il passamontagna, contro ogni regola... Cosa vi è saltato in mente? »

Nella stanza scoppiò il pandemonio: tutti lanciavano accuse e pretendevano risposte.

Brown si alzò e urlò: « Basta! »

I quindici vigilantes si zittirono, paonazzi e senza fiato.

« La realtà è questa » disse Brown con fermezza. « Ci stanno dando la caccia. Lo avevamo previsto. È così. Che cosa vogliamo fare? Darci addosso l'uno con l'altro? Scappare ognuno per la propria strada? Oppure resistere, combattere e continuare a credere in un domani migliore, a costo di sacrificarci per la causa? »

Lasciò che i suoi seguaci riflettessero un momento, poi aggiunse: « Per alzata di mano: chi è con me? »

Dopo un attimo si alzarono tredici mani, compresa quella di Cass. Fender era ancora furioso, ma dopo un po' alzò la mano anche lui. L'ultimo fu Hobbes.

Sullo schermo del televisore alla conferenza stampa dell'FBI si erano sostituite le previsioni del tempo.

Brown prese il telecomando, accese l'audio e guardò il meteo. Il National Weather Service annunciava vento forte nelle ore notturne.

«Finalmente una buona notizia» commentò Brown. «Preparate le attrezzature e mantenete lucidità e sangue freddo. Il via è alle ore ventuno.»

88

Nana stava preparando i pancake per Ali, quando scesi in cucina, l'indomani.

« Pancake? » dissi, accarezzando la testa di mio figlio. « Cos'hai fatto per meritarteli? »

« È pronto a spedire la lettera per il dottor deGrasse Tyson » rispose mia nonna, indicando la busta affrancata sul tavolo. « Portare a termine i compiti intrapresi, a casa mia, si premia con pancake e sciroppo d'acero. »

Ali sorrise nel vedere il piatto che Nana gli mise davanti. « Secondo voi, mi risponde? »

« Se non ci provi, non lo saprai mai » risposi. « Dov'è Bree? »

« È uscita presto » rispose Nana. « Dice che ha un sacco di scartoffie da firmare e voleva togliersele dalla scrivania. Hai fame? »

« Mi tenti, ma forse è meglio che... »

« Guarda, papà! » gridò Ali indicando il piccolo televisore che tenevamo in cucina.

L'immagine sullo schermo era bizzarra: un uomo con la barba su un carro a cavalli – membro della comunità Amish – guardava un dirigibile bianco in cielo che si trascinava dietro uno spesso cavo di acciaio lungo millecinquecento metri per campi e boschi.

Il cronista spiegava che durante la notte il dirigibile si era staccato dalla struttura cui era legato nell'Aberdeen Proving Ground, Maryland, dove le forze armate degli Stati Uniti testavano dalle palle di cannone alle armi chimiche. Il dirigibile radar faceva parte di un programma di sorveglianza aerea in fase di sperimentazione e i responsabili della base ritenevano si fosse staccato a causa delle forti raffiche di vento che nel corso della notte avevano spazzato le coste del Maryland.

«L'ho visto!» dissi. «Il dirigibile. L'ho visto due volte la settimana scorsa.»

Il giornalista spiegava che il cavo del dirigibile militare fuori controllo aveva provocato danni a case, edifici e linee dell'alta tensione, ma era monitorato e si stava studiando il modo per riportarlo a terra.

«Un dirigibile impazzito» disse Nana scuotendo la testa.

«Non succede tutti i giorni» risposi, versandomi il caffè.

Non ebbi neanche il tempo di assaggiarlo, però, perché mi arrivarono tre messaggi in rapida successione. Posai la tazza e presi il cellulare dalla tasca.

Mi chiami, per favore.

Kerry Rutledge.

È urgente.

Il quarto messaggio conteneva un numero di telefono.

Presi la tazza e uscii dalla cucina per chiamare la giovane donna sopravvissuta all'aggressione del motociclista assassino.

«Dottor Cross?»

«Mi dica, Kerry» risposi. «Cos'è successo? Mi voleva parlare con urgenza.»

«Mi aveva detto di avvertirla, se mi veniva in mente qualcosa. Be', mi è venuta in mente una cosa.»

Era affannata, sull'orlo di una crisi di panico.

«Va bene» le dissi. «Si calmi e mi spieghi. Dov'è in questo momento, Kerry?»

«In un centro di riabilitazione a... Non mi ricordo il nome» rispose la donna. Prese fiato. «Però mi è venuto in mente che la moto era una Honda nera, grossa cilindrata, con il parabrezza e il cruscotto luminoso. Ha presente? »

« Come fa a sapere che era una Honda? »

« Era scritto sul serbatoio. L'ho visto grazie alla luce del cruscotto. »

« Qualcos'altro? »

« In realtà forse è una stupidaggine... »

« Lasci giudicare me. »

« Aveva qualcosa in basso a destra sul parabrezza. Un adesivo, una decalcomania, di forma quadrata. Non sono sicura, ma mi sembra che ci fossero un'ancora con una corda. »

« Un adesivo con un'ancora e una corda? » domandai. Mi venne un'illuminazione che mi fece aumentare il battito. « Poteva essere un permesso di parcheggio? »

89

Bree era seduta alla scrivania e beveva il secondo caffè della mattina leggendo una serie di reclami contro uno dei suoi sottoposti. Cercava di concentrarsi sulle motivazioni delle accuse e sulle giustificazioni addotte dall'accusato in cerca di eventuali contraddizioni e incongruenze. Non le piaceva erigersi a giudice di un collega che aveva agito d'impulso, ma il suo incarico le imponeva di prendere una posizione e voleva documentarsi.

Lesse con attenzione, ma ogni tanto la mente tornava a ciò che le aveva raccontato Katya Kravic a proposito di sua sorella e McGrath. Davvero Tommy l'aveva spinta a esporsi troppo? Erano stati Stavros e Bogrov a ucciderli per poi cercare di far ricadere la colpa su Terry Howards inscenando il suo suicidio?

Quegli interrogativi senza risposta davano adito a ulteriori interrogativi. A un certo punto Bree prese un bel respiro e si impose di non arrovellarsi inutilmente. In quel momento, doveva focalizzarsi sul rapporto disciplinare.

Sentì bussare e alzò la testa con un sospiro. Sulla porta c'era Kurt Muller. Sorrideva malizioso.

«È andata bene la serata con la dottoressa Noble?» chiese Bree appoggiandosi allo schienale.

«Benissimo» rispose Muller. «Sono innamorato perso...»

Bree scoppiò a ridere. «Ho visto: per te è stato amore a prima vista. Anche lei è innamorata?»

«Penso di sì» rispose Muller con un gran sorriso.

«Mi fa piacere. Adesso vai a lavorare, così mi rimetto a lavorare anch'io.»

Muller si fece serio e disse: «Veramente ero venuto a dirti che potremmo aver scoperto qualcosa di interessante».

Muller controllava ogni due o tre giorni se il beneficiario della polizza sulla vita di Tommy McGrath si faceva avanti per riscuotere il premio. Quella mattina aveva telefonato alla compagnia di assicurazioni e aveva scoperto che uno degli impiegati aveva tentato di contattare il beneficiario della polizza ed era stato indirizzato a un avvocato.

«Dunque nessuno reclama il premio?» chiese Bree delusa.

«Niente è mai bianco o nero» rispose Muller sfogliando il bloc-notes. «Il legale si chiama... Lance Gordon. Ha lo studio a McLean. L'impiegato della compagnia di assicurazioni dice che Gordon si è consultato con la sua assistita, che lì per lì si è rifiutata di avanzare richieste, ma tre ore dopo ha richiamato per accettare il denaro, promettendo di darlo in beneficenza.»

«Che cosa complicata!» esclamò Bree, voltandosi verso il computer con l'intenzione di svolgere una breve ricerca su Lance Gordon.

Trovò lo studio legale, lesse i nomi dei soci e cliccò su Gordon. Trovò la foto di un bell'uomo sui quarantacinque, alto, slanciato ed elegante.

Il suo viso aveva qualcosa di familiare, ma in un primo momento Bree non lo riconobbe. Poi le venne in mente dove e quando lo aveva conosciuto e che a colpirla era la strana scia di profumo che emanava. Che profumo era?

«Capo?»

Bree si riscosse dai propri pensieri e guardò Muller.

«Come vuoi che ci muoviamo, a questo punto?»

«Fammi pensare un attimo» disse Bree, cercando di mettere a fuoco il collegamento che le era venuto in mente. Aprì un cassetto e frugò finché non riuscì a trovare quello che cercava: un boccettino marrone con l'etichetta gialla. Lo aprì e annusò.

Ripensò a Gordon e lo rivide più chiaramente. Annusò di nuovo il contenuto della boccetta e i pezzi si ricomposero come per magia nella sua testa.

Sorrise a Muller e disse: «Chiudi la porta. Dobbiamo metterci al lavoro».

90

Il colonnello Jeb Whitaker aveva posteggiato la sua Honda Blackbird nello stesso posto del parcheggio dell'Accademia navale della volta prima. Sampson e io vi arrivammo verso le due del pomeriggio. Sampson passò accanto alla grossa moto e, fingendo di ammirarla, piazzò un localizzatore GPS sotto il parafango posteriore.

Avevamo acquisito parecchie informazioni su di lui e ci sentivamo un po' come Tommy McGrath quando indagava sul Phoenix Club: più cose scoprivamo, più ci incuriosivamo.

Il colonnello Jeb Whitaker aveva un curriculum di tutto rispetto. Laureato all'Accademia fra i migliori del corso, era stato insignito della Navy Cross al valore per aver tratto in salvo i commilitoni feriti rischiando ripetutamente la vita nelle strade di Fallujah. Ferito nell'esplosione di un ordigno esplosivo improvvisato, aveva rischiato l'amputazione di una gamba ed era stato congedato.

Il colonnello a quel punto aveva conseguito un dottorato al War College ed era andato a insegnare strategia e guerra anfibia all'Accademia. Pare fosse dotato di grande carisma ed era molto stimato dagli allievi, che ne scrivevano bene sul web.

Sulla carta Jeb Whitaker non sembrava di alcun interesse per le nostre indagini, ma poi avevamo scoperto che tre anni prima aveva perso la moglie, travolta da un automobilista ventiduenne ubriaco che, invece di guardare la strada, chattava sul cellulare.

La Honda Blackbird di Whitaker era la moto di serie più veloce del pianeta, in grado di battere anche una Maserati. Whitaker, inoltre, era un motociclista provetto, che aveva addirittura gareggiato in gioventù.

Sampson e io avevamo discusso se fermarlo per sottoporlo a interrogatorio, ma avevamo deciso di aspettare, seguirlo e scoprire di più sul suo conto, prima di procedere. E così avevamo messo sotto sorveglianza la sua moto. Whitaker arrivò dopo una quarantina di minuti. Montò in sella, allacciò il casco e partì.

Lo tracciammo per un paio di chilometri controllandone i movimenti sull'iPad collegato al localizzatore GPS. Pensavamo che andasse a casa, sulla baia di Chesapeake, ma Whitaker si diresse verso ovest, andò alla clinica universitaria della George Washington e lasciò la moto nel parcheggio dei visitatori.

Lo raggiungemmo giusto in tempo per vedere che si avviava verso l'ospedale. Scesi dalla macchina e lo seguii.

Siccome zoppicava, non mi fu difficile tenergli dietro. Una volta dentro l'ospedale, però, dovetti tenermi a distanza e quando salì in ascensore lo persi. Prima che le porte si chiudessero, però, lo sentii dire a qualcuno che stava andando nel reparto di terapia intensiva.

Aspettai un momento. Mi trillò il cellulare avvertendomi dell'arrivo di una e-mail di Judith Noble, l'esperta balistica di Quantico. L'oggetto era: *Remington calibro 45*.

Premetti il pulsante e la lessi mentre aspettavo l'ascensore. Poi la rilessi una seconda volta, cercando di capire. *Che gran figlio di puttana!* Come aveva fatto?

L'ascensore arrivò e le porte si aprirono. Salii fino al reparto di terapia intensiva pensando alle implicazioni del messaggio che avevo appena ricevuto.

Da una parte avrei voluto tornare indietro, avvertire Mahoney e lasciare che l'FBI facesse il suo lavoro. Ma alla fine andai dalla caposala, le mostrai il distintivo e le chiesi se aveva visto entrare un ufficiale dei Marine con una lieve zoppia. La donna mi indicò un corridoio, specificando che era entrato nella terza camera a destra.

« Chi è andato a trovare? »

« Il signor Potter » rispose la caposala. « In quella stanza è ricoverato George Potter. »

Ero confuso. « L'agente della DEA rimasto ferito nell'agguato? »

« Esattamente » rispose lei.

« George e io abbiamo lavorato insieme parecchio, ultimamente. Vado a trovarlo anch'io e gli chiedo come sta. »

91

A volte la cosa migliore è tenersi in disparte. A volte, invece, conviene impicciarsi.

Entrai senza bussare. Il colonnello Whitaker era seduto al capezzale dell'agente speciale della DEA, che aveva la faccia grigia e tirata, ma lo sguardo lucido. Stavano discutendo animatamente, quando Potter mi vide arrivare.

Si irrigidì. «Alex!»

«Ciao, George. Sono passato a vedere come stavi» risposi, fingendo di non accorgermi del suo nervosismo. «L'ultima volta che ci siamo visti, eri messo maluccio.»

«Lo sono ancora» brontolò, cambiando leggermente posizione. «Conosci il mio amico Jeb?»

Guardai il colonnello e finsi di non riconoscerlo, come se avessi l'impressione di averlo già visto ma non ricordassi dove.

«Ci conosciamo, dottor Cross» disse Whitaker, alzandosi. «Ci siamo visti nel parcheggio dell'Accademia navale.»

Feci schioccare le dita. «Ah, già! Lei è il colonnello...»

«Whitaker. Jeb Whitaker.»

«Proprio vero che il mondo è piccolo» commentai. «Dunque siete amici.»

«Il colonnello era il mio comandante in Iraq» spiegò Potter. «Uno dei combattenti migliori che abbia mai incontrato.»

Whitaker si schermì. «Sono gli analgesici a farti dire così.

George, piuttosto: lui sì che è stato coraggioso a beccarsi un proiettile in quel modo.»

«Inutilmente, peraltro, visto che Elena Guryev è morta» disse l'agente della DEA abbacchiato.

Stetti zitto e mi limitai a guardare prima Potter e poi il colonnello Whitaker.

Potter si passò la lingua sulle labbra e chiese: «Avete scoperto qualcosa?»

Rimasi un momento a riflettere, prima di rispondere: «Quando hanno ucciso Condon, il contractor, gli abbiamo trovato nella borsa della moto una Remington calibro quarantacinque. Stamattina sono arrivati i risultati della balistica e sembra che sia la pistola con cui sono state uccise diverse persone al volante».

Whitaker era un militare e aveva sangue freddo. Non batté ciglio e ostentò la massima indifferenza.

Potter invece assunse di colpo un'espressione assorta, pensosa.

«Be'» dissi guardando l'ora. «Adesso devo andare. Volevo solo vedere come stavi, George.»

Potter tornò al presente, accennò un sorriso e disse: «Temo che per un po' dovrò scordarmi di correre la maratona. Grazie della visita, Alex».

«Guarisci presto. Non vediamo l'ora che tu torni al lavoro» replicai. «Colonnello Whitaker, alla prossima.»

«Alla prossima» rispose lui.

Non lasciai trapelare nulla, strinsi cordialmente la mano a entrambi e me ne andai.

Uscito dall'ospedale, mentre aspettavo che Sampson mi venisse a prendere, alzai lo sguardo: avrei voluto essere una mosca e poter volare fino al reparto di terapia intensiva.

92

Non appena Alex Cross uscì dalla stanza, Jeb Whitaker fu travolto da una ridda di pensieri. Il suo cervello di stratega stava valutando tre possibili linee di azione. I passi di Cross si affievolirono nel corridoio dell'ospedale e George Potter parlò.

« Che coincidenza! »

Whitaker capì al volo il sottotesto, ma fece finta di niente. « Davvero » replicò, andando verso il bagno.

« Abbiamo incastrato Condon con quelle planimetrie e con una pistola che adesso risulta essere quella del motociclista assassino? »

« Incredibile » disse Whitaker, entrando nel bagno. « Un attimo che devo pisciare. »

Poco dopo si sentì lo sciacquone e lo scroscio dell'acqua nel lavello. Whitaker uscì asciugandosi le mani in una salvietta di carta.

Potter lo squadrò e disse: « Che cosa mi nascondi, Jeb? »

Whitaker appallottolò la salvietta.

« In che senso? » chiese, avvicinandosi al letto e osservando i vari tubicini attraverso cui il paziente era collegato alle macchine.

« Sei tu che uccidi gli incoscienti scriteriati come quello stronzo che ha ammazzato Lisa » disse sottovoce Potter. « E hai lasciato la pistola nella moto di Condon per far ricadere la colpa su di lui. »

Whitaker divenne Mercury e rispose: « Anche fosse? Non

è di questo che parliamo, George? Non vogliamo togliere di mezzo le mele marce e rendere il mondo migliore?»

Potter ribatté: «E se Cross sospettasse di te, per via di quegli omicidi stradali?»

«Non credo proprio.»

«Dobbiamo prendere in considerazione l'ipotesi» replicò l'agente della DEA. «Ordina a tutti di distruggere cellulari e computer. Bisogna assolutamente che tutti quanti...»

Whitaker divenne John Brown e chiese: «Comandi tu l'operazione, Potter?»

«No, però...» rispose George. «Sono io che mi sono beccato una pallottola per chiudere la bocca alla Guryev. La tua vendetta segreta ha messo in pericolo noi e l'intero movimento. Perciò, d'ora in avanti, gli ordini li do io, colonnello.»

Whitaker lo fissò sbattendo più volte le palpebre, si passò la salvietta appallottolata da una mano all'altra e la lanciò nel cestino dall'altra parte del letto. Potter ne seguì con gli occhi la traiettoria.

Canestro pieno.

Quando Potter riportò gli occhi su di lui, vide che Whitaker aveva un'espressione compassionevole.

Clic. Clic.

Il colonnello premette il pulsante della pompa di infusione degli analgesici. La conosceva bene, a causa delle ferite riportate sui teatri di guerra.

Clic. Clic.

Spiegò a Potter: «Ti sto somministrando una bella dose di morfina, George. Così te ne andrai sereno».

Potter lo guardò stupito. Abbassò gli occhi e notò la siringa nella mano destra del colonnello. Era vuota. Doveva averla presa dal contenitore per i rifiuti a rischio biologico quando era andato nel bagno. Fece arretrare il pistone e infilò l'ago nella cannula della flebo.

«Che cosa fai?» domandò Potter, ma la morfina era già entrata in circolo. Aveva la bocca impastata. «Cosa... c'è in quella... siringa, colonnello?»

«Aria» rispose Whitaker. E gliela iniettò in vena.

93

Bree Stone e Kurt Muller arrivarono al Rifle and Pistol Club di Fort Hill, nelle campagne del Maryland. Il vento, che la notte prima soffiava a forti raffiche, si era calmato e la giornata era bella: un pomeriggio perfetto per le qualificazioni ai campionati nazionali di tiro sportivo operativo.

C'era molta gente e davanti al poligono al Morningside Range erano parcheggiati una ventina di caravan, se non di più. Con tende, bandiere, bancarelle e street food ovunque, sembrava di essere a una fiera di paese. A parte il rumore incessante di spari che proveniva dal poligono.

Bree e Muller si misero i tappi di schiuma nelle orecchie e inforcarono gli occhiali scuri per mescolarsi alla folla fingendosi normali spettatori e cercare un posto da cui assistere alla gara.

Un tiratore con una strana pistola personalizzata aveva appena concluso e sul display vicino al tavolo dei giudici era visualizzato il suo punteggio. I tiepidi applausi lasciavano intendere che, nonostante la pistola su misura, la prestazione non era stata eccelsa.

Era il turno di un membro della polizia di Stato della Pennsylvania, che usò la pistola d'ordinanza e fece un'ottima prima parte di gara, abbattendo due sagome di metallo a trenta metri di distanza ed evitando il bersaglio civile. Quando giunse il momento di sparare spostandosi in laterale, però, vennero fuori le lacune e alla fine il punteggio risultò inferiore a quello del concorrente precedente.

Bree seguiva con interesse. Aveva frequentato lei stessa un corso di tiro dinamico e ottenuto un voto più che dignitoso all'esame finale, ma i tiratori che aveva di fronte appartenevano a tutt'altra categoria. Nei quaranta minuti successivi ebbe modo di vedere prestazioni di ottimo livello, ma nulla di spettacolare.

Poi fu la volta di un giovane allampanato con occhiali dalle lenti rosate, cuffie nere e berretto della Shooter's Connection. Siccome parlava con Muller, Bree non aveva sentito come si chiamava, ma aveva capito che usava una CK Arms Hardcore calibro quarantacinque con mirino olografico.

Al segnale, il concorrente estrasse la pistola, balzò sulla prima linea e sparò i primi due colpi, abbattendo le due sagome di metallo a trenta metri. Subito dopo uccise il cattivo alla finestra e sparò a tutto quello che gli si parava davanti evitando però i due bersagli civili. Al termine, il suo punteggio sfiorava il massimo.

La folla era in visibilio e persino il concorrente sembrava stupito della propria prestazione quasi perfetta.

Si allontanò sorridendo, con passo elastico e fluido. Bree lo guardò ammirata, ascoltando solo distrattamente ciò che diceva l'annunciatore. Era impressionata dalla sua abilità.

« Non avevo mai visto nessuno sparare così » disse Muller.

Bree replicò: « Dobbiamo andare a complimentarci ».

Si avviarono verso il concorrente, che si era fermato al tavolo della giuria per i consueti controlli dell'arma e si era levato gli occhiali da sole. Videro che stringeva la mano a uno dei giudici, faceva una battuta a un altro e riprendeva la pistola per poi allontanarsi.

Bree e Muller lo seguirono. L'uomo raggiunse una bionda molto carina, che gli diede una pacca sul braccio sorridendo. Poi i due si voltarono e si avviarono verso l'uscita.

Bree e Muller aspettarono che fossero arrivati alle bancarelle, prima di farsi vedere.

Bree chiamò la donna: «Signora McGrath?»

94

La vedova di Tommy McGrath fece una faccia stupita: «Ispettore Stone? Kurt? Che cosa ci fate qui?»

«Comandante Stone» la corresse Muller.

Vivian McGrath sorrise a Bree. «Mi avevano detto che ha preso il posto di Tommy. Sarebbe orgoglioso di lei.»

«Grazie.»

«Siete iscritti alla gara?» chiese Vivian.

«No, siamo venuti a fare il tifo per alcuni colleghi» rispose Bree. «E lei?»

«A fare il tifo per l'avvocato Gordon, il mio legale.»

«Complimenti: lei è un tiratore eccezionale» disse Bree a Gordon. «Dove ha imparato?»

L'avvocato si strinse nelle spalle e rispose: «Mio padre era istruttore di tiro alla Ranger School di Fort Benning. Ho cominciato molto presto».

«Ora capisco» replicò Bree. Poi si rivolse a Vivian. «Abbiamo saputo dalla compagnia di assicurazioni che riscuoterà il premio della polizza sulla vita di Tommy.»

Vivian sospirò. «Non sapevo neppure che l'avesse, comandante Stone. Un giorno mi ha chiamato l'avvocato Gordon e mi ha detto che ero la beneficiaria.»

«Quattro milioni di dollari» disse Bree.

«Sulle prime ho pensato di rinunciare» rispose Vivian a testa alta. «Poi l'avvocato Gordon mi ha suggerito di fondare un'associazione benefica in onore di Tommy.»

«Esiste un'associazione in onore di Tommy?» chiese Muller.

«Ci stiamo lavorando» rispose Gordon.

«Be', meglio tardi che mai» disse Bree. «Ma, per chiarire definitivamente il punto, a quanto ammonta adesso il suo patrimonio, signora McGrath?»

Si intromise Gordon: «Non sei tenuta a rispondere, Vivian. Non li riguarda».

«Ci riguarda nella misura in cui è rilevante per le indagini in corso» precisò Bree.

«Mi state chiedendo se ho bisogno di quattro milioni di dollari?» domandò Vivian. «No, non ne ho 'bisogno'.»

«Perfetto» disse Muller. «Scusa, ma dovevamo chiedertelo.»

«Avvocato, lei era a casa della signora, il giorno in cui siamo andati a parlarle» disse Bree. «Stava andando via, quando siamo arrivati.»

«Sì, me lo ricordo.»

«Aveva addosso uno strano profumo.»

Gordon la guardò confuso. «Che cosa?»

«Mi è venuto in mente soltanto ieri» disse Bree. «Era il profumo del solvente per armi da fuoco Hoppe's #9. Ha un odore molto caratteristico.»

«E quindi?»

«E quindi ho capito che lei maneggia armi da fuoco, ho svolto una piccola ricerca e ho scoperto che è un tiratore provetto. Vede, abbiamo pensato sin dal principio che l'assassino di Tommy e di Edita Kravic fosse un tiratore scelto, con una mira infallibile. Uno come lei, insomma.»

Gordon lanciò un'occhiata incredula a Vivian, poi si voltò di nuovo verso Bree. «Ma per quale motivo avrei dovuto...?»

«Perché ha una relazione con Vivian» rispose Bree. «Che è il vero motivo della separazione fra la signora e McGrath.»

« Non è vero! » protestò Vivian. « Non è vero niente! »

« Siete stati molto attenti » continuò Bree. « Evitate le effusioni in pubblico, per esempio. Ma vi scambiate moltissime telefonate a tarda sera e vi incontrate spesso segretamente. »

« Non dobbiamo per forza ascoltare questi discorsi assurdi » disse Gordon. « Vieni, andiamo. »

Bree sbarrò loro la strada. « Mi dica, avvocato: che proiettili adopera per la sua bella pistola personalizzata? »

Gordon aggrottò la fronte. « Non lo so. Quelli che mi mandano gli sponsor. »

« Bear Creek, 200 grani, base cava e profilo arrotondato, con moly-coating, per caso? »

« No » rispose Gordon. Gli tremava il labbro inferiore.

Muller si rivolse a Vivian: « Hai mentito riguardo alla tua situazione finanziaria: abbiamo avuto l'autorizzazione del magistrato a controllare il tuo portafoglio azionario e abbiamo riscontrato che hai perso oltre diciannove milioni di dollari da quando la crescita cinese ha rallentato, e cioè nel periodo in cui tu e Tommy vi siete separati ».

Bree disse: « Sospettiamo che lei fosse al corrente della polizza sulla vita e, quando Tommy se n'è andato di casa, abbia deciso che tanto valeva se ne andasse del tutto per approfittarne nascondendosi dietro una fondazione senza fini di lucro. È così? »

La vedova di McGrath cercò di mantenere un contegno, aveva lo sguardo vitreo e muoveva le labbra senza emettere suono.

Di punto in bianco, crollò a terra svenuta, battendo la testa sul cemento. Bree si chinò per soccorrerla.

Gordon le puntò la pistola da competizione alla nuca e intimò: « Adesso io e lei ci allontaniamo senza fare rumore, okay, comandante Stone? »

95

Gordon prese Bree per il bavero e la strattonò per rimetterla in piedi, facendosi scudo con il suo corpo in maniera che Muller, che aveva già impugnato la pistola, non potesse sparare.

«Non provarci nemmeno» gli disse, tenendo sotto tiro Bree. «Getta la pistola.»

Muller, furibondo, ubbidì.

«Anche quella di riserva.»

«Non ho altre armi addosso.»

«Forza» disse Gordon spingendo Bree. «Andiamo via.»

Si incamminò con lei nel dedalo di veicoli posteggiati. Appena furono fuori della portata di Muller, Bree sentì che Gordon si rilassava e gli disse: «Sta commettendo un grosso errore».

«Non credo proprio» rispose Gordon.

Fulminea, Bree fece un passo indietro e si buttò contro Gordon con tutto il suo peso, cercando intanto a tastoni la pistola d'ordinanza. Gordon abbassò l'arma con cui la teneva sotto tiro, la impugnò per la canna e le colpì il polso con il calcio.

Fu un dolore lancinante e la pistola le sfuggì di mano, cadendo per terra. Gordon cambiò di nuovo l'impugnatura e le puntò l'arma alla testa prima ancora che Bree si rendesse conto che con ogni probabilità il polso era fratturato.

«Non ne uscirà vivo» disse con un filo di voce.

« Si sbaglia, comandante » ribatté Gordon.

« L'area è circondata da uomini delle forze speciali » insistette Bree.

Gordon si fermò e le diede uno strattone per avvicinarla a sé.

« Non vedo l'ora di abbatterli uno per uno, quei dilettanti » disse l'avvocato. « Comincio da lei, comandante Stone? »

« Ha intenzione di uccidermi a sangue freddo? »

« Così come lei ucciderebbe me, se potesse. »

Bree sentì aumentare la pressione della canna della pistola sul cuoio capelluto e pensò a Alex, i ragazzi e Nana. Non era pronta a morire.

« No. La prego, no » implorò piangendo.

« Per chiudere in bellezza, da qualcuno bisogna pure cominciare. »

« Abbassi la pistola, Gordon » urlò Muller.

Bree lo vide con la coda dell'occhio: era nella posizione del cavallo fra due automobili a una quindicina di metri da loro e puntava contro Gordon un revolver Colt Python Magnum calibro 357.

« Non sono bravo come lei, Gordon, ma da questa distanza non la posso mancare » disse pacato. « Non ho remore a sparare a un delinquente che minaccia di uccidere un collega. Perciò la invito ad abbassare la pistola e ad arrendersi. »

Muller in seguito disse di aver visto Gordon rilassare le spalle e assumere un'espressione tranquilla e serena, come se avesse fatto la pace con se stesso e fosse pronto a tutto.

Bree sentì premere la pistola con maggior forza, come se Gordon stesse per fare fuoco, ma poi la canna si staccò dalla sua tempia. Quello sotto tiro, adesso, era Muller.

Gli spari furono così vicini che la assordarono e la disorientarono.

Bree barcollò, con un fischio nelle orecchie, e impiegò diversi secondi prima di capire che Muller era ancora in piedi e Lance Gordon era disteso per terra con un foro di proiettile in mezzo agli occhi.

96

Era notte ed era prevista pioggia. Sampson e io eravamo a bordo di un pickup Dodge nero in uno spiazzo a circa un chilometro dalla casa del colonnello Jeb Whitaker. Avevamo seguito il segnale del localizzatore che gli avevamo nascosto sulla moto.

Al telefono Mahoney ci aveva informato che George Potter era morto a seguito di un'embolia. Il colonnello Whitaker, che era con lui, aveva chiamato gli infermieri, ma non c'era stato niente da fare.

Mahoney impiegò un'ora e quaranta minuti per raggiungerci con i primi venti agenti FBI in assetto da combattimento. Nel frattempo lungo la strada erano arrivati una decina di mezzi diversi, che avevano imboccato tutti il viale di accesso alla casa di Whitaker.

Gli uomini di Mahoney stavano prendendo posizione intorno alla proprietà, che era di circa due ettari. Mahoney aveva chiesto l'intervento di due ufficiali della Criminal Investigation Division con giurisdizione sul colonnello dei Marine e aveva coinvolto una lancia armata della guardia costiera per impedire l'eventuale fuga del colonnello via mare, dal momento che la sua proprietà dava sulla baia di Chesapeake.

«Devo sgranchirmi le gambe» disse Sampson un attimo prima che partisse la suoneria del mio telefono.

«Li abbiamo presi» mi comunicò Bree. «Gli assassini di Tommy.»

«Bravi!» risposi. «Raccontami tutto.»

Bree mi riferì che cosa era successo al poligono di tiro. Alla fine, dissi: «Avresti dovuto portarti una scorta un po' più consistente, non credi?»

«Ero con Muller e l'area era circondata da dieci uomini della polizia del Maryland. Ho avuto la situazione sotto controllo finché Vivian McGrath non è crollata a terra.»

Non insistetti. «L'importante è che stiate bene e abbiate preso gli assassini, e che Vivian McGrath finisca in carcere. Ottimo lavoro: complimenti, comandante Stone.»

«Grazie» rispose Bree. Aveva la voce più tranquilla. «Ti amo.»

«Anch'io.»

«A che ora entrate in azione?»

«Fra poco.»

«Sta' attento, mi raccomando.»

«Non sono solo, se è a questo che ti riferisci. C'è un bel dispiegamento di forze.»

Bree sospirò e disse: «Appena avete finito, chiama».

Posai il cellulare pensando che Bree e Muller avevano commesso un'imprudenza. Gordon era un tiratore d'eccezione e avrebbe potuto fare una carneficina, con la sua pistola da competizione e i sei caricatori che gli avevano trovato addosso.

Mahoney si avvicinò al finestrino. «Siamo in posizione. All'esterno non abbiamo rilevato attività. La riunione dev'essere dentro la casa.»

«Siete riusciti a risalire ai proprietari dalle targhe che vi ho fornito?» chiese Sampson, tornando a sedersi alla guida.

Mahoney annuì. «Non tutti. Ma la Suburban nera è di Hobbes e la Range Rover è di Fender, che è un soggetto assai pericoloso.»

«Così ci han detto» risposi. «Quando telefono?»

« Ora » rispose Mahoney.

Chiamai il numero di cellulare del colonnello Whitaker, gentilmente fornitomi dall'Accademia navale, e attivai il vivavoce. Whitaker rispose al secondo squillo.

« Pronto? »

« Sono Alex Cross, colonnello. »

Lungo silenzio. Poi Whitaker replicò: « Mi dica ».

« Potete arrendervi, lei e i suoi compari Ottimizzatori. »

Altro silenzio, più lungo ancora. Poi Whitaker ridacchiò e disse: « Perché dovremmo compiere una simile vigliaccata? »

« Perché siete circondati. Meglio evitare inutili spargimenti di sangue, non crede? »

« Che animo nobile, dottor Cross! » replicò Whitaker. « Sappia che gli Ottimizzatori non si arrendono. Siamo pronti a combattere fino all'ultimo uomo. »

« Per quale motivo? » chiesi.

« Lo chieda a John Brown » rispose Whitaker. « Condividiamo gli stessi obiettivi. »

« Lei è ricercato per omicidio e alto tradimento, colonnello. Il mandato di arresto è già pronto. Non ha senso chiudere questa storia con un bagno di sangue. »

« Non sono d'accordo, dottor Cross » ribatté Whitaker. « Tutte le rivolte contro lo schiavismo sono cominciate con un bagno di sangue. »

E chiuse la comunicazione.

Mahoney prese la radio e ordinò alla squadra tattica di avanzare verso l'obiettivo, facendo attenzione a eventuali trappole esplosive, e controllare l'interno della casa mediante gli infrarossi. Cinque minuti dopo gli agenti appostati su tutti i lati della casa fecero il medesimo rapporto: le luci erano accese e le tende tirate. Ai raggi infrarossi risultava che nel salotto c'era una persona in piedi che parlava e quattordici sedute che la ascoltavano.

« Sono fermi e di guardia fuori non c'è nessuno » riferì via radio il capo della squadra tattica.

« Prendeteli finché sono tutti insieme » ordinò Mahoney. « Se si sparpagliano sarà più difficile. »

« Ricevuto. Andiamo. »

La berlina blu di Mahoney partì sgommando verso la casa di Whitaker e noi la seguimmo a tutta velocità per fermarci all'ingresso del viale in maniera da sbarrare il passaggio. Scendemmo con le armi spianate nel momento in cui si sentirono esplodere le prime granate stordenti.

Sampson disse: « Ho promesso a Billie di non fare il cowboy ».

« E stai mantenendo la promessa » risposi. « Ci stiamo comportando nel modo più razionale: lasciamo andare avanti i professionisti. »

Corremmo lungo il viale aspettandoci che da un momento all'altro scoppiasse la terza guerra mondiale, ma dopo le granate sentimmo soltanto rumore di porte sfondate e vetri infranti e diverse voci che davano il « via libera ».

Si era di nuovo alzato il vento e stava cominciando a piovere. Seguimmo Mahoney dentro la casa e trovammo quindici manichini sistemati in varie pose nel salotto.

Erano dotati di una presa nel piede ed erano collegati all'impianto elettrico. Ne toccai uno: era tiepido.

97

Nel corso della perquisizione all'interno della casa trovammo un laboratorio per la fabbricazione di armi e munizioni nel seminterrato. C'erano casse vuote di munizioni, scatoloni vuoti di componenti per fucili AR e rastrelliere per armi da fuoco, anch'esse vuote. Whitaker aveva un vero e proprio arsenale.

All'esterno della casa, sotto una pioggia sempre più forte e vento a raffiche, scoprimmo come avevano fatto a scappare. Quando scendemmo al molo, la barca da pesca di Whitaker era ancora al suo posto, ma nel capannone rosso trovammo altri carrelli nautici e taniche di benzina vuote da cinquanta litri.

«Appena sono arrivati, hanno preso le barche e sono scappati via mare» dissi.

Sampson annuì. «Le hanno messe in acqua senza fare rumore e sono fuggiti verso la baia di Chesapeake prima ancora che noi avvertissimo la guardia costiera. Probabilmente hanno usato motori elettrici molto silenziosi per allontanarsi e, una volta al largo, potenti fuoribordo.»

«Dove credono di andare?» disse Mahoney. «Voglio dire, nel giro di qualche ora la faccia di Whitaker sarà ovunque: prima o poi qualcuno lo riconoscerà. Non ci sfuggiranno.»

«Forse il loro intento non è fuggire» dissi. «Se vogliamo prendere in parola il colonnello, sono pronti a combattere fino all'ultimo uomo.»

«Perché non sono rimasti, allora?» ribatté Mahoney.

«Vogliono combattere altrove» risposi.

«Non capisco per che cosa combattano» disse Sampson. «Che cosa ti ha detto per telefono, Alex? A proposito di John Brown?»

«Che condividono i medesimi obiettivi.»

«L'abolizionismo?» chiese Mahoney.

Ci pensai su un momento, poi feci una piccola ricerca su Google. Aprii il primo link e lessi velocemente. «Brown era un abolizionista, un radicale che sosteneva l'insurrezione armata come unico modo per rovesciare lo schiavismo in America. Condusse un'incursione nell'arsenale militare di Harpers Ferry nella Virginia occidentale per rubare migliaia di armi da distribuire agli schiavi perché si ribellassero.»

«Pensi che Whitaker ti stesse annunciando un'incursione in una base militare per rubare armi e distribuirle in giro?» domandò Sampson.

«Ne hanno già abbastanza per armare un piccolo esercito» rispose Mahoney.

«Se vuoi fare un'insurrezione, le armi non sono mai troppe» replicai. «Supponiamo che il loro obiettivo sia questo: dove andranno a rifornirsi?»

«Non a Harpers Ferry» chiarì subito Mahoney. «L'arsenale non esiste più.»

«All'Accademia navale?» suggerì Sampson. «Alla base della guardia costiera? A Norfolk? Non è lontana e un grosso Zodiac con i motori giusti ce la può fare.»

«Specie se a pilotarlo è uno che è stato nelle forze speciali» dissi. «Quelli sono delle specie di ninja. Andare a cercarli di notte con gli elicotteri sarebbe abbastanza inutile, in una zona estesa come la baia di Chesapeake.»

«Ci toccherà attendere la loro prossima mossa» disse Mahoney. «Aspettiamo che faccia giorno. Ora avverto il Pentagono di intensificare la sicurezza in tutte le basi militari nel raggio di ottocento chilometri.»

«Non si può attivare un dirigibile-radar come quello che è volato via l'altro giorno?» chiese Sampson.

«Dopo l'incidente sono stati tutti riportati a terra» rispose Mahoney, prendendo lo smartphone.

Mi tornò in mente l'immagine dell'Amish sul carro che guardava il dirigibile alla deriva nel cielo e mi venne un'illuminazione.

«Ned» dissi, turbato.

«Aspetta un attimo» mi fermò Mahoney. «Dal Pentagono stanno per darmi...»

Gli afferrai il braccio per allontanargli il telefono dall'orecchio e dissi: «Che cosa mi sai dire a proposito di quel dirigibile che è volato via?»

Mahoney, irritato, rispose: «Si è strappato il cavo per via del vento. Una bruttissima figura. È partito in direzione nord, verso la Pennsylvania, ha causato un blackout a trecentomila persone e alla fine è stato abbattuto dalle forze armate in aperta campagna».

«E se quel cavo fosse stato reciso apposta?» ipotizzai. «Se fossero stati Whitaker e i suoi seguaci a far volare via il dirigibile per poter sbarcare di nascosto nell'Aberdeen Proving Ground?»

98

Il vento soffiava a oltre cinquanta nodi e la pioggia arrivava quasi orizzontale sul parabrezza dell'Humvee dell'esercito sul quale viaggiavamo. Il maggiore Frank Lacey era alla guida.

Era l'ufficiale di turno all'installazione militare di Aberdeen quella sera ed era venuto a prendere Sampson, Mahoney e me all'ingresso principale su Hartford Boulevard.

«Secondo voi, a che cosa mira Whitaker?» ci chiese.

«Che cosa avete qui alla base?» chiese Sampson.

«Faccio prima a dire che cosa NON abbiamo» rispose Lacey. «Abbiamo armi dalle più minuscole ai cannoni per le unità navali e varie altre cosacce nei laboratori e nei magazzini distribuiti su una superficie di poco meno di trecento chilometri quadrati.»

Ero seduto dietro con Mahoney. «Che tipo di 'cosacce'?»

«Roba chimica» rispose il maggiore senza un'ombra di esitazione. «Trasferita qui dal vecchio Edgewood Arsenal: iprite, cloropicrina, fosgene, ma anche Agente Arancio e i più letali gas nervini.»

Pensai a Whitaker e al suo proposito di seguire le orme di John Brown e armare la ribellione e mi chiesi su quali armi volesse mettere le mani: armi automatiche leggere, mitragliatori calibro cinquanta, o anche lanciagranate e lanciarazzi?

Erano armi difficili da spostare in grandi quantità e Whitaker e i suoi seguaci non sarebbero stati in grado di portarne via più di un certo numero: non sarebbe valsa la pena di introdursi in un'installazione militare per così poco. Di sicuro il colonnello voleva qualcosa che potesse portare via con relativa facilità e quindi...

«Qual è il gas nervino più letale che avete?» domandai.

«Se la giocano il Vx e il sarin» rispose Lacey.

Il maggiore si voltò verso di me. «Non penserà che...»

«Sì» risposi, in preda all'inquietudine. «È proprio quello che penso.»

«È una fortezza inespugnabile! Non riusciranno mai a entrarci» ribatté Lacey, ma spinse sull'acceleratore e prese il microfono della radio a onde corte.

Chiese di essere collegato con il comandante di turno all'Edgewater Nine.

Poco dopo il tenente Curtis dal quartier generale della base ci informò: «Edgewater Nine non risponde, maggiore».

«Sono già dentro» disse Sampson.

«Non è possibile!» sbottò il maggiore Lacey, ma disse al microfono: «Curtis, manda cinque plotoni con protezione NBC a Edgewater Nine. L'accesso di Old Baltimore Road. Chiama la guardia costiera. Vanno messi in sicurezza i fiumi Romney, Cold e Bush. E poi...»

Dalla radio provennero lunghi suoni di sirena, come se fosse appena cominciata un'esercitazione per qualche emergenza.

Il maggior guardò la radio. «Oh, cazzo!»

«Cosa succede?» domandò Mahoney.

Il maggiore lo ignorò. Lanciando l'Humvee lungo Michaelsville Road in direzione sud, gridò alla radio: «A rapporto!»

Curtis tornò in linea. «I depositi uno, tre e quattro di Edgewater Nine sono stati appena aperti senza autorizzazione.»

Lacey ebbe un attimo di esitazione, poi urlò: «Chiudiamo subito tutti i varchi. Da questo momento non esce e non entra più nessuno. Allertiamo il comando dell'accesso non autorizzato nel settore chimico. La polizia militare chiuda la

Old Baltimore Road all'altezza di Abbey Point e Palmer. Il personale del settore interessato venga immediatamente trasferito a nord».

«Do l'allarme generale, maggiore?»

«Affermativo» rispose Lacey.

«Che cosa c'è nei depositi che sono stati forzati?» domandai.

«Il Vx» rispose Lacey. «Una sorta di pesticida per esseri umani.»

Nell'Aberdeen Proving Ground risuonò l'allarme. Non avevo mai sentito nulla del genere: un fischio bitonale e uno squillo che parevano emessi dalla tromba più assordante che si potesse immaginare. Veniva diffuso attraverso gli altoparlanti distribuiti in tutta la base e sembrava penetrarci nelle ossa e far vibrare l'Humvee. Raggiungemmo Palmer Road e quindi Old Baltimore Road.

Mentre correvamo verso Edgewater Nine e le sue riserve di pericolosi gas nervini, pioggia e vento imperversavano sempre più violenti. Dietro di noi lampeggiavano le luci blu della polizia militare.

Il Vx è inodore e insapore, un'arma di distruzione di massa, un pesticida per esseri umani, la sostanza più letale del mondo.

Che cosa aveva spinto Whitaker a compiere un'operazione così drastica?

E che cosa stava spingendo me a Edgewater Nine a cercare di fermarlo?

99

Mentre gli allarmi risuonavano assordanti tutto intorno, con l'aiuto di una lente monoculare per orologiai Lester Hobbes smontava con la massima calma una testata esplosiva degli anni Sessanta.

Ne avevano già smontate tre e nello zaino del colonnello Whitaker c'erano quattro contenitori sigillati contenenti complessivamente cinque litri di Vx.

Una bella quantità, pensò Whitaker, tenuto conto degli effetti devastanti che poteva provocare una goccia di quel gas letale. Con un litro avrebbero messo Washington in ginocchio.

Per fare un repulisti come si deve occorreva cominciare da politici e lobbisti, no? K Street e il Campidoglio. I lacchè degli schiavisti, pensò Whitaker. Il covo degli schiavisti. Li attaccheremo con le loro stesse armi... Il nostro sacrificio costringerà il Paese a cambiare atteggiamento e ripartire con un nuovo...

« Ce l'ho fatta! » esclamò Hobbes estraendo il quinto contenitore di Vx. Lo passò a Fender, che lo mise nello zaino.

Whitaker era scontento. Avrebbe preferito gestire personalmente il gas nervino, ma non c'era stato il tempo di protestare.

« Sbrigatevi » disse. « Dobbiamo partire prima che cambi la marea. »

Lasciarono i militari di guardia nel deposito, legati e imbavagliati, e uscirono dall'edificio. Pioveva. Avanzarono compatti, con Whitaker al centro, di corsa. Al colonnello faceva male il ginocchio, ma strinse i denti e non rallentò. Niente poteva fermarlo, ormai.

«Vuoi passarmi lo zaino?» chiese Cass.

«No» rispose Whitaker. «È il mio.»

Il primo sparo giunse dal bosco lungo Old Baltimore Road. Uno degli uomini di Whitaker cadde. Altri due spari, un altro uomo a terra.

Hobbes, Fender e Cass si voltarono e aprirono il fuoco sui nemici invisibili fra gli alberi.

100

Sparai. Anche Mahoney e Sampson spararono.

Colpimmo i rispettivi bersagli prima che il novello John Brown e i suoi seguaci rispondessero al fuoco. Mi abbassai e mi riparai dietro un tronco. Io e Sampson avevamo le nostre pistole d'ordinanza e il maggiore Lacey un M4. I nostri avversari avevano fucili d'assalto come quello di Lacey e un'arma di distruzione di massa.

Lacey non sembrava preoccupato, tuttavia. Si alzò in piedi di scatto, mirò e sparò sugli Ottimizzatori in ritirata, abbattendone altri tre. Sampson e Mahoney sbucarono di corsa sul prato intorno al deposito.

Li seguii con Lacey. Per fortuna aveva smesso di piovere. Uno dei soldati di Whitaker si voltò e aprì il fuoco. Mahoney venne ferito al braccio sinistro e cadde a terra.

«Non vi fermate!» gridò, quando gli arrivai vicino.

Vidi un fucile AR accanto a un morto, lo presi e partii di corsa per raggiungere Sampson, che stava sbirciando dietro l'angolo del deposito. Anche lui si era impossessato di un AR. Mi disse che aveva appena visto il colonnello correre con una donna verso la laguna dietro il deposito.

Uscì allo scoperto premendo il grilletto. Anch'io girai l'angolo e scorsi fugacemente l'ombra di Whitaker che scompariva verso il mare. La donna che era con lui ebbe un sussulto e perse l'equilibrio, ma subito si riprese e continuò a correre.

«Secondo me l'hai ferita» dissi.

Accesi la Maglite e la agganciai al fucile. Sampson e Lacey mi seguirono e poco dopo trovammo macchie di sangue sull'erba. Le seguimmo e ci ritrovammo in un labirinto di canne e erba alta.

Perdemmo le tracce e percorremmo avanti e indietro il ciglio della palude, trovando il punto in cui il gruppo si era diviso: lì la vegetazione era calpestata e molte canne erano rotte. Individuammo la pista che sembrava essere stata percorsa da più persone e ritrovammo le tracce di sangue.

Avanzammo per i primi cento metri affondando nel fango, tenendoci in contatto radio con il maggiore Lacey.

« La guardia costiera ha mandato gli elicotteri » ci informò Lacey, mentre noi continuavamo a rincorrere i terroristi in fuga.

« Qui c'è più sangue » disse Sampson illuminando un grosso schizzo sulle canne. « E lì ce n'è dell'altro. La donna perde sangue a fiotti. »

101

Cass era in grave difficoltà. Il colonnello Whitaker sentiva il gorgoglio del liquido nei suoi polmoni a ogni respiro.

« Lasciami qui, Jeb » disse la donna. « Non credo di farcela. »

Whitaker strizzò gli occhi e regolò il visore a infrarossi, poi la prese sottobraccio e, ignorando le fitte lancinanti al ginocchio, proseguì arrancando nella palude, seguendo la pista fra le canne. Hobbes e Fender erano più avanti.

« Basta che arrivi agli Zodiac, Cass » disse Whitaker. « Anche se mobilitano la guardia costiera, non possono pattugliare tutta la foce. Sgusceremo fuori con i motori elettrici e spariremo sotto la pioggia. »

Cass perse l'equilibrio e cadde sulle ginocchia tossendo. Grazie al visore notturno, Whitaker vide gli schizzi di sangue che le uscivano dalla bocca.

« Gesù! » esclamò, sull'orlo del panico. « Gesù! »

« Lasciami qui, colonnello » disse Cass con un filo di voce.

« Non posso, comandante » rispose Whitaker, cercando di tirarla su.

« Non ti preoccupare » insistette lei. « Mi troveranno e faranno di tutto per salvarmi la vita. »

Dopo un attimo, Whitaker la mollò, le lanciò una lunga occhiata, prese la mira e le sparò in testa.

102

Udimmo la fucilata, forte, chiara e così vicina che capimmo di aver preso la direzione sbagliata e tornammo indietro. Coprii con la mano la Maglite perché non ci vedessero e proseguii. A un certo punto sentii un grido soffocato alle mie spalle.

Mi voltai e vidi che Sampson era bloccato sei metri dietro a me, con la gamba destra affondata nel fango fino alla coscia.

«Sono impantanato!» disse con una smorfia. «Merda. Ho il piede impigliato in una radice. Andate avanti voi.»

«Torniamo fra poco» rispose Lacey, e si incamminò.

Ricominciò a piovere mentre il maggiore e io avanzavamo in un mare di canne, macchiate di sangue ogni sei o sette metri, finché non trovammo la donna che appariva a volto scoperto nelle riprese della strage in casa Guryev. Aveva i capelli di un altro colore e un foro di proiettile nel cranio.

«Whitaker non può essere lontano» disse Lacey. E ripartì.

Avrei voluto dirgli di rallentare e di stare attento al fascio di luce della sua torcia frontale, ma il maggiore era inarrestabile: doveva assolutamente recuperare il gas nervino che era stato trafugato dalla base.

Dopo aver arrancato nella palude per un centinaio di metri, Lacey sparì dietro una curva nella pista fra le canne.

Raggiunsi anch'io la curva e lo sentii gridare: «Deponete le armi o sparo!»

Mi misi a correre mentre nella notte risuonavano degli

spari e vidi il maggiore Lacey cadere lungo disteso per terra e non muoversi più.

Spensi la luce e tesi le orecchie.

«L'ho fatto fuori, quel bastardo» disse una voce.

«Bel colpo, Lester» replicò un uomo. «Sbrighiamoci.»

«Fender, dammi il quinto contenitore» disse Whitaker.

«Al punto di incontro, colonnello» rispose Fender.

Senza accendere la Maglite, procedetti a tentoni fra le canne, brancolando nel buio e rischiando di inciampare nel corpo del maggiore. Sentii il rombo di un motore fuoribordo, poi un altro.

«Usate il motore elettrico!» ordinò il colonnello.

«No, mi dispiace» rispose Hobbes. «La distanza è più importante del silenzio. Sali a bordo con noi e lascia quel gommone agli altri.»

«Vi seguo» disse Whitaker.

Il primo gommone partì e capii che ero abbastanza vicino perché sentivo Whitaker che caricava qualcosa a bordo e lo assicurava, muovendosi nel buio rapido ed efficiente.

Doveva avere un visore notturno. Uscii cauto dal canneto e, senza scarpe, salii su una barena coperta da un dito d'acqua.

Il colonnello grugniva per lo sforzo, spingendo il gommone.

Altro grugnito, altra scivolata. Il fondo rigido dell'imbarcazione grattava come legno sulla carta vetrata.

Whitaker doveva essere a dieci, massimo quindici metri di distanza. Mi accucciai, mi misi in posizione di tiro e feci un fischio leggero.

Subito dopo accesi la Maglite e cercai di puntargliela nel visore.

103

Il colonnello Whitaker lanciò un grido di sorpresa e di dolore e alzò le braccia per coprirsi il visore, che amplificava ulteriormente la luce già potente della mia torcia.

Continuando a tenergliela puntata negli occhi, mi lanciai contro di lui, che si strappò di dosso il visore e lo lanciò lontano.

« Non vedo più niente » disse il colonnello piegato in due, fregandosi gli occhi. « Cristo, sono diventato cieco! »

« Jeb Whitaker » dissi. « Si sdrai per terra con le mani dietro la nuca. »

« Non ci vedo! »

« Si sdrai lo stesso » replicai. « La dichiaro in arresto per omicidio plurimo, alto tradimento e... »

Whitaker si tirò su di scatto, cogliendomi di sorpresa. Aveva in mano un Ka-Bar, un coltello militare da combattimento.

Vidi la lama, ma non riuscii a scansarmi abbastanza in fretta e Whitaker me la piantò nella coscia destra. Lanciai un grido di dolore e involontariamente abbassai sia la Maglite sia il fucile.

Whitaker mi fu addosso in un istante. Mi afferrò la mano destra e mi piegò il polso con cattiveria, finché non mollai il fucile.

I due traumi – il coltello nella coscia e il polso quasi fratturato – rischiarono di mettermi KO, ma ebbi la prontezza di spirito di brandire la Maglite, prima che il colonnello riuscisse a strapparmi di mano anche quella, e dargliela sulla testa.

Lo colpii con forza.

Whitaker barcollò e mi mollò il polso.

Provai a dargli un'altra botta in testa con la sinistra, ma Whitaker scansò il colpo e mi sferrò un pugno in pieno viso che mi fece vedere le stelle. Poi mi afferrò per il giubbotto antiproiettile e mi colpì di nuovo, sempre al volto.

« Non mi fermerai, Cross » dichiarò continuando a darmi pugni e spaccandomi il naso. « Nessuno riuscirà a fermarmi! Andrò a Washington e sterminerò quegli insetti che hanno distrutto il nostro grande Paese. »

Mi sentii cedere le gambe e per un attimo vidi tutto nero.

Resisti! disse una vocina dentro di me. *Non mollare, Alex!*

Ma stavo già perdendo i sensi e caddi in ginocchio nell'acqua.

« Credi forse di riuscire a fermare la ribellione? » disse Whitaker dandomi il quinto pugno in faccia. « Di impedire l'insurrezione armata? »

L'acqua fredda mi risvegliò abbastanza da consentirmi di ribattere: « Con il gas nervino? »

« Il cancro si guarisce così: avvelenando le cellule e asportando le metastasi. »

« Lei è matto » dissi.

Whitaker mi mollò e mi diede una ginocchiata in faccia, facendomi perdere i sensi. Caddi sulla barena, che la marea stava sommergendo, e neanche l'acqua fredda riuscì a risvegliarmi.

Dopo un po' mi resi conto che Whitaker mi stava scavalcando. Alla luce della torcia che non so come avevo ancora in mano, lo vidi sopra di me, una gamba di qua e una di là. Aveva in mano il mio fucile.

«Mi hai stufato, Cross» disse. «Devo sbrigarmi: la ribellione mi aspetta.»

Me lo puntò contro.

Feci l'unica cosa che mi venne in mente.

Mollai la torcia, afferrai il coltello che Whitaker mi aveva affondato nella coscia, lo estrassi e sferrai un colpo verso l'alto. Gli piantai la lama nella gamba, appena sotto il gluteo.

Sentii che la punta aveva toccato l'osso e rigirai la lama.

Whitaker lanciò un grido e sparò, mancandomi di un soffio la testa. Subito dopo, cercò di strapparmi di mano il coltello.

Ma io continuavo a girare la lama. Whitaker mollò il fucile per avere tutte e due le mani libere e fermarmi.

Affondai la lama più che potei e poi la estrassi e ricaddi in acqua senza fiato.

«Vedi, Cross?» disse Whitaker arretrando nella palude. «Sono ancora in piedi. Ho una protesi al ginocchio, ma sono ancora in piedi.»

«Sei morto, Whitaker» ribattei con un gemito. Abbandonai il coltello e cercai la torcia che brillava nell'acqua. «Ti ho appena reciso l'arteria femorale.»

Quando finalmente riuscii a puntare la torcia su di lui, vidi che la sua sicumera era sparita per lasciare il posto allo sgomento. Era chino a tastarsi la ferita, il sangue che sgorgava inarrestabile. Mi aspettavo che si sfilasse la cintura per usarla a mo' di laccio emostatico.

Invece Whitaker perse la testa e si lanciò contro di me, mi prese a calci e poi mi mise le mani al collo per strozzarmi.

Avrei dovuto difendermi a colpi di Maglite o di coltello, ma non ne avevo la forza. Le botte e le ferite mi avevano tolto ogni energia. Ero completamente privo di forze.

Non riuscivo più a respirare. Whitaker mi stringeva il collo con un ghigno feroce. Vidi tutto nero.

È la fine, pensai.

Poi la stretta si allentò, l'aria ricominciò a entrarmi nei polmoni e riacquistai la vista.

Whitaker era seduto sul mio petto, con la testa che ciondolava.

« No, Cross » farfugliava. « John Brown... Mercury... Non... »

Preso dal panico, tentò di alzarsi.

Ma prima di riuscirci barcollò e cadde riverso nell'acqua. Era morto.

104

Due giorni dopo avevo ancora la faccia gonfia e tumefatta e la ferita alla gamba mi faceva un male da morire. Bree aveva ricevuto un encomio per aver trovato l'assassino di Thomas McGrath e l'ortopedico di Jannie aveva telefonato per dire che la risonanza magnetica aveva evidenziato che il piede stava guarendo.

«Abbiamo molto di cui ringraziare il Cielo» dissi, sedendomi a tavola.

«Dice quello che sembra reduce da quattro round con Mike Tyson» commentò Nana. Ali scoppiò a ridere.

«Ed è sopravvissuto» replicai. Provai a sorridere, ma avevo un labbro tagliato, che mi faceva male. «Dobbiamo ringraziare di essere tutti qui, in buona salute.»

Ci prendemmo per mano per recitare una preghiera prima di assaggiare il pollo arrosto di Nana, cotto con senape, cipolline e citronella. Era squisito e la riempimmo di complimenti.

Mia nonna era contenta, in gran forma. Fece battute e raccontò aneddoti divertenti per tutta la cena. Li conoscevo già e mi distrassi a pensare a come si era concluso il raid del colonnello Whitaker. Tentando di fuggire da Edgewater Nine, erano morti in cinque. Due Ottimizzatori invece erano stati catturati dalla polizia militare e si erano subito procurati un avvocato.

Hobbes e Fender avevano eluso la guardia costiera ed erano riusciti a fuggire con un contenitore di Vx. A causa di ciò, vigeva la massima allerta in tutto il Paese. Le loro foto erano state diffuse e Ned Mahoney, che dopo l'intervento chirurgico si stava riprendendo alla grande, sosteneva che fosse soltanto questione di tempo. Era certo che li avremmo trovati e catturati presto.

A fornire informazioni riservate agli Ottimizzatori era stato George Potter, l'agente speciale della DEA.

L'Accademia navale aveva subito un brutto danno di immagine: sia il colonnello Whitaker sia il comandante Cassandra Pope, detta Cass, erano usciti da Annapolis e vi insegnavano. Sui loro computer avevano lasciato messaggi al vetriolo dichiarando che un nuovo schiavismo stava distruggendo il Paese ed era giunto il momento che gli schiavi insorgessero contro i loro padroni per affrancarsi definitivamente dal giogo.

Quando pensavo a che cosa sarebbe potuto succedere a Washington, e alla mia famiglia, se quei fanatici avessero sparso cinque litri di Vx, mi venivano i brividi. Per fortuna li avevamo fermati: gli Ottimizzatori non esistevano più. E neanche il motociclista assassino. E nessuno era morto per...

Qualcuno bussava alla porta.

E gridava a squarciagola.

105

«Alex?» gridava una donna, suonando il campanello. «Nana? C'è nessuno?»

Mi alzai e istintivamente feci per prendere la pistola, ma guardando dalla finestra vidi che era Chung Sun Chung. Indossava un piumino, nonostante facesse caldo e suonava il campanello con una mano mentre con l'altra bussava alla porta.

Andai ad aprire zoppicando. Mi aspettavo che fosse spaventata e in pericolo, invece Sun mi sorprese rovesciando la testa all'indietro e scoppiando in una matta risata.

«Cosa c'è che non va, Sun?»

«Che non va?» La donna rise ancora, poi mi batté il pugno sul petto. «Non c'è niente che non va.»

Scoppiò di nuovo a ridere. «Al contrario! Dov'è Nana?»

«Sono qui, Sun» disse mia nonna, che mi aveva raggiunto insieme al resto della famiglia. «Per l'amore del Cielo, da come si comporta, signorina, si direbbe che...»

Per un istante il silenzio fu totale. Poi Sun lanciò un grido, agitò le mani sopra la testa e si esibì in una piccola danza sul posto.

«Non avete visto le estrazioni?» chiese la titolare del negozio. «Avete vinto! Avete vinto il Powerball!»

Mia nonna la guardò come se fosse un mostro a due teste. «Che cosa dice?»

«È vero!» disse Sun, sempre saltellando. «Sono nove anni

che gioca sempre gli stessi numeri, no? Sette, dodici, nove, sei, uno, undici e tre. E sono usciti! »

Nana si accigliò. « Si sbaglia, Sun, io gioco sempre il due. Quindi, avrò certamente vinto qualcosa, ma non il Power... »

« Nana » la interruppi. Ero sbigottito. « Ho cambiato io. Ho aggiunto uno all'ultimo numero... Le ho fatto giocare un tre... »

« Esatto! » Sun riprese a gridare e saltellare.

« Ossignore! » esclamò Jannie.

Mia nonna sembrava sul punto di svenire. Bree se ne accorse e si affrettò a sorreggerla.

« Mai e poi mai credevo di... » incominciò Nana. Ci guardò incredula, poi si voltò verso Sun. « È sicura? »

« Se sono venuta qui di corsa, con questo caldo... » rispose Sun. « Sono sicurissima! »

« Quanto ho vinto? »

Sun glielo disse. Jannie e Ali esultarono.

Nana restò a bocca aperta. Scrollò la testa per un lungo momento, poi la rovesciò all'indietro e scoppiò in una risata di gioia.

JAMES PATTERSON
e Brendan Dubois

LA FIRST LADY È SCOMPARSA

Un segreto capace di far crollare una nazione.
Uno scandalo che si trasforma in un incubo. Il presidente degli Stati Uniti, Harrison Tucker, è al centro di una tempesta mediatica. La sua relazione extraconiugale è stata svelata ed è diventata di pubblico dominio. Per non alimentare lo scandalo e non gettare al vento gli sforzi impiegati per la campagna di rielezione, Tucker ha bisogno di sua moglie e del suo appoggio. Ma Grace Tucker è stanca dei trucchi del marito. Dopo anni di inganni e tradimenti, Grace decide di scappare. Sally Grissom è uno degli agenti segreti che vegliano sulla sicurezza del presidente. È lei che dovrà ritrovare Grace Tucker. È lei che dovrà capire quale segreto si cela in realtà dietro la sparizione, prima che per tutti sia troppo tardi.

LONGANESI

I LIBRI DI JAMES PATTERSON NEL CATALOGO LONGANESI

I THRILLER DI ALEX CROSS

Jack & Jill, *Il gioco della donnola*, *Ricorda Maggie Rose*, *Mastermind*, *Ultima mossa*, *Il caso Bluelady*, *La tana del lupo*, *Ultimo avvertimento*, *Sulle tracce di Mary*, *La memoria del killer*, *Il regista di inganni*, *L'istinto del predatore*, *Il segno del male*, *Il ritorno del killer*, *Uccidete Alex Cross*, *Buone feste, Alex Cross*, *Corsa verso l'inferno*, *Punto debole*, *Il cuore dell'assassino* e *Qualcosa di personale*

I THRILLER DELLE DONNE DEL CLUB OMICIDI

Primo a morire, *Seconda chance*, *Terzo grado*, *Le donne del Club Omicidi*, *Qualcuno morirà*, *Il sesto colpo*, *Il settimo inferno*, *L'ottava confessione*, *Senza appello*, *La cerimonia*, *L'undicesima ora*, *Le testimoni del Club Omicidi*, *La tredicesima vittima*, *Peccato mortale*, *Tradimento finale*, *La seduzione del male* e *L'ultimo sospettato*

I THRILLER DI MICHAEL BENNETT

Il negoziatore, *Il maestro*, *Il rapitore*, *Conto alla rovescia*, *Il prigioniero*, *L'evaso*, *Chi soffia sul fuoco* e *New York codice rosso*

I THRILLER DELL'AGENZIA PRIVATE INTERNATIONAL

Private, *Private Games*, *Il sospettato*, *Private L.A.*

E INOLTRE

Quando soffia il vento, *La casa degli inganni*, *Honeymoon*, *Come una tempesta*, *Bikini*, *Cartoline di morte* (con Liza Marklund), *Altrimenti muori*, *The Store*, *Il presidente è scomparso* (con Bill Clinton), *Instinct* e *La First Lady è scomparsa* (con Brendan Dubois)

Questo libro è stampato col sole

Azienda carbon-free

Fotocomposizione:
Nuovo Gruppo Grafico s.n.c. - Milano

Finito di stampare
nel mese di settembre 2020
per conto della Longanesi & C.
da Grafica Veneta S.p.A.
di Trebaseleghe (PD)
Printed in Italy